U0139617

目 次

(Joanna Ladomirska/MSF)

导　论　疗愈人类

> 他们不是上帝，虽然他们希望自己是；他们只是凡人，试图疗愈凡人。

> ——安·塞克斯顿《医生》

和所有伟大的文化一样，无国界医生（Médecins Sans Frontières，简称 MSF，在北美洲亦称为 Doctors Without Borders）也有自己的起源神话。这个故事以史实为基础，但当时的参与者各有不同的阐述和记忆。根据官方版本，一九六八年，一群年轻的法国医生前往尼日利亚闹独立的比亚法拉省红十字会医院工作，深受眼前的景象震撼：数十万名儿童由于营养不良而濒临死亡，他们相信自己正在见证一场大屠杀。尽管红十字会强烈要求志愿者谨言慎行，但这群由具有领袖魅力的伯纳德·库什纳所领导的法国医生再也无法默不作声，他们愤怒地扯下袖子上的红十字会臂章，公开抨击尼日利亚政府。返回法国后，他们组织了一个委员会，呼吁世人关注这场种族屠杀，后来便出现了一群医生投身其中提供紧急医疗援助。大约在同一时期，巴黎的一份医学期刊也号召志愿医生协助地震与水患的受难者。这两个团体最后在一九七一年结合成为"无国界医生"。二十九年之后，这个组织被授予诺贝尔和平奖，以表彰其"一反紧急援助的传统，在国际人道主义救援工作上另辟蹊径、大放异彩"。报道过全球各地战乱危机的记者大卫·雷夫，在他二〇〇二年出版的《安寝夜床》(*A Bed for the Night*）一书中，称这个组织为"世界上最重要的非政府人道主义救援组织"。

无国界医生是全球最大的独立医疗人道主义组织。二〇〇八年，它在六十五个国家开展项目，所需人员超过两万六千名。MSF 以在战乱地区、难民营、饱受饥荒之苦的国家高调执行项目而闻名，它也在媒体焦点之外的地方执行规模较小的项目，例如：支援农村医疗站、为艾滋病患者提供抗逆转录病毒药物治疗、为偏远村落引进新鲜的水及卫生设备。

想要了解 MSF 的工作，首要的是厘清应用于援助团体的某些术语。首先，援助团体对"发展"与"救援"有清楚的区分。有句古老谚语说："送人一条鱼，可以让他饱一天；教人抓鱼，可以让他喂饱自己一辈子。"发展机构以后者为目标：它们的项目通常是长期的，始终以永续的观点专注于提升当地民众的能力。许多发展项目都是由西方政府资助的外国援助项目，协助地方发展的非政府组织则可能有宗教倾向（如世界宣明会、福音派联盟难民基金会），但也有许多不具宗教倾向（如乐施会、儿童救助会）。

与此相反，救援组织主要专注在救助身陷严重危机的民众，如战争、饥荒、传染病或天然灾害。MSF 一直属于这类救援组织，为有需要的人提供医疗援助。该组织成员可能在单一地区工作数年，但他们的任务不包括处理造成紧急灾祸的根本原因。举例来说，MSF 为挨饿的群众经营供食中心，但不提供耕种作物所需的铲子和种子；它为贫困地区提供医疗服务，但不尝试消弭贫穷。

人道主义组织与人权组织之间还有一个根本差异，也是大众经常忽略的区别。这两种组织都奉行国际法规（如《日内瓦公约》《世界人权宣言》等），但人权组织通常比较活跃，会针对其核心工作进行游说（"大赦国际"是最耳熟能详的例子）。另一方面，为了接触各方的受害者，人道主义机构必须维持中立。MSF 是首屈一指的人道主义组织，规章里明白记载其中立性，不过他们自草创时期就对中立原则多有斟酌，因为他们意识到，面对极度的残暴和压迫，维持中立可能等同于共犯。尽管本身不是人权团体，MSF 也常进行游说。

一九七一年，MSF 在法国成立，过往从来没有类似的组织。当然，有的——"儿童救助会"已经成立超过五十年，乐施会也有将近三十年的历史，而国际红十字会是唯一为世界各地的战争及自然灾害受害者提供特殊医疗救援的团体。当一九七○年代后期的战乱造成数百万人流离失所时，MSF 这个新的私人组织迅速深入东南亚、非洲、中南美洲的难民营。

一开始，MSF 对进驻国家的实质影响力并不如传闻所言。它早期的紧急项目规模都很小，且往往缺乏协调、成效不大；但在好大喜功、擅长运用媒体的库什纳掌舵下，MSF 赢得了在其他援助机构撤离时却向最危险区域前进的美名。报纸刊登的照片中，无所畏惧的英勇医生骑着驴子进入被苏联占领的阿富汗，在刚宣布独立的安哥拉艰苦穿越丛林，照料"红色高棉"统治下的柬埔寨人。在法国新闻界和公众眼中，无国界医生成了医疗独行侠、扶危济急的牛仔，这种名声一直伴随这个组织至今，有好处也有坏处。

然而，在组织内部，创立者与越来越厌倦库什纳玩弄媒体噱头的年轻一代医生之间关系日渐紧绷。一九七八年末，数千名船民逃离越南，库什纳宣布将派遣救难船（及电视台工作人员）前往中国海，大多数年纪较轻的 MSF 成员都认为这个项目幼稚无用。激烈的争执接踵而来，短短几个月内，库什纳及其盟友就被迫离开了他们建立的组织。

一九八○年代，MSF 于比利时、瑞士、荷兰、西班牙、卢森堡增设办公室，各自拥有相当大的自主权。组织的声望持续提升，发言也越来越直率：一九八○年，MSF 批评柬埔寨的波布政权；一九八五年，

MSF 因公开谴责独裁者门格斯图上校，被逐出埃塞俄比亚。如今，获得联合国机构、欧洲政府、私人捐赠者充分资助的 MSF，以其后勤能力及节约运用资源而受到赞扬。随着 MSF 团队行动迅速，能有效地借由飞机、越野车（Land Cruiser）、独木舟、徒步等方式，将医疗援助送达地球上最危险、偏远的地区，它落得个自相矛盾的形象：一方面，这些非正式行动背后的思辨文化使其避免了有勇无谋；另一方面又因行事果断获得喝彩。这个组织的成员会虚张声势，有技术专才，发言时既厚颜又老练。

一九八〇年代堪称人道主义的黄金时期，西方政府当时还未将人道主义援助当成工具在被占领国家"赢得民心"。一九八三年的埃塞俄比亚大饥荒，催生了 Live Aid 演唱会及无数募款活动，捐款涌入援助机构的金库，援助工作者开始获得肯定；一九八〇年代末期，当法国人民在寻觅理想工作时，有三分之一的人想要成为无国界医生。"无国界"暗示了一种撞破大门般的大无畏气魄，深深地吸引了那些对联合国的怯懦乃至红十字会的中立感到厌烦的人。

一九九〇年代，MSF 成为全球性组织，在美国、加拿大、日本、香港、澳大利亚增设分部，不过，与此同时，援助团体进入空前的自省时期，取代了人道主义的黄金年代。大众察觉到援助造成的冲击，明白援助可能导致依赖，甚至加剧冲突。那段时期的危机戏剧性地揭露了救援和干预在道德上的暧昧：在波斯尼亚，联合国维和部队无力阻挡发生在斯雷布列尼察的七千人大屠杀；在卢旺达，胡图族才刚发动过第二次世界大战以来最严重的种族屠杀，却能得到源源不绝的援助；在科索沃，一九九九年诞生了有悖常情的名词"人道主义轰炸"。同年，"无国界医生"获得诺贝尔和平奖，主要源于在这段艰困时期，它在援助团体间发挥了领导精神。

新千年之后的十年间，新的挑战出现，从"九一一"事件发生后的

"反恐战争"、达尔富尔及其邻国乍得的恐怖暴行，到尼日尔的饥荒。MSF持续发展其组织：在穆斯林占优势的国家增加新的合作分部，扩展南美洲、非洲、亚洲的办公室，赋予地方团队越来越多的责任。

自始至终，MSF 的医生、护士及其他工作人员都紧抓着公众的想象空间，战地手术的戏码、富裕的专业人士舍弃舒适生活前往资源匮乏地区的理念令人着迷。这是 MSF 的部分故事，但要综观全局则远远复杂得多——也幸好是如此；细微的描绘远比讽刺漫画更具说服力。

第一章　站着就生产

　　温蒂·赖医生已经见惯了妇女在不寻常的地方生产。自二〇〇八年九月抵达太子港以来，这位三十三岁的家庭医生见过孕妇在楼梯间、浴室、茱迪安妇幼医院外的空地分娩——茱迪安是 MSF 荷兰分部经营的医院。然而，当十月下旬的某个星期五，守卫来找她，说有名妇女在"十字路口"分娩时，就连赖医生都感到惊讶。

　　在路人的招手催促下，赖医生和守卫匆忙走上了德马斯街。这里是海地首都最热闹的街道，他们尽力闪避那些用于大众运输的彩绘鲜艳的出租汽车和巴士。忽然间，他们看到那名产妇在一辆旧休旅车后座，它就直接停在繁忙的十字路口。由于婴儿看起来强壮健康，赖医生夹住并剪断脐带，用毯子包住婴儿，和咧嘴笑着的孩子父亲一同走回茱迪安医院，后面尾随的休旅车则载着太子港最新升任母亲的女子。

　　大约五个月后，赖医生和 MSF 的同僚在太子港近郊佩蒂翁维尔市唯一的意大利餐厅吃着一顿迟来的正餐时，酒保带着大大的笑容和一张女婴的照片来到桌边。他给赖医生看那张照片，问她是否记得那个孩子。这名男子显然认出赖医生来自孩子出生的医院，赖医生不想失礼，但每个月有上千名婴儿诞生于茱迪安医院，她怎么可能记得那个孩子？但这个父亲不罢休，他说，你一定记得，她在一辆车上出生，"在十字路口"。回忆浮现时，赖医生脸上露出微笑，这件事深刻提醒她 MSF 在这个受灾国家贡献的价值。"看到茱迪安医院的宝宝后来活得好好的，真让人开心，"她在日志中写道，"十月时，我们忙得不可开交，完全处于生产线的状态。因为没在一旁追踪，有时我们忘了孩子会成长发育、拥有未来；但不消说，孩子会长大，而孩子的父母不会忘记。"

前往海地之前，温蒂·赖在多伦多一间医院从事低风险的接生工作，那意味着在设施完备的机构处理不复杂的阴道分娩，随时有妇科医生的支援及许多经验丰富的助产士协助；她在海地的工作则有着天壤之别。那名在十字路口分娩的母亲算是幸运的，至少她与免费的优质医疗照护只隔着短短的步行可达的距离，在这个九百万人口的加勒比海国家中实属稀罕。不论怎么看，海地的医疗照护都是一场灾难，尤其对于妇女和孩童而言。这个国家的婴儿死亡率、产妇死亡率为西半球最高，在这里出生的宝宝，每一千个中就有六十个活不到一岁（美国、加拿大、英国则只有五六个），而每一千个产妇中约有五个会死亡，比例是发达国家的五十倍以上。少数富人负担得起太子港众多私人诊所、医院的优质照护，而多达百分七十的人口却完全无法获得医疗照护。可想而知，现今出生在海地的婴儿平均寿命不到六十一岁，在全球二百二十四个国家中排名第一百八十一。这些都是 MSF 希望改善的数据。

海地的产妇照护应该是免费的。二〇〇八年三月，这个国家的保健部门实施了名为"免费产科照护"的计划，提供每名孕妇四次产前检查、在公立医院生产（必要时也包含剖腹产）的服务、一次产后回诊及所有必需用药。根据这个计划，公立医院应该提供免费照护，然后向世界卫生组织申请补助。计划实施一年后，MSF 发现许多妇女确实可以免费生产，但院方仍要求她们支付药费，而在如海地这么贫困的国家中，她们连五美元的月子餐都远远难以负担。

于是，当二〇〇六年三月茱迪安医院一开张便涌入大量孕妇，也就不怎么让人意外了。两年半后，赖医生报到时，这间拥有六十五张病床的医院，平均每天处理超过五十次分娩，最忙碌的日子则接近八十次。

这种人满为患的情况在二○○八年十月尤其严重；在那个要命的月份，五间政府设立的医院有三间罢工，其中包括伊萨耶让蒂公立妇幼医院。"有一天，在我去工作的途中，司机开着收音机，"赖医生说，"我听见卫生部部长告诉民众不要前往公立医院，因为基本上医院里没人上班。我还记得自己发现妇幼医院也罢工的那一刻，我们其中一位妇科医生来找我，因为他那天在为病患的优先处理等级做分类。他说：'伊萨耶让

MSF 位于太子港的莱迪安医院经常人满为患，临产妇女被迫躺在地板上等待床位。尽管条件简陋，这家医院依然提供了城里最好的产妇护理。（Julie Rémy/MSF）

蒂医院罢工了，我有病患要转院，但没地方可以收容她们，真不知道怎么办才好。'他说感觉自己快要心脏病发作了，真可怕。"

造成十月分娩大幅增加的另一个原因，和罢工相比显得比较不那么平淡无奇。海地和许多加勒比海国家一样，会在二月或三月庆祝狂欢节，整整三天纵情于音乐、游行、扮装、跳舞、无拘无束的性爱。九个月过后，就会有狂欢节宝宝蜂拥而来。赖医生第一次听说海地的生产高峰时，还以为那是都会奇谈。但当她用孕期转盘（根据妇女最后一次月经周期来研判宝宝预产期的工具）来验证时，却发现那说得通。"狂欢节期间排卵的女性最后一次月经会落在二月第一周左右，我拨弄孕期转盘，查看胎儿足月的预产期，瞧，刚好落在十月。二、三月时医院里相当安静，四、五月时，我们开始看见自发性流产和尝试引流的人，也会有出现怀孕初期并发症的妇女就诊，如宫外孕。大约夏季期间，我们开始看见早产儿，然后到了十月，医院四处都有人在分娩。"

海地之行是温蒂·赖在"无国界医生"接到的第二项任务。她出生于纽芬兰，拥有蒙特利尔麦基尔大学的学士学位，二〇〇三年自西安大略大学医学院毕业，成为家庭医生。尽管在麦基尔大学念的是理科，她并不是一开始就想当医生。"大多数人相当早就决定行医，许多医生会说自己从小就想当医生，但我绝对不是那样。"赖医生高中时热衷于社会正义和人权，身为校报的编辑也让她领悟到借由广泛传播人们的故事来替人发声的力量。"虽然大学时主修生物化学，我却认为自己会成为人权律师，不过在读期间，我想到自己可以利用医学达到同样的结果。成为医生不代表非得到郊区执业、治疗高血压等，我认为行医可以以一种有趣的方式进行，给人提供真实具体的东西，真正彻底了解他们的故事。"

赖医生知道 MSF 的工作核心包含了医学专才、对社会公义的热情、公开诉求的意愿，出于好奇，她决定向极为了解 MSF 的人寻求建议。詹姆斯·欧宾斯基是 MSF 国际理事会前主席，曾代表该组织领取一九九九年的诺贝尔和平奖，他在赖医生实习的多伦多医院工作。欧宾斯基也是位家庭医生，于一九九二年加入 MSF，亲赴过世界上最严重的几处人道主义危机现场：索马里的饥荒及内战、卢旺达的种族屠杀及在邻国扎伊尔酿成的难民危机、纽约的"九一一"恐怖袭击。"认真考虑是否要这么做时，"赖医生说，"我跑去问他：'詹姆斯，那到底是什么感觉？'他很达观，所以给了我一个好答案。我不确定那是不是我要找的答案，但那样的回答很精确。他说：'那和你过往所做的完全不同，你会发现自己在做从前不知道自己能办到的事情。'"

MSF 通常要求医生实习之后具备两年的行医经验，但征募人员对赖医生很欣赏，接纳了仅有一年行医经验的她。二〇〇六年八月，她搭船前往隶属于刚果民主共和国南基伍省的沙本达。约有一万五千人到两万人住在这个森林茂密的偏远地区，要到达这里只能搭乘小飞机降落到小小的临时跑道上。一如欧宾斯基所警告的，赖医生经历了从来不曾有过的体验。有些 MSF 任务需要极为专业的技巧，比如对抗营养不良、应付霍乱爆发或在战地提供外伤手术；而在沙本达，样样都要做。"镇上有间综合医院，我们在那里做产科医疗、内外科诊疗，我们有儿童病房，治疗结核病、营养不良、艾滋病。我在那里的时候，发生了麻疹疫情，所以我们也宣导接种疫苗。由于同时支援六个主要的医疗诊所，所以我们需要派遣行动小组骑着摩托车跋涉数小时深入丛林。"

如同 MSF 大多数的项目，这个组织在沙本达扮演的角色，不是一手包办所有事务，而是支援当地官方医疗机构。大众对人道主义医疗援助的一大误解，就是以为组织工作主要是由发达国家的医护人员执行。西方人士对这些外国人（或称外地人）最感兴趣，然而实际上，现场工作大多由在当地聘用的医疗专业人士或非专业人士完成，他们被称作"地方雇员"（二〇〇八年，将近两万两千名全职地方雇员投入 MSF 的项目，而外地人仅有两千名左右）。在某些情况下，外地医护人员鲜少亲自动手诊疗，而是专注于监督、训练、管理。

　　的确，项目会成功通常源于地方雇员的素质；即使在医疗训练令人存疑的国家，当地的医疗人员也是组织最大的资产。"地方雇员不只知道当地政治如何运作，也懂得怎么开展医疗业务。"赖医生说，"我确实从刚果的地方雇员身上学到很多。在世界的那个角落，疟疾盛行，而我对疟疾有什么认识？不多。我有基本概念，但碰上疟疾可能显现的各种症状，我完全没经验。结核病、伤寒、麻疹也是一样，地方雇员比我更擅长诊断、治疗这些疾病。"

　　许多 MSF 成员也承认，文化程度、技术等级、态度的差异可能导致外地医生和地方雇员之间产生嫌隙，有时甚至危及整个项目。在非洲和海地，漫长的殖民历史使民众对外地人存疑，因为他们表现得好像自己最懂一切，想要改变当地的传统。"刚果也很明显存在这种紧张状态。我常觉得不能太强势或意见太多，因为他们不想听，不愿重视我的观点。"赖医生说。

　　在她的沙本达项目中，大多数医院雇员是由刚果卫生部聘用，MSF另外再提供薪水。"这其中存在着权力不平衡，因为我们带来药物，努力坚守规章，而且当地还有新殖民主义的问题。我能体谅，但这让工作变得窒碍难行。其中一项难题就是，我得设法让护士完整地测量病人的生命体征，一天两到三次。他们会量体温，但其他什么都不量——脉搏、血压、呼吸频率，一概免谈。我知道血压比较难量，因为你得要有血压袖带，但是脉搏呢？我束手无策，在那里待了九个月，依旧拿不到完整的生命体征测量值。离开时，我没什么成就感，觉得既疲惫又紧绷，好像经历了这辈子最困难的事，却不知道那里到底有什么改变。"

　　她在太子港工作期间，外地人和当地雇员的互动状态则大不相同。赖医生发现海地的医疗人员受过良好教育，充分接纳西方医学。"如果我对海地的医生提到'循证治疗'，他们会明白我在说什么。我们可以谈论医学研究，虽然有点障碍，但我们可以沟通。"

二〇〇八年时，所有人都看得出来，茉迪安医院实在太混乱了，无法发挥妇幼医院的功能。不仅由于这里太过拥挤，更因为海地最常见的怀孕并发症是先兆子痫，而院内约有四分之一的产妇有这种症状。医治这种可能危害母亲与婴儿的症状，需要在安详、宁静的环境休养。这间医院坐落在繁忙的街道上，周围的汽车喇叭声络绎不绝，又要靠隆隆作响的发电机供电，很难符合静养的条件。MSF 显然需要一间新医院，于是他们将希望寄托在了莱斯莉·贝尔身上。

MSF 的驻地工作人员只有不到四分之一是医生，有将近半数不具备医疗背景，其中包括项目协调、财务协调及管理人员。然后得有后勤专家（logistician）——温蒂·赖指出，在英文中这个词与"魔术师"一词韵脚相同——这些人习惯于被交托不可能的任务。在一天之中，大家可能期待他们修理发电机、安装卫星电话、搜寻罕见用药，或者，对莱斯莉·贝尔来说，要将空荡荡的仓库变成功能完备的医院。

贝尔是海地项目的后勤协调员，对于医院的建设有所了解，不过她的职业生涯和大多数 MSF 后勤专家不同。她在百慕大出生、成长，在美国和加拿大待过，后来搬到了澳洲，目前她就住在那里（贝尔在 MSF 老手中显得特殊的原因，还包括她有两个十几岁的孩子，出任务期间，她通过电子邮件和 Skype 与他们保持联络）。她拥有美术学位，当过十年专业摄影师，是位杰出的野生动物画家，曾与守望地球协会（Earthwatch）、绿色和平组织签约合作。"我在澳洲为绿色和平组织完成一项绘画工作时，开始接触后勤工作，并且意识到自己真有两下子。"也曾为乐施会工作的贝尔说。她第一次出 MSF 任务是在刚果民主共和国，包括监督兴建新的医疗中心，也曾在刚果的布拉柴维尔市设立一个霍乱治疗中心，来到海地之前，才刚在巴布亚新几内亚协助启动一个家庭与性暴

在把太子港的这处联合国旧仓库变成一座新的妇产医院这件事上，澳大利亚人莱斯莉·贝尔发挥了关键作用。像贝尔这样的后勤人员靠着广泛的实践和个人技能在困难的条件下完成他们的工作。（Dan Bortolotti）

力项目。不过，启动新项目是一回事，要迁移挤满羸弱病人的现有医院则是另一回事；后者实在困难得多。

　　"他们告诉我这次是一间紧急产科医院的项目，那里非常拥挤，而我需要找地方多容纳二十张病床。"贝尔在太子港的 MSF 房舍趁抽烟的空当回忆道，"所以，从机场到这儿的路上，我在医院停下来，只为了看一眼。刚开始，我无法穿过大门，因为有数百名病患和家属站在外头。然后我进入候诊室，那其实是架了铁皮屋顶的户外空间，那里完全是一团糟——正在分娩的产妇尖叫嘶吼着。就在我面前，有个女人用手接住刚出生的婴儿；她本来坐在长凳上，然后她站了起来，接着她手中就有了小孩，真不敢相信！地上，楼梯间，到处都有婴儿诞生，我甚至没办法走上楼梯去看看其他楼层。护士四处奔走，病床全都紧紧靠在一起，护士伸长身子越过三张病床喂墙边的病患吃药。我意识到自己不可能在那栋建筑物里找到地方多容纳二十张病床，所以决定朝其他建筑物下手。"

　　起初，没什么人支持这个从零开始的点子。"每个人都说根本不用

MSF的"产妇之家"二〇〇九年在太子港开张，每月为大约四百名妇女提供紧急产科护理。不到一年后，海地首都发生大地震，大部分地区被夷为平地，这座建筑也严重损毁。（Dan Bortolotti）

白费力气，"贝尔说，"大家已经找合适的建筑找了很多年，从来没找到过。但我无论如何还是想试试，于是在报纸上登广告，告诉所有人我们组织在找地方。后来有一天，一名男子来到我们办公室，说自己有一栋建筑，之前用来当联合国的仓库，他认为那里可以开设医院。"当 MSF 团队前往勘查时，他们的第一个念头是那栋建筑太大了。"但是温蒂·赖和我带着试算表坐下来开始模拟，想象将各个不同部门安置到各楼层，等所有该有的都排进去后，也已经没有多余的空间，而且感觉有人性多了。"

一月时，建筑完成翻修，接下来就要想办法迁移整家医院。"我说让茱迪安医院关闭四十八小时，把所有东西搬上卡车运到新医院——两地车程只有六分钟左右，然后启用新建筑。"贝尔回忆道，"医疗团队却说：'你知道有多少人会在那四十八小时中死去吗？'我们的急诊病人没有其他地方可以转送，所以在开过许多次会议之后，我们拟出时间表及进行方式。"整个计划是在搬迁前几天大幅减少医院收容的病患。"我们从严把关，所以病人比平常少，而且我们只收状况最危急的转院病人，慢慢将空下的病床搬到新医院。"

在此过程中无可避免会有挫折：五台冰箱中一度有四台坏了，造成储藏的药品失效，但相对而言，搬迁过程出奇地平顺。二〇〇九年二月的前两周，MSF 团队穿梭于两家医院之间，十三日星期五（可能不太吉利），最后一位病人离开茱迪安医院。第二天，团队人员正式打开命名为"产妇之家"的新建筑大门。"各位先生女士，"温蒂·赖在日志中写道，"我想我们成功地造出了一间医院。"

茱迪安医院的人满为患突显出 MSF 的一项重要原则：这个组织必须小心一点以免复制其进驻国家的医疗照护系统。MSF 认为茱迪安医院连状况最正常的产妇都收容，有可能会破坏太子港公立医院的服务。二〇〇九年三月，正值"产妇之家"全力运作时，MSF 决定增加限制，只收容状况紧急和高风险的产妇。结果，这间新医院如今每个月约有四百名婴儿诞生，不到茱迪安医院在生产高峰期处理的分娩次数的四分之一。"如果产妇没有马上分娩，我们认为可以把她送到五分钟路程外的公立妇幼医院。"温蒂·赖说，"即使是来自贫民窟的产妇，我们也会转送，除非状况复杂。我常对工作人员说：'听好，她需要医疗照护，但不是由我们来做。'"

赖医生承认，病人和家属不喜欢这种决定。"有些人会生气、发飙。有时我们转送病人后，他们会自己回来，因为他们真的想待下来。但那样做也是为了顾全大局，为了我们进驻当地的长期目标。我知道，假如我们什么病人都收，很快就又会每个月处理一千两百次分娩，而那不是我们进驻当地的原因。MSF一直受到批评——我认为所有从事援助工作的人都有义务接受批评——因为我们的做法有可能妨碍一个差强人意的系统继续发展。不过这可能是一个艰难的权衡。"

两个月之后，在五月的某个早晨，时间刚过七点，"产妇之家"的铁丝网围墙外还有公鸡在打鸣，维罗妮卡·赛班卡顿医生才刚问候过她的海地同事，其中有些人刚值完夜班。赛班卡顿是出生于德国的妇科专家，这是她在MSF接的第二次任务，她接替了温蒂·赖的职位，而这天早上的工作，让她稍微了解了团队人员每天处理的是怎样高风险的孕妇。

赛班卡顿走近一名妇女，她的血压异常高，收缩压两百四十，舒张压一百六十，是典型的先兆子痫。不知何故，几乎没有其他地方像海地这么普遍且严重地出现这种病症。先兆子痫发生于怀孕晚期，可能造成严重头痛、视力模糊、水肿、血压危险地飙高。如果放任不管，有可能引发惊厥（子痫症），或称为HELPP症候群的另一种危险状况，影响肝脏、肾脏的血液凝固；这两种并发症都可能致命。处理先兆子痫唯一有效的方法就是尽速取出胎儿，不论是催生或施行剖腹产。医疗团队向

维罗妮卡·赛班卡顿医生从十九岁起就在发展中国家工作。在她的祖国德国学习妇科之后，她跟随 MSF 出她的第一次任务，去了利比里亚，后来在"产妇之家"就职。
（Dan Bortolotti）

赛班卡顿解释，胎儿已死（那一夜稍晚时候会产下死胎），产妇口齿不清，无法移动双腿，两项症状都显示她可能中风了。"我们见过几名妇女已经看不见东西好几天了，甚至一个礼拜了，你会认为可能是高血压造成的，而且永远不会好转。"然而，赛班卡顿知道，神经症状有时会在几天后改善。但是如果情况没有好转，海地妇女根本不可能接受专家的治疗和长期追踪，只有富人会这么做。"医生有时要我们将这些病患转给眼科医生，可是这么做有什么好处？如果做出诊断却不能做任何治疗，这么做又有什么意义？"

几张病床之外，有位前一晚流产的妇女在疗养。医疗团队相信她是部分性葡萄胎妊娠，胚胎组织无法发展成可存活的胎儿。在大多数案例中，葡萄胎虽然不会立即危害生命，却可能导致并发症，继而产生癌症。"未来她需要随访，因为我们需要检查她两年。我们必须做刮宫术，确保清干净一切。"赛班卡顿解释道。但状况还是一样，手头资源如此稀少的妇女似乎不太可能走完这些步骤。"她会回诊吗？她知道自己的状况吗？如果肿瘤转变成恶性的，谁来负担医药费？能够及时发现吗？"

赛班卡顿循着一名婴儿的轻柔哭声转头去看，发现一对看起来很健康的母子。结果，其实这名母亲是艾滋病毒阳性。MSF没在"产妇之家"开办艾滋病疗程，而是把这些携带病毒的母亲都集中在新的加强管理区内。"让这些母亲有机会安全分娩，将降低婴儿受母亲垂直感染的概率。我们在分娩前或期间给予母亲抗逆转录病毒药物治疗，也可以给新生儿用药，至少是第一剂，并尽力确保母亲会参加一项还有名额的后续疗程。"赛班卡顿说，最糟的情况下，百分之四十以上的艾滋妈妈会将病毒传给孩子，但她估计在"产妇之家"，比率不到百分之十。

严重贫血是这间医院的另一个长期问题。血红蛋白富含铁，负责运送血液中的氧气，女性每公升血液中的血红蛋白正常值约为一百二十到一百六十克；相较之下，血红蛋白四十几克以下的病患在"产妇之家"并不罕见。赛班卡顿由此得知，自己原先认为孕妇无法承受的积极性治疗，例如打大剂量的利尿剂以避免心脏衰竭、肺水肿，有时在血源不足的医院是必要的。

赛班卡顿接下来探视的妇女已经怀孕二十七周，因为前置胎盘导致严重出血。当胎盘在子宫下段形成时就会发生这种情况，还会堵住子宫颈；随着怀孕周数增加，胎盘会剥离，造成出血。"如果这名妇女在德国，我们会要她在医院待几个月。"赛班卡顿说，"在这里，如果出血停止，而且再发生的概率不高，我们会交代她们休息，别做粗重活。但她们究竟要怎么办到？谁来替她们提水或做其他家务事？我不知道。"

　　在现代的西方医院，有前置胎盘的孕妇可以接受紧急剖腹产，即使提早了几周出世，宝宝通常也不会有什么大碍。但在太子港，大部分的

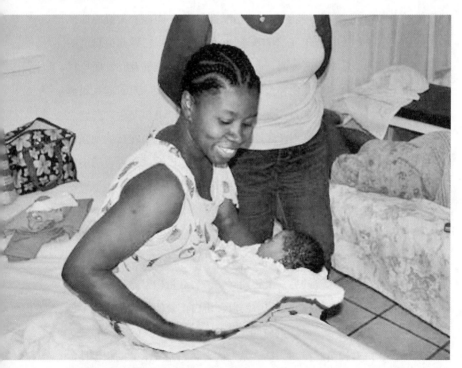

一位自豪的母亲在"产妇之家"的产房生产后，抱着自己的新生儿。尽管海地政府承诺提供免费的孕产妇护理，但许多孕妇发现，她们还必须付药费和其他服务费。（Dan Bortolotti）

妇女无法用上新生儿保温箱或得到加强照护，即使是在"产妇之家"，那里的小儿科病房也小得令人心碎，护士能为小病人做的很少。"他们给孩子吸氧、静脉注射，但这些孩子受到感染，无法应付，因为他们的器官还太不成熟。最后，只有最强壮的孩子会活下来。这成了父母亲的大问题：他们拒绝接受这些孩子。父母亲不想带孩子回家，因为他们每两个小时就必须花二十分钟注射喂食，而许多妇女没有能力那样做；为了生存，她们必须为其他事情奋斗。"赛班卡顿说，这些母亲往往不替宝宝取名，直到确定孩子真的脱离险境；她在非洲工作时也发现了同样的现象。小儿科病房是医院内最冷清的地方。"有时我会想走进病房，坐到那些宝宝身旁陪陪他们，但是不行，你必须让自己保持距离。"

每个月有数百名婴儿在"产妇之家"吸进人生的第一口气，也有许多婴儿在这里咽下最后一口气。MSF 的工作并没有在产房结束，他们还通过心理保健计划支持悲痛的妇女，地点就在门上用克里奥语写着"心理"的一楼小办公室。

心理社会计划相当晚近才被纳入 MSF 的系列活动中。九〇年代中期，这个组织的医疗团队中开始出现心理学家和咨询师。在太子港，心理保健计划由莫妮卡·奥斯瓦德森负责，这是她第一次出 MSF 的任务。在祖国瑞典念完心理学后，二〇〇〇年，她去了南非工作。"当规则与价值彻底改变后，从心理学上讲，我对那个社会发生的事感兴趣。"奥斯瓦德森的英语完美无瑕，带有瑞典口音和受到前男友影响的令人愉快的爱尔兰腔。她在瑞典的工作着重于意外事故受害者、自杀未遂者及其他长期咨询事务，而在"产妇之家"，她的角色是监督两位年轻的海地咨询员洁内·让-夏尔和迪兰诺·让，帮助刚失去宝宝或经历分娩创伤的妇女。

"在这里，我们带领这些妇女谈谈她们的经历及对那段经历的想法、感觉；将事情经过说出来往往带给人很大的安慰。有些事情她们完全不

孩子们在 MSF 的医疗诊所外等待，这家诊所位于太子港的 LaSaline 社区。一位助产士每周要去诊所几次，为孕妇会诊。该诊所还为感染艾滋病毒和梅毒的妇女提供自愿检测及咨询。（Dan Bortolotti）

知道，例如先兆子痫有什么影响，我们可以解释给她们听，增进她们的理解。"奥斯瓦德森坦言，这对许多病患来说并不顺利。"我们照顾的人教育水准低下；她们住在贫民窟，不习惯受照顾，不习惯有人问她们一堆私人问题，尤其还是白人。所以很多妇女不愿吐露自己的感觉，即使在其他方面很放得开；她们友善、愉快地和你交谈，分享许多事情，但明显有防备，我们必须努力营造安全、信赖的感觉。这与尊重病人的限度有关，是发生在两个人之间的一种复杂过程；如果她们认为我对她们说的话有很好的回应，就会觉得可以信任我、多冒点险。"

有些病患会说法语，但克里奥语才是她们的母语，因而奥斯瓦德森在此地需要仰赖她的海地同僚。"我非常倚重迪兰诺和洁内，因为她们能读懂所有我不明白的细微信号。咨询过程中会出现某些信号，代表我们应该略过或者施压。"她也意识到批评当地习惯的风险，即使这些习惯可能带来危险后果。例如，许多妇女在怀孕期间服用的草药可能危及胎儿。"我不是非常精通海地文化，所以需要迪兰诺和洁内帮忙，用不会冒犯她们的方式说明。如果你是外地人，讨论起来会很困难，因为她们把你视为外来者，不属于这里，现在你却告诉她们不应该这么做，可这是她们的文化。"

其他文化差异更加棘手。"我遇过有妇女说丈夫对自己开枪，还告诉我们她们要怎么做才能维系婚姻；我不认为在瑞典遭到丈夫枪击的妇女，还会把心思放在该如何改善关系上。"有时候妇女会在宝宝死后遭丈夫抛弃，任由她们为同时失去孩子和婚姻而痛心。奥斯瓦德森的病人还包括孩子的孩子：她提供过咨询的最年轻的母亲是十一岁。

奥斯瓦德森坦言，这些女孩和妇女需要的不只是咨询。"我想要给身处贫民窟的她们干净的水、污水处理系统、住的地方、工作，跟她们说话能做什么呢？但我明白我们在帮助这里的人，我明白我们给了她们某些东西，纾解某些伤痛。你可以与病人建立关系。"

茱迪安医院在太子港开张时，MSF 已经在这个当时充满暴力的城市的其他地方工作。二〇〇四年的军事政变后，总统阿里斯蒂德流亡海外，联合国派遣巴西领军的维和部队稳定海地局势，当地部署了七千名军人和两千名警察。这个联合国驻海地稳定特派团（简称 MINUSTAH）从一开始就充满争议，海地民众指控有军人于镇压集会活动时大量屠杀平民，尤其是在太子港恶名昭彰的贫民窟太阳城。二〇〇四年十二月至二〇〇五年四月之间，首都三个 MSF 医疗中心收容的病患，有将近三分之一是来接受枪击或刀伤治疗的。

两年后，海地终于举行选举，要决定阿里斯蒂德的继任者。二〇〇六年二月，投票者选择普雷瓦尔担任新总统，局势暂时冷却。但那年夏天，首都暴力再起，七月时，MSF 医治了超过两百名枪伤患者。到了二〇〇七年初，联合国驻海地稳定特派团和海地警方终究设法控制住了局势，同年十二月，MSF 将自己位于太阳城的医院交由当地政府机构经营，组织内部开始讨论是否该逐步结束其他海地项目，转往他处。

然而，一连串事件导致 MSF 留了下来。二〇〇八年初，豆类、稻米、水果及其他主要食物价格暴涨，绝望的饥民吃起太阳烘烤的泥饼。粮食危机在四月到了严重关头，数千名海地人在街头暴动、焚烧轮胎、洗劫商家、与联合国部队交火。MSF 比利时分部在首都贫民区马蒂斯桑经营了一家紧急医院，那里的医生说，当时不论去哪里都很难避免被愤怒的暴民丢石头。九月时，飓风古斯塔夫、汉娜、伊奇重创了西北部的滨海城市戈纳伊夫，引发洪水和泥石流，超过八百人罹难。接着在十一月七日，佩蒂翁维尔市一间三层楼的学校崩塌，压死了至少九十人，其中许多都是孩童，约半数生还者于马蒂斯桑及首都另一家 MSF 医院圣三一创伤中心接受治疗。

戈纳伊夫的水患让 MSF 有机会参与其中的工作，令组织中那些喜爱追求刺激者热血沸腾。灾难发生时，马西米兰诺·柯西才刚开始担任

太子港外的贫民窟是疾病的滋生地，尤其是在雨季。被污染的水和昆虫使居民面临患疟疾、登革热、呼吸道感染、结膜炎和腹泻病的风险。（Dan Bortolotti）

MSF 比利时分部的负责人，当时比利时分部经营的马蒂斯桑医院每个月处理八千名左右的病患。柯西是意大利人，在 MSF 已有九年工作经验，身陷过好几次高压环境，包括第二次利比亚内战及南苏丹，曾被困在叛军以卡拉什尼科夫机枪胁迫飞行员的小飞机中。而在太子港，他发现自己所担任的职务是 MSF 最高阶的现场管理工作，确实比较缺乏刺激。"我在办公室写报告、打电话……"他越说越小声，摇了摇头，"接着，三周之后，我来到这里。戈纳伊夫情况紧急，我跳上直升机，再度置身混乱中。太好了，我就喜欢这样。"

柯西和另外七个人组成的团队抵达后，发现城内百分之八十的地方水深达数米。"那些民众住在屋顶上。大部分地区我们都到不了,因为到处是水,我们无法开车过去,所以改搭直升机。"MSF规划出三种介入方式:首先,派流动医院(巡回各地的小型轻装备医疗队)过去到达受困洪水的民众中间;然后为超过十五万人提供干净的饮用水,协助防范霍乱等水患相关疾病;最后,他们着手设立新医院,替代完全损毁的旧医院。"我们使用占地六千平方米左右的老工厂,用木头和塑料布架设内墙,将它变成有手术室、小儿科、门诊部、急诊室的医院。"城内的洪水数周后才完全消退,留下了大量泥巴,但二〇〇八年年底,MSF便将医院交予了该国卫生部。

柯西对进驻地区的民众无疑深感同情,但他也坦承自己喜欢置身于行动中心。"如今当我回到意大利,我的朋友全都结了婚,有了孩子,我和他们的烦恼相差十万八千里。他们会说:'小马,你尽做些刺激的事,我却一直做着同样的工作,生活完全一成不变。'而我会说:'没错,你们的生活一成不变,但你们建立了家庭,安定了下来,这是我所缺少的。'不过我不嫉妒他们,否则就不会来做这个工作了。我的生活不需要安定——我受不了安定,那比炮轰还令我害怕。我想这就是为什么我还待在MSF,因为它正好满足了我的需求。"

和大多数MSF老手一样,柯西对组织有许多挑剔,不过即使九年过去,他仍坚持MSF是最"清廉诚实"的非政府组织,尤其是谈到重大支出时。在介入戈纳伊夫的那五个月,组织编制了两百六十万欧元的预算交由他掌管,当他制作财务报表时,只有九千五百欧元去向不明——占总预算的百分之零点三六。柯西说,短少几乎都是因为团队单纯忘了记录完全合法的开支,但位于布鲁塞尔的总部为这个过失而对他发飙。"事情就应该是这样子,这也是为什么我喜欢MSF。"

身为专注于拯救生命的人道主义援助团体,MSF从不希望项目长久延续下去。当然,有些项目持续数年,因为若是MSF离开了,当地民众将无依无靠。但饥荒会结束、战争会平息，局势通常会恢复正常，此时国家就需要开始运作，由当地来管理医疗体系，而 MSF 根本无法提供这样的进程。举例来说，随着太子港的残酷暴行获得控制，MSF 的圣三一创伤中心进入援助团体所称的"过渡期"。虽然状况不再紧急，但海地政府显然没有意愿或能力维持 MSF 所提供的医护质量。病患继续来到圣三一创伤中心，不去应该要有能力照料他们的公立医院，让 MSF 成了实质上的卫生部。然而若是这个组织离去，将资源用到世界其他地方，是不是等于抛下这里不管？

回想二〇〇九年春天的情况，布莱恩·菲力普·穆勒坦言自己感到沮丧。窗外的发电机隆隆作响，在圣三一创伤中心的办公室中，这位 MSF 法国分部的负责人神情疲惫，他说那一连串的真切灾难似乎还在继续。他希望在二〇一〇年年底将医院移交给政府或其他非政府组织，但不指望移交过程会平顺。"总有状况会发生。我发现今年的太子港充斥着各种危言耸听，尤其是在我们宣布要结束这里的项目之后。你会听到像是'狂欢节向来暴力，将有数千人涌上街头，有人会带着刀枪，会造成六十人死亡，数百人受伤！'结果刚结束的狂欢节情况如何呢？一人死亡，所有伤者都当场获得了治疗，不成问题。然后到了四月，谣言换成了：'参议院选举，会是一场灾难！'于是我们做好准备，实际上却什么都没发生。首都以外的地区是有些状况，但完全没有出现民众预期的大灾难和暴力事件。现在民众又开始谈论飓风季节。一旦我们开始为不一定会发生的事情做准备，我就认为是时候该质疑我们的适切性和影响力了。"

穆勒并非暗示太子港的医疗需求不再迫切；走一趟圣三一创伤中心，很快就会让人打消这种想法。术后照护区内，一群严重骨折的伤患正在疗养，其中一位以装满沙子的漂白剂瓶当作重物做收缩复健训练；烧烫伤病房中，一个小男孩脸朝下趴着，露出臀部触目惊心的伤口。这

恩索·桑杜克是当地雇员，从事外勤工作，他定期到 LaSaline 社区走访这些家庭。作为一名外展工作人员，他的职责是解释 MSF 的医生在该地区的工作，鼓励孕妇到医院寻求护理，并探访之前人的病。（Dan Bortolotti）

些场景令人不安，却是任何创伤医院常见的景象而非严重危机的标志。穆勒来自新西兰，是受过训练的创伤护士。二〇〇六年暴力最猖獗的时期，他在海地执行过初期任务，状况截然不同。"当时真的很紧迫，我们面对的状况其实就是内战。医疗团队一周七天一天二十四小时连续工作，不眠不休。但现在情势和缓了许多，所以我们的工作也变了。如今我们大约有百分之二十的业务是因暴力所致，大部分的外科手术都是因为家庭矛盾、劳动意外，再来就是道路事故。我们在做许多必要的事情，却不是我们真正的使命。我们的急诊室有百分之八十五左右的病患都无须住院治疗，伤口经缝合、包扎后，人就离开了。所以这些工作内容多半不是拯救性命，任何小诊所都做得来，但这些病人来找我们是基于两个理由：因为品质好，也因为免费。"

"产妇之家"也有类似的考量；免费产科照护计划原本打算让 MSF 逐步缩减业务，将事情移交给当地政府。如果公立医院水准提升，有能力应付这些状况，该组织希望首都未来不需要一间医院处理紧急产科病例，但团队人员知道必须逐步移交责任。如同其中一位成员所说："就这么在二〇一〇年年底结束项目等于是犯罪。"

穆勒也有相同的担忧。"比利时、荷兰、法国这三个进驻太子港的 MSF 分部，每年合计编制了一千五百万欧元的预算投注在这里，把所有经费合起来，已经可以运作一间公立大型综合医院了。对我们来说，这种做法不再站得住脚。"但民众显然不希望 MSF 离开。"当我们宣布项目结束时，有人威胁要阻断通往机场的道路；他们说会制造混乱，那样我们就得留下来。在这里，MSF 赫赫有名、广受喜爱，而且备受尊敬，我们离开后，一定会出现真空状态。如果我们明年离开，该怎么处置这些病人？他们要去哪里？"

谈到自家医疗中心的病患，穆勒的语气激动起来。"她二十六岁，四肢瘫痪，需要有人每两个小时替她翻次身、料理大小便、长期照护。唯一可以照顾她的七十五岁的阿姨，刚被诊断出有肝癌，预估只能活到年底；阿姨过世后，就没有其他人能照顾这名年轻女子了。她目前住在贫民窟的破旧小屋，待在一个纸箱上，悲哀啊！我希望我们能为这些人找到出路。"

后　记

无论 MSF 在分阶段终结海地项目上有哪些计划，一切都在二〇一

○年一月十二日下午四点五十三分消失了。那一刻，整个岛屿遭受了毁灭性的地震冲击，死亡人数永远无从确认，最保守的估计数字是超过二十二万人罹难——堪比二○○四年的南亚海啸——另有三十万人受伤，约一千三百万人无家可归。

这场地震是 MSF 历史上独一无二的事件。当然，这个组织经常驰援自然灾害的受难者，往往一两天内就到达当地，但他们从未在已经进驻执行重大项目的地区遭受此等规模的灾难袭击。

早在数个月前，莱斯莉·贝尔就已经完成她在太子港担任后勤协调员的任务。到了一月时，她已经在肯尼亚拉姆的海滩上啜着饮料，直到数天后进入市区才得知有地震发生。"我收到一封电子邮件，上面写着：'你明天搭得上飞机吗？'"贝尔立刻中断假期，在地震后一周左右抵达了海地。

温蒂·赖于二○○九年年中离开海地，听闻这场灾难时，她正在多伦多一间医院的急诊部门工作，也觉得自己必须回去。二○○八年佩蒂翁维尔市的学校倒塌时，赖医生正在太子港，那场意外夺走了大约九十条人命。她只能想象城内必然损毁，那里有数千栋建筑物，其中许多还是粗制滥造。抵达的第一天，她开车穿过瓦砾堆时得到了答案。"有些建筑物就像凭空消失了，有些建筑物还看得到楼板，但如今看起来是平的。"

贝尔和赖医生来到"产妇之家"，一年前两人和同僚才刚费尽心力设立了这所医院；如今，她们发现它依然矗立，但已经无法使用。"地震发生时有些人员在建筑物内，他们说可以感觉到建筑物摇摇晃晃，周围的墙壁四分五裂。"赖医生说，"没有人受重伤，很神奇，因为从某些照片中我看到大石头压在病人的床上。窗户爆裂，原本的混凝土外墙如今裂开一个洞，无法遮风挡雨。"许多病患被移到院子里，等待安全时机才能撤离。"我认为那些病人真的想赶快回到自己的家，和家人在一起。"

沿着德马斯街过去不远处，MSF圣三一创伤中心的灾情就严重多了：建筑物坍塌，数名病患及两名当地雇员罹难。MSF团队人员将幸存的病患移往户外，尽己所能医治他们，但很快就开始有大量伤者涌入。作为太子港唯一的紧急外科医院，挤压伤、骨折的伤患终究应该前往圣三一创伤中心。院内人员尽力处置，在灾难发生的头两天，露天治疗了四百位左右的病人。

没有外地来的MSF成员死于地震中，那是个小奇迹。地震开始时，赖医生执行第一次任务期间居住的房子里有三个人，其中两个身处一楼，他们设法在墙壁碎裂前逃了出去，但加拿大籍的后勤专家丹妮尔·崔帕尼尔在自己位于二楼的房间休息。随着建筑物坍塌，她跌落到地下室，被成堆的瓦砾掩埋。数小时过去，同僚都以为崔帕尼尔死了，但第二天一大早，他们听见她时有时无的求救声。在一名司机的带领下，四位当地雇员冒着生命危险徒手在数米厚的混凝土和变形金属中挖掘。等他们终于救她脱身时，浑身是伤且饱受惊吓的她已经受困将近二十四小时，但好在她没有大碍。

贝尔的职责包括为MSF寻觅落脚地点，要在太子港及邻近社区设立医疗中心。这项工作在灾难发生前就已经够难了，如今更是几乎不可能，不仅由于市内大多数建筑物已经不稳固。"最大的挑战是找到场地，因为有太多非政府组织进驻了。"即使当他们找到完好无缺的建筑物时，病患和工作人员也都害怕待在室内。恐怕这不能算是非理性的恐惧：一月十二日之后那几周，那个城市历经数十次大大小小的余震，每次都逼得受惊的居民逃到了街上。最初的地震过后八天，一场规模为六点一级的余震扩大了损害程度，也造成两个MSF医疗中心无法使用。

MSF的震后项目中最引人注目的就属圣路易斯医院，这间充气帐篷医院填补了圣三一留下的空洞。自二〇〇五年十月的克什米尔地震之

MSF 的创伤医院在二〇一〇年一月的太子港大地震中被毁后，该组织在一个足球场上建起了一座九千平方英尺的充气医院。新设施只花了两天时间就建好并开始运作了。（Benoit Finck/MSF）

后，MSF 也曾创造过这类工程奇迹，但圣路易斯是他们目前为止规模最大的野外医院。灾难发生后三天内，法国和比利时的 MSF 后勤中心派遣一架飞机前往海地，上面装载了四十五吨的设备。不幸的是，由于太子港机场仍然一片混乱，飞机必须降落在多米尼加共和国，然后在那里不辞辛劳地将货板装上卡车。MSF 团队人员日夜赶工，终于将医院配备送达一所损毁中学的足球场上。数百名当地雇员摊开塑料地砖，将帐篷零件搬至地头，挂起发电机和空气压缩机。接下来的四十八小时，随着空气注入，九个白色帐篷自地面缓缓立起，每个帐篷占地约一千平方英尺。MSF在地震损坏了市内所有自家医疗中心后几乎不满一周，便经营起了一间设备完善的医院，里面有两百张病床，还有两间无菌手术室、一间加护病房，由自己的电力系统供电。

到了三月中，MSF已经设立二十六个据点，提供超过一千三百张病床，还有四个流动诊所。来自国外的工作人员从三十位左右增加到了三百五十位以上，由三千名本地人员支援。医疗重点随着时间的推移而演变：头几天是治疗可怕的挤压伤、施行紧急外科手术，接着是对抗未获妥善照料的伤口感染。术后照护持续数周，包括更换敷料、清洁伤口、移植皮肤、安装假肢。到了地震过后八周温蒂·赖返家时，许多伤患的断骨已经愈合，医疗团队也可以拆除石膏和外固定器。对于那些还有希望完全复原的人而言，恢复正常生活需要好几个月的时间，于是MSF准备长期安顿下来。"我们计划搬进能维持得比较久的建筑物，但选择不多。"赖医生说，"我们已经确认某些建筑物可以利用，但这取决于很多事情，对于置身水泥建筑物内的恐惧占了很大因素，工作人员和病患都一样害怕。"

由于太多民众无家可归，MSF注意到这些城市居民中开始出现新的疾病。"城市里有大约一百五十万人流离失所，在各处搭帐篷栖身。"赖医生说，"那提高了民众罹患传染病的风险：疟疾病例越来越多，我们还看到严重的急性营养不良。过去我们发现许多慢性营养不良，但没有营养急症，现在却有了。"虽然较大型的营地有茅坑或流动厕所，但城市四周的临时收容所很多都缺乏卫生设备，到处飘着污物的恶臭。随着雨季逼近，情况只会越来越糟。MSF尽其所能，至少是建立基本卫生设施，分发厨房用品、简易油桶、塑料布、蚊帐、毯子。

莫妮卡·奥斯瓦德森回到了太子港，继续执行MSF的心理保健计划，头两个月治疗了超过两万两千人。有别于辅导怀孕期间经历困难的母亲，如今她协助民众处理自身见证的可怕事件、失去所爱、肢体残缺或受了其他令人衰弱的伤之后对未来的期望。

"对 MSF 来说，这场地震改变了一切。"温蒂·赖说，"一月十二日之前，这个国家比过去稳定许多，暴力等级降低，政治更加安定，我们甚至在思索是否还应该待在这里。但如今民众脆弱多了，在可预见的未来，MSF 将继续在这里工作。"

第二章　比亚法拉和大黄蜂

至少可以确定的是，一九七一年，"无国界医生"诞生于巴黎的会议室中，但究竟是什么导致组织诞生以及关于一九七九年的分裂事件却是众说纷纭。对此，一位法国 MSF 成员调皮地说："每个人都自己重新演绎了这个故事——甚至可能连我都一样。"

有关 MSF 的起源，所有人至少都同意一点：刚开始时跟比亚法拉有关。一九六七年五月，尼日利亚东部一个地区宣布成为独立的比亚法拉省，以致引发内战。比亚法拉部队最初小有胜果，但到了次年初，尼日利亚军方切断了这个叛乱省份的补给线。挨饿孩童的照片很快就让非洲饥荒首次登上国际舞台，比亚法拉等待世人的反应，但世人分身乏术。一九六八年，美国有五十万的部队在越南，国内民众越来越不欢迎战争。八月时，苏联坦克隆隆地驶进了捷克斯洛伐克。在巴黎，五月的民众暴动和全国性大罢工才刚刚开始平息。这些事件在法国上演了寻常景象——街头摆起路障、学生高唱着法国国歌，但对伯纳德·库什纳而言，这不是革命。

库什纳一九三九年出生于阿维尼翁，那年他二十九岁，是个干劲十足的肠胃科医生，英俊、强健、自视甚高，性格中还带有英雄主义色彩。他曾哀叹自己生得太晚，来不及参与第二次世界大战，"来不及阻挡纳粹大屠杀"。《经济学人》曾于一九九九年这么描述他："库什纳医生冲动、富有争议性、活力四射、充满奇思妙想、善于表达、慷慨、勇敢，同时也鲁莽、刻薄、缺乏耐心、没有条理、顽固、易怒。许多人认为他难以共事……有时显得虚荣、迷恋媒体。"一九六〇年代晚期，这位后来成为 MSF 关键创立者的医生还没受到这样的评价。他是巴黎的社会主义激进分子，认为一九六八年五月的学生抗议行动不切实际。库什纳拥有更为远大的世界观，当他听说那年夏天法国红十字会要派遣志愿者前往比亚法拉时，马上报名参加，总计约有五十位医生同行。

当时世界大国多半和尼日利亚政府同一阵线，包括过去殖民该地的英国，还有苏联。美国、埃及也都支持尼日利亚政府，创造出了匪夷所思的四国联盟。唯独法国同情比亚法拉叛军，据说甚至送武器支援他们。库什纳也同情他们，然而因为红十字会于进驻地区严守中立，像库什纳这样的志愿者要签署允诺谨慎行事的协议；为了接近受难者，他愿意闭口不言，却签得十分不情愿。

到了九月，库什纳启程前往比亚法拉，班机趁夜飞行以避免遭击落。他和同僚乘车来到乌欧玛玛村，发现位于几栋破落建筑物的医院里挤满了数百名受伤的成年男女及孩童。红十字会的医生也会到大约两公里外的供食中心工作，在那里救助上千个严重营养不良的孩子。

库什纳对眼前的景象感到惊骇，三十五年后他仍记得那些饥饿的孩子"如同终于被浇了水的干枯植物"。但这群法国医生很快就明白，这些比亚法拉人不仅身陷战火中，而且尼日利亚军方刻意让他们挨饿，封锁食物，确保"他们饿得瘦弱无比，全都死在我们手里"。这群医生相信自己正在目睹一场大屠杀。

尼日利亚军方过去已对人道主义医疗救援表现出蔑视：一群跟随红十字会前来的南斯拉夫医生在冲突中遭杀害，还有关于标识醒目的医疗中心受到攻击的可怕故事。"他们什么人都杀，"一名比亚法拉人告诉这个法国人，"连医生、护士、医院人员都不放过。"

库什纳最后返回了欧洲，并且违反他与红十字会签署的协议，和志

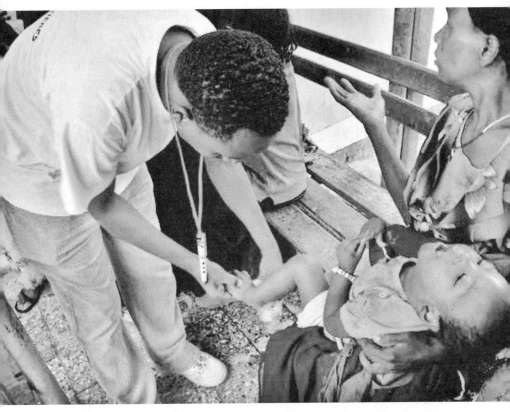

在埃塞俄比亚南部的一个供食中心项目中，一名 MSF 的护士在检查一名儿童的水肿情况，水肿是夸休可尔症的病理之一，这种病是一种恶性营养不良。（Susan Sandars/MSF）

同道合的同僚在巴黎策划了游行及媒体活动，唤起大众对比亚法拉的关切。他游说国际社会谴责尼日利亚政府，质疑红十字会拒绝放弃中立，等于让大屠杀持续下去。"提供医疗照顾并保持缄默，提供医疗照顾并任由孩童死去，在我看来显然是共犯行为。"他于二〇〇三年如此告诉哈佛大学公共卫生学院的学生，"中立导致纵容，干预的责任便产生了。"

对他国事务进行人道主义干预的观念，在法国比在任何地方都更为源远流长；简单来说，就是认为一个国家有权干预他国事务，以避免人权受到严重侵害，必要时还可诉诸武力。一九七九年，法国学者让-弗朗索瓦·勒维尔创造出"干预的责任"这个名词；之后的十年，早已离开 MSF 的库什纳企盼看到国际法将这个原则奉为圭臬。但在西欧，这个观念至少可以远溯至十七世纪。英国、荷兰、比利时、德国的哲学家全都表示认同，但在自诩为人权发源地的法国，这个观念特别能获得共鸣。

批评者指出，人道主义干预的问题在于：听起来高尚，但动机往往愤世嫉俗。长久以来，殖民大国企图合理化自身的行动，以道德的外衣遮掩野心。不论就法律上或道德上而言，干预他国事务的权力或责任也是含糊不清，充满矛盾；符合外交利益时就援用权力，不符合时则置之不理。一位国际法教授称之为"一小撮超级强权国家不断操弄滥用的笑话和骗局"，完全不是基于人道主义。尽管如此，到了二十世纪初，法国法律认可了这个观念，因此，当支援比亚法拉引发英美学者对人道主义干预的争议时，在法国却是"既成事实"。这个差异多少可以解释 MSF 为何会在法国崛起，而非其他地方，如英国，因为英国偏好长期发展更胜于紧急干预。

一九六〇年代晚期巴黎的思想氛围，对 MSF 的创立者也有深远影响。一九五〇年代开始，法国及其他欧洲列强昔日的殖民地纷纷宣布独立，即使他们的美梦在一九六八年五月幻灭，像库什纳这样的激进分子仍倾向于支持这些新兴国家。当时，巴黎街头出现了一幅海报，里面的人物衣衫褴褛，上头写着"国界＝压迫"，这句标语很快就反映在 MSF 的命名上。库什纳那代人梦想有新的世界秩序，期望人道主义可以在政治左派失败的地方成功。

就连法国的医疗体系也让这个国家成熟到足以催生出 MSF 这样的

组织。在此之前，紧急医疗服务几乎不存在——包括现今我们视为理所当然的电召救护车及医务人员。一九六〇年代，法国建立了医前急救系统（简称 SAMU），并且针对紧急医疗这个新领域训练医生。同样地，这不是法国所独有——美国和英国也差不多在同一时期开始发展，但法国堪称先驱，而"无国界医生"的几位创始成员及早期成员就是曾在 SAMU 工作的医生。

当然，MSF 的创立者也有自己的私人动机。身为犹太医生，纳粹大屠杀的记忆以及红十字会面对那个事件的沉默态度，必然深刻影响着库什纳。此外，他依旧频繁接触法国政府及学者圈，不仅阅读萨特，私底下也认识萨特，这些互动为他的呼吁行动树立了威信。

到了一九七〇年，尼日利亚内战结束。这群以"比亚法拉派"闻名的法国医生，建立了一个非正式组织，在库什纳位于让蒂伊的家里聚会，粗略地取名为"紧急医疗救助和外科治疗组织"（简称 GIMCU），直接杠上红十字会，主张冲突中的受害者权利比尊重主权更重要。

那年稍晚时候，巴黎出现另一群有志之士，由医学期刊《张力》（*Tonus*）的编辑雷蒙·波莱尔领军。一九七〇年，这份期刊呼吁法国医生去帮助自然灾害的受难者，首先是伊朗，然后是南斯拉夫和东巴基斯坦。《张力》质疑在这些个案中，国际医疗救援因为官僚体制和政治纷争而姗姗来迟。波莱尔拿起指挥棒，启动了名为"法国医疗援助"的计划（简称 SMF），征召志愿医生。

这两个团体不久就决定结合彼此的力量。经过一番斟酌，波莱尔想出了"无国界医生"这个称号。一九七一年十二月二十日，在香烟的烟雾缭绕的《张力》办公室里，诞生了一个不太可能的联盟，一位 MSF 成员戏称其为"一名医生和一名记者生出的杂种小孩"。

两个阵营在许多事情上意见一致，但没过多久就出现了裂痕。库什纳和大多数比亚法拉派要求新组织可以在必要时公开反对政府；毕竟，

一九七一年十二月二十日，MSF 的创始人在医学杂志《张力》的巴黎办事处签署了第一份宪章。从一开始，该组织就在它应该如何以及何时对它所目睹的暴行发表意见的问题上分成了两派。（MSF）

他们不就是因此才打破与红十字会的协议的吗？波莱尔也同样坚持要保持中立，因为不太可能有政府愿意冒着遭羞辱的风险，对恣意开炮的组织敞开大门。当众人草拟原始的 MSF 宪章时，库什纳被迫自我克制——行事以"宪章"为依据。如同库什纳三年前与红十字会的协议，宪章第四条清楚显示了中立原则的胜出：

> 他们力持专业慎重，对于接受他们援助的事件、国家、领袖，避免批判或公开表示同情或敌视。

那晚有十三个人在场——也许正预示了日后的失和。

"无国界医生"头一年十足低调，他们声称有一百四十位志愿工作者，但全都忙于日常工作，保险箱里的法郎也很少。虽然 MSF 后来以其独立性和紧急救助行动快速而闻名，但当时仍然明显缺乏这两项特质。羽翼未丰的 MSF 是某种医疗人力资源机构，派遣医生和其他援助机构一同前往现场；讽刺的是，有时甚至与红十字会一起工作。雷蒙·波莱尔的一大目标是第一个到达现场，而考验在 MSF 成立一周年后几天降临：一场地震几乎摧毁了尼加拉瓜的马那瓜，多达一万人罹难。该组织赶忙集结了三支医疗团队，其中也包含库什纳，派遣他们带着大约十吨的医疗补给启程。一行人抵达时，赈灾工作已经开始了三天。不到两年之后，当飓风"菲菲"袭击洪都拉斯时，他们还是没能抢先抵达。

然而，一项在日后更具重要性的任务，重新开启了 MSF 首次开会即发生的意见不合。一九七四年，一名库尔德族使者找上库什纳，要求 MSF 支持伊拉克北部的库尔德族反抗军，得到了库什纳的同意，这激怒了波莱尔及其盟友。这群记者提出质疑：不论他们私底下是否同情库尔德族人，那毕竟是一场伊拉克境内的纷争，MSF 不能选边站；他们提起依旧令库什纳激动的宪章第四条。经过冗长的争论，桀骜不驯的库什纳径自行动，派遣团队前往伊拉克，坚称自己纯粹是要提供医疗援助。

一九七五年二月的 MSF 年会上，挑衅行为再度上演，比亚法拉派和来自《张力》的成员公然争吵起来。投票表决时，波莱尔的一名亲信失去董事席位，库什纳和一名同僚却取得了两个最高阶的职务，比亚法拉派至此掌控了该组织。

第五年时，MSF 还是以极少的资金在运作，因为创立者不愿向大众募款——发函募款之类的方式尚未传到法国。不过，在库什纳的带领下，MSF 首次尝到了成功的滋味。一九七六年，该组织派遣五十六人的巡回医疗队去支援贝鲁特的一家医院，这是他们第一个重大的战地任务。那一年，有机构为 MSF 推出免费宣传，黑白印刷的广告，主角是个张大眼睛的孩子，上头写着"候诊室里有二十亿人"。MSF 在法国的声望开始增长，还扩及海外：《时代周刊》在谈论它进驻贝鲁特的报道中，称之为"一个非凡的组织"。MSF 甚至必须回绝某些自告奋勇的年轻医生。

不过即使安于掌控 MSF，比亚法拉派也没高兴多久。那段时间，他们回绝的对象还包括二十六岁、戴着眼镜的杰出青年罗尼·布劳曼。根据传言，当时组织里的一位资深人士审视着他的申请书，高傲地笑着

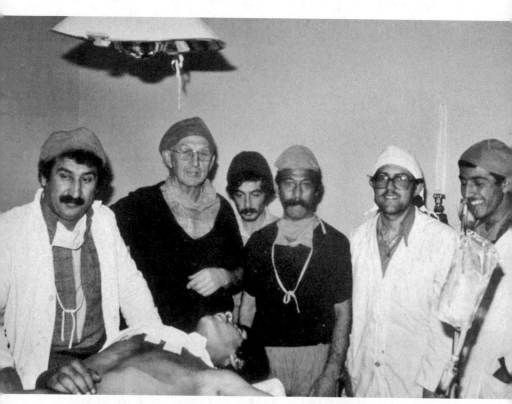

MSF 最早取得的成功之一是在黎巴嫩内战初期执行了一次外科任务。一九七六年，该组织因其在黎巴嫩所做的努力被《时代周刊》称为"一个非凡的组织"，由此赢得了国际赞誉。(MSF)

说："我亲爱的朋友，你知道我们在贝鲁特可是要躲子弹的。"过不了几年，布劳曼也会让这些老家伙躲躲他的子弹。

一九七〇年代晚期，世界变了，MSF 也跟着改变。为了躲避东南亚、非洲、中南美洲的战火，一九七六年到一九七九年间，难民数量倍增，逼近六百万人。在此之前，MSF 大多在冲突区或发生自然灾害的地区执行任务，但如今新培养的急救医生找到了自己可以担任的角色：难民营医生。

克劳德·莫哈瑞是第一批前往泰国的 MSF 医生，在那里照料躲避柬埔寨杀戮战场的难民。他比库什纳年轻十岁，但已经开始谢顶了，茂密的小胡子遮住了上唇。这位二十六岁的青年很快因为勇敢勤奋而赢得了尊敬。莫哈瑞分秒必争地为 MSF 阐述新愿景，包括长期使命和组织改革。他在泰国的团队可以不受阻碍地取得足够的医疗补给，却必须在混乱的仓库撕开纸箱，寻找所需的东西。他们也缺少人手去张罗食物、居所、车辆，以及协助处理行政事务，好让医生可以专心照顾病人。

一九七七年四月，库什纳本人也在 MSF 年会中称赞莫哈瑞，这个新人在此次年会上被选为巴黎办公室的负责人。不过几个月之内，两人开始起争执，"比亚法拉派"和"科尚帮"很快就壁垒分明；后者与莫哈瑞是同一代人，以自身就读的巴黎那所医学院作为其昵称。一九七八年，争执日趋激烈。"科尚帮"坚称如果 MSF 打算超越业余的乌合之众——法国人称为"七拼八凑的大杂烩"，就必须改善后勤，学会募款。与此同时，创立者则看见一帮狂妄的初生之犊想劫持他们的梦想，这些小伙子希望让组织转而提供过于注重技术的医疗服务。有关志愿者是否应该能够针对自身任务公开发言的争论当时也仍然存在，比亚法拉派已经设法在一九七七年移除了那条有争议的条款，但莫哈瑞阵营和波莱尔阵营一样，仍然对在 MSF 进驻的地区抨击当地政府有所顾忌。

回顾过往，这听起来像是微小的分歧，但任何事在 MSF 都不简单。"事情过了三十年再来提起，听起来会比较简单。"起初就站在莫哈瑞那边的罗尼·布劳曼说，他于一九八二至一九九四年间担任 MSF 法国总部的主席，到现在还是组织中的思想领袖。"我们知道自己'不要'什么：继续如此业余的行医方式——只带了装在塑料袋里的些许药物和少量手术器具到场。我们不是更聪明或更开明，只是不想受创立者的梦想局限。"

董事会议随即变成了可以拖延到凌晨三点的针锋相对的场面；在会议桌的两端，库什纳激烈地比划着各种手势，莫哈瑞则埋首文件，用自己的论点一一反驳对方。在其中一场传奇的法式决斗前，库什纳替莫哈瑞按着会议室的门说："欢迎来到竞技场。"帕特里克·亚贝哈德属于比亚法拉派，至今仍是库什纳的友人及支持者，他忆起权力迅速落入"科尚帮"手中的往事。"他们在一个周末内就接管了组织，以非常强硬的政治手段介入组织，这在当时非常违反常规。"

失和的氛围一直在酝酿，直到一九七八年的最后几周终于爆发，此时全世界的电视观众目睹了一场中国海上的悲剧。自一九七五年西贡沦陷后，数百万船民逃离越南，只要找到船就搭，无论是否可靠。十一月时，马来西亚不愿再接纳更多难民，驱逐了"海光"号。那艘船上大约载有两千五百名越南人，拥挤到没有地方可以躺下，卫生状况糟得难以形容。有相机拍到绝望的乘客在栏杆上拉起布条，上面写着："请救救我们！"

那幅布条驱使库什纳采取行动，在数天内成立了名为"越南航运"（A Boat for Vietnam）的委员会，租下"光明岛"号，想用这艘船将越南难民安全送往新的国度。但当委员会要求 MSF 负责船上的医疗服务时，可想而知组织自此分裂。反对库什纳的人指出这项任务明显有不足，一艘船绝对不够；单单十一月，就有高达两万一千五百人逃离越南。他们认为还有更糟的，那就是这项任务可能鼓励更多难民冒险去面对已经夺去数千条人命的辽阔海洋及海盗。

当然，这件事也牵涉个人恩怨，实际上只是一种催化剂。莫哈瑞和波莱尔已经厌倦了库什纳的装模作样、爱受瞩目。一九七八年十一月二十八日，在一场讨论这次出航任务的会议上，长期不和达到了白热化，库什纳、亚贝哈德及他们的支持者知道自己在人数上屈居劣势，经过一番激烈交锋之后，愤而离席。

"光明岛"号如期出航，挂的却不是 MSF 的旗帜。库什纳和他的团队把这艘船当成医疗船，照料了四万名左右的难民。不管 MSF 如何看待这项出航任务，他们获颁路易丝-韦斯奖，这是法国一年一度的奖项，专门表彰对于和平与人类关系所做的贡献。而与此同时，"科尚帮"努力为莫哈瑞寻求支持，处处批评库什纳。一九七九年五月五日的 MSF 年会，显然将成为最后摊牌的日子。那天在巴黎的希尔顿饭店，莫哈瑞赞扬 MSF 采取的新方向，包括在难民营中执行长期任务；库什纳则予以反驳，称 MSF 反对"光明岛"号这项理应执行的任务，等于忘了自己的理想。"MSF 这个标签不该属于那些只是戴着徽章的人，而应该属于一种精神和道德，属于一份荣耀。"两人对 MSF 的愿景显然互相抵触，后来为此举行了投票，结果一百二十票当中有九十票支持莫哈瑞，政变成功了。

库什纳及其盟友憎恶地离开了年会，从此没再回来。跟随库什纳走出门外的亚贝哈德还记得自己转过身去的感觉。"他们背叛了我们。"

一九七九年那段蓬勃发展的日子里，关上的门后面到底发生了什么，只留存于在场人士选择性的记忆中。如大家所说，历史是由胜利者写的，今日的 MSF 官方版本，读起来像是务实的现实主义者战胜了一群热情却哗众取宠的天真梦想家。

库什纳离开后，新的领导者（尤其是莫哈瑞和布劳曼）加紧脚步让 MSF 变得更专业，知道该组织不能依赖零散的捐款运作。一年之内，他们将组织的预算提高到接近三倍，并于一九八二年引入直接发函募款，还开始支付小额津贴给执行长期任务的医生。不过，除了将新的焦点放在技术性知识上，MSF 的活动甚至比分裂前更大胆。新领袖将中立的底线推至极限，至少与库什纳的程度不相上下，而且同样有哗众取宠的作为。

一九七九年十二月苏联入侵阿富汗之后，MSF 是第一个抵达现场

一九八四年，阿富汗反抗军通过巴达克山山谷运送 MSF 的物资。在苏联占领阿富汗期间，MSF 因其在没有其他机构入驻的地方提供援助而获得了声誉。（MSF）

的组织，它非法进入该国，让志愿医生暴露于重大危险中，丝毫没有佯装中立：提供医疗援助给"圣战者"——阿富汗反抗军。"从来没有人争论 MSF 该不该进驻喀布尔以保持中立，"布劳曼后来写道，"如同我们在比亚法拉的前辈，我们暗自选边站，全都认为有责任让世界知道这场战争的规模。"新的领导层听起来和他们才刚撵走的组织创立者一样。批评库什纳的人慨叹他太爱媒体噱头，但 MSF 首次公开谴责外国政府的游行却是由名人领军，包括歌手琼·贝兹和演员丽芙·乌曼。一九八〇年二月上演的游行没有成功将医疗援助送过泰国-高棉边界，去救助"红色高棉"统治下水深火热的受难者。布劳曼也在游行的行列中，他承认 MSF "完全明白自己做出挑衅行为后绝对无法踏入那个国家"。

若质疑莫哈瑞和布劳曼这代人驱逐 MSF 的创立者后，马上重回库什纳的旧思路，这种说法又太过分了。人道主义救援向来是应激性的，充分呼应全球政治气候的。时至今日，MSF 的许多信条都是必须根据周遭环境变化调整的观念。布劳曼认为，那个时期 MSF 在难民营的经验——百分之九十的难民都是想逃离专制统治——迫使该组织公开反对极权政体。与此同时，MSF 也开始克服身为年轻组织所经历的众多技术问题，这一点守旧派似乎无法办到。不过接下来几年里，MSF 跃上世界舞台的原因不是后勤能力，而是鲁莽无畏，前往其他组织不会去的地方。

一九八〇年，MSF 终于从法国扩展出去，于布鲁塞尔增设一间小办公室，接着又在一九八一年于日内瓦迈出第二步；就连这么审慎的拓展都并非得来全不费功夫。雅克·德米里安诺曾跟随新的比利时分部出任务，他是位荷兰医生，一九八三年时来到乍得，时值北方的穆斯林与南方的基督教徒交战期间。二月时，他正跟随护卫队行进，前面一辆卡车触及地雷，有三个人身受重伤，他们全都来自南方。其中一人两条小

MSF 的新一代领导人是克劳德·莫哈瑞医生、泽维尔·艾曼纽利医生和罗尼·布劳曼医生，他们在一九八〇年二月领导了柬埔寨的"生存游行"，这是该组织第一次参加公共议题运动。（La Poste，France）

腿都被炸断，德米里安诺尽力用木棍和绳子止血，将断肢埋进沙子里。德米里安诺还需要半小时才能把伤患全都安置好，但这时，一位名叫穆萨的穆斯林指挥官告诉他时间到了，护卫队必须继续前进。德米里安诺在日志中回忆了那段对话："'对你们北方人来说，南方人的性命一文不值。'我答道：'但我们是医生，我们什么人都医——不然就谁都不医，包括这些卡车上来自你们部落的伤患。交给你决定吧！'于是穆萨转过身命令司机们等候。"

返回荷兰后，德米里安诺和另外几位医生每周四晚上在阿姆斯特丹一间运河屋的地下室聚会，很快拟订好计划要在自己的国家成立 MSF 分部。比利时人支持，但是，德米里安诺回忆道："法国人不喜欢这个点子；这些新团体都使用同一个名称，怎么确定它们都依据同样的原则运作呢？"

一九八四年九月七日，这群医生不屈不挠地成立了 MSF 荷兰分部。几周过后，法国同意承认它，于是这个刚出炉的分部在阿姆斯特丹开设了一间办公室，里面只有一位全职员工。

次年，在十亿观众看过电视播放的鲍勃·吉尔道夫为拯救饥荒发起的几场 Live Aid 演唱会之后，MSF 眼见埃塞俄比亚独裁者门格斯图上校滥用那份援助。有了国际社会捐赠的车辆、现金及食物，门格斯图将民众从干旱的北方迁移到较富饶的南方。表面上，这个计划似乎符合逻辑，但不久就可以看出门格斯图是利用允诺提供食物来逼迫民众移居，且往往获得援助组织同意（有些组织受命不得分发食物给饥童，除非孩子的父母同意移居）。这些组织由于想要继续留在埃塞俄比亚尽一份力，而选择保持沉默，包括 MSF 比利时分部。然而，MSF 法国分部却公开谴责门格斯图政权，随即于一九八五年十二月遭驱逐出境。这次的表态并非徒劳无功：不久，欧洲共同体和美国声称，埃塞俄比亚若想继续获得国际援助，必须停止驱逐。

而欧洲这里呢，MSF 内部也出现了纷扰。一九八四年，布劳曼、莫哈瑞等人创立"无国界自由"（简称 LSF），这是 MSF 的某种政治分支。当时被法国方面视为附属的年轻的比利时分部大声反对，认为此举威胁到了 MSF 的中立。次年，由于对组织在埃塞俄比亚的做法意见不一，两者关系更趋紧绷。巴黎办公室提起诉讼，企图剥夺比利时分部使用 MSF 这个名称的权利，却败诉了，之后不久 LSF 便解散了，如今布劳曼称那场官司为"重大错误"。

直到今天，仍有评论家将 MSF 形容成扶危济急的牛仔，这个标签是组织并不乐见的。然而，在一九八〇年代，这种说法完全恰当。那个时期的某些故事令人匪夷所思，包括彼得·达格利许在《赤子之勇》（*The Courage of Children*）中描述的一个。达格利许创办了国际拯救街头儿童组织，日后也是建立 MSF 加拿大分部的关键人物。一九八七年三月，他在丁卡族明显占优势的南苏丹瓦乌为联合国儿童基金会工作。当时他已与德米里安诺交好，并建议 MSF 荷兰分部为瓦乌的医院提供医疗支援，因为联合国儿童基金会认为这个任务太过危险。MSF 应允并派了两位荷兰医生过去，达格利许称两人为哈利和马耶克。

当团队抵达时，瓦乌极度孤立且不稳定，因此达格利许表示应该就此放弃，但哈利和马耶克坚持留下来。镇上警察为他们示范如何使用手枪，然后站在后方，惊奇地看着哈利将五颗子弹射中靶心；哈利并没有告诉 MSF 招募人员自己过去曾是荷兰军方的突击队员。不论如何，两位医生明白必要时，他们总能跟着一位运补给入城的大胆飞行员一起撤退。

两周后，那名飞行员于飞往瓦乌途中遭击落；这下子没有人进得去，哈利和马耶克也出不来了。整整两周，他们音讯全无，直到一名信差骑着脚踏车越过两百公里，送来一张纸条解释医生的通信设备失窃了。他警告说有位名叫阿布古伦的军事指挥官脱离了掌控，正在残酷地猎杀瓦乌一带的丁卡族人。

九个月后,联合国儿童基金会的飞机终于接出了哈利和马耶克,这时,哈利已明显遭受重创。阿布古伦和他的军队蹂躏并残杀丁卡族人,难以想象地冷血。他们割下人的生殖器官,强迫孩童杀害自己的亲生父母,以机枪对着数百人扫射,将丁卡族人赶至储藏室并施放一氧化碳。有一天,哈利撞见八名孩童的身子遭长矛刺穿;另一晚,他应邀到那名指挥官家中用晚餐,吃到卤肉时,他认出骨头中有人类的关节,再也承受不了了:

> 他打算邀请阿布古伦到自己的住处用餐,回报对方的招待。这顿晚餐需要小心张罗:这位 MSF 医生计划在上菜前几分钟注射……活的霍乱培养菌到食物中。哈利有治疗霍乱所需的药品,会服药保护自己不受疾病影响。他预期阿布古伦用过意大利面晚餐后,会在第二天早餐前痛苦挣扎,死状将如预计的那样惨。

他还没来得及执行计划,飞机就来了。

哈利和马耶克在南苏丹的经验属于极端,并非当时及其他任何时期 MSF 典型的活动。MSF 不鼓励过去的军方人员加入,并且从不允许成员携带武器,更不用说是哈利的私刑处置。但这让我们略微了解了 MSF 在那个年代确实投身于其他组织所回避的状况中。MSF 至今仍活跃于南苏丹,但以目前的标准看,当时两名外地医生缺乏交通工具,只凭借超高频无线电对外联系,唯一的支援团队远在将近一千公里外的喀土穆,瓦乌对他们来说太危险了。

"经过这些年,"达格利许在一九九八年依然可以这样写道,"MSF 的成员已经习惯了在自己抵达世界各地的机场,准备开始执行紧急工作的那一刻,正好看到联合国的职员及其家人带着行李箱大排长龙等候离境。"如今，这个组织仍然在其他医疗救援组织不会到达的偏远地带工作，并前往危险地区。但假如情况如此不稳定以致其他救援机构要撤出，MSF通常会一起离开，至少是暂时，直到有关当局可以确保他们的安全。这份谨慎不是制度上的懦弱，纯粹是前往某些地区援助的现实所致，在那些地区，傲慢的态度会让人丧命。

到了一九八〇年代晚期，MSF的声望遍及欧洲。一九八六年，它在西班牙和卢森堡开设办公室，国家分部达到了六个，该组织的标志如今配上了荷兰语版和西班牙语版的名称。一九八九年，一群民调专家要求法国民众列举自己向往的工作，最热门的答案（占了百分之三十二）是替MSF工作。

然而，这个组织在英语国家仍然低调，而且在接下来的十年中情况依旧；MSF似乎还是不急着走出欧洲。一九八九年四月，加拿大医生理查·安佐飞到巴黎，与MSF法国分部的一位负责人弗朗西斯·沙宏会面。"我想和法国方面讨论，试着将这个团体引进国内。"安佐回忆道，"当我抵达时，顶着一头白发的沙宏站在那儿抽着古巴雪茄。他甚至不记得邀请过我去与他会面，看到我很惊讶。我说：'我们必须这么做，加拿大正合适，我们是法国人，也是英国人，我们有这种信念。'他基本上是断然拒绝了我，接着，他抽了一口雪茄，对我使了个眼色道：'不过如果你有意……'我只需要听到这句话就明白了。"

美国方面比安佐抢先了一步，在一九九〇年开设了纽约办公室，加拿大也于次年加入了行列，外界通常将这两个分部泛称为Doctors Without Borders（实际上组织内每个人如今都避免使用英文名称）。到了一九九五年，MSF已于澳大利亚、英国、德国、奥地利、意大利、丹麦、瑞典、挪威、日本、中国香港、希腊设有分部。二〇〇四年以来，他们扩展到拉丁美洲（墨西哥、阿根廷、巴西）、非洲（南非）、中东

（阿拉伯联合酋长国）、印度、俄罗斯。

今日，位于巴黎、布鲁塞尔、阿姆斯特丹、日内瓦、巴塞罗那的办公室是 MSF 的营运中心，每项驻地任务都由这五个营运中心之一管理。其他国家分部都是某个营运中心的成员：美国分部归属巴黎，加拿大分部归属阿姆斯特丹，北欧分部归属布鲁塞尔，阿根廷分部归属巴塞罗那等。非营运中心的分部在过去主要负责募款、招募新成员，现在其中许多也在最低程度的监督下管理驻地项目。

五大欧洲分部各有文化、风格、特色，这些差异五花八门。"你得看看分部间的纷争才会明白 MSF 是怎么一回事。"一位曾和其中三个分部合作过的资深医生说。或许包含了刻板印象，但你一再听到的资深MSF 成员的说法往往都一样：法国人热情但傲慢没条理（艾滋病运动人士史蒂芬·路易斯曾将他们描述成"和蔼可亲的精神错乱者"），荷兰人是技术专家，比利时人介于两者之间。一名护士总结道："假如和荷兰人出去，你就知道将有开不完的会；假如和法国人出去，你就知道可以尝到美味的奶酪和好酒。"

MSF 的高层倾向于忽略这些差异，或将之视为过往的遗迹。近几年来，MSF 确实多多少少变得更有凝聚力，即使同时变得更国际化。随着越来越多来自非欧洲国家的工作者加入，这些分部越来越不像其本国文化的镜子。举例来说，二〇〇九年 MSF 荷兰分部驻海地的任务总指挥是荷兰人，但医生是加拿大人和德国人，后勤专家则是澳洲人；MSF 法国分部在当地的项目由新西兰人负责，指挥 MSF 比利时分部的则是意大利人。

许多 MSF 成员很高兴告别了国家沙文主义。"我并不生长在法国、比利时或荷兰，"一位美国后勤专家说，他对执行任务期间看到分部互相争执感到不耐烦，"对我来说，看见他们这样浪费精力真是让人气馁。'法国人怎么怎么、荷兰人怎么怎么、比利时人又怎么怎么'，谁在意这些啊?"这个组织保有根深蒂固的思辨文化,重新审视一切所作所为的文化。"我们依旧争得你死我活,"一九九九至二〇〇四年间担任 MSF 荷兰分部执行干事的奥斯丁·戴维斯说,"而且现在连鸡毛蒜皮的事情也争。"

MSF 的全球总部位于日内瓦,其协调单位称为国际理事会,由各分部的负责人组成,外加一位国际主席。这个理事会能发挥多少影响力得看对象是谁,但它绝对不会对营运中心发号施令;各营运中心目前拥有很大的自主权,而且可能永远都将如此。"我们已经设法摆脱过去的族群文化,"一位资深人力资源经理说,"但还是强烈抗拒过度的中央集权。我们确实设了国际办公室,有许多国际性职位,但他们多半没什么最后决策权,要靠基本共识运作的事情还是多得要命。"

驻地的 MSF 成员仍然以欧洲人为主——二〇〇八年欧洲大陆供应了接近三分之二的驻外人员,其中大多来自法国或比利时,不过这个状态也正在改变。如今 MSF 驻外人员约有八分之一为非洲裔,许多都是医生,但有些刚开始是自己国家的地方雇员,后来申请到国外工作,这正是 MSF 近来所鼓励的。这种趋势大致有益,但也并非完全没问题。在西方,几乎没有人将人道主义救援工作看成赚钱的机会:第一次跟随 MSF 出任务的人底薪约为每个月一千欧元(约合一千四百美金),外加津贴和全额健康保险。居于最高薪职务(某个国家的负责人或项目的医疗调度者)、有十年年资的资深人员,年薪可能略高于五万美金。许多执行长期任务的 MSF 成员,如果到联合国或私人单位工作,至少可以领到两倍的薪水。但对尼日利亚医生或哥伦比亚助产士而言,情况就大不相同了。相较于在家乡的待遇,来自发展中国家的医疗工作者在 MSF 的薪水相当好,绝对足够寄钱回家扶养他们的家庭;这也意味着招募人员需要确定,申请进入 MSF 工作的人有正当的理由。

MSF 的架构看似效率不彰——五个半自主的营运中心,各自拥有几个管理自己项目的合作伙伴，而且往往都在同一个国家。但各分部都小心避免叠床架屋，而这种模式让 MSF 具备创造力。"人道主义行动最主要的挑战包括接近受难者，"奥斯丁·戴维斯说，"这是个非常有企业家精神的事业，而且把所有鸡蛋放在一个篮子里、建立单一架构，不如游走在危机之间以大量的小团体、小团队频繁接触并做不同的尝试来得有效益。"在某些情况下，有关当局可能不喜欢某个分部，却欢迎另一个分部继续开展工作。

"以空气动力学来看，大黄蜂不应该有飞行能力，"有句耳熟能详的智慧格言说，"但大黄蜂不懂空气动力学，所以它就是尽管去飞。"结果这成了都会传奇，历久不衰，因为我们喜欢明知不可为而为之的矛盾。MSF 正是这种大黄蜂——以能够迅速行动而闻名，却没有明显的中央权力单位。唐·德索夏是医生，曾任比利时分部总干事，他承认没人会从头开始去设计这样的组织。"这听起来没有道理，除非你了解 MSF，才会发现这真的行得通。"

这只大黄蜂能够继续飞的部分原因是有资金支持。二〇〇八年，MSF 获得将近九亿六千万美金（约六亿五千万欧元），不过考虑到它的营运规模，这样的预算不算大（比较起来，单是世界宣明会美国分会就花得比这多）。整体而言，MSF 只有百分之十左右的资金来自联合国、欧盟委员会人道主义援助部门（简称 ECHO）及当地政府，而大多数援助机构都主要是从这几处获得资金的。通过盘算好的募款、节省开销并倚重低薪雇员，MSF 光靠每个月来自个别民众的捐款支票就能游刃有余地维持营运；这个组织很早之前就以此为目标，他们认为依赖联合国及政府捐赠是个陷阱，会使援助机构变得体制化，过度官僚且不愿开罪衣食父母。其他援助团体自然对这个论点的弦外之音不以为然。"有些组织一定觉得 MSF 惹人厌——MSF 也'确实'惹人厌，常常都是如此。"肯尼·格鲁克说，他于 MSF 荷兰分部担任过三年的营运干事，在那之前也曾跟随其他援助团体工作，包括国际援救委员会（简称 IRC）。"这其中带有些许嫉妒，我在 IRC 的时候，也非常嫉妒 MSF 有能力先行动再考虑钱。我们可以抨击（机关的）捐赠者，他们不能，因为他们拿了对方太多钱。假如政府方面想要抽走给我们的捐款，没关系，我们还有大众的支援做基础，其他组织要么没有大众的支持，要么就是不重视。国际关怀组织（简称 CARE）拥有大众的支援，却没有用来捍卫他们的独立性，反而利用自己的根基来获取更多政府资金，好变得更壮大。我们选择不那样做，他们可以嫉妒，但这是他们要成为超大型组织所选择的策略，而我们选择了我们的策略，维持小规模却独立的运作。"

在救援现场，援助组织抱怨 MSF 有时看似拒人于千里之外。一位联合国儿童基金会的雇员忆起曾在某个非洲机场，想要协助一位模样紧张的 MSF 年轻成员，对方却回应道："不用了，谢谢，我不应该接触其他援助机构。"更值得注意的是，有人指控他们不愿意和其他机构协作；MSF 的负责人大方地承认这项指控属实，但强调这种情形绝不会出现在技术领域，也无关捍卫势力范围。MSF 想要在圈内，却不想被绑住。"只要军方、联合国难民署或欧盟委员会人道主义援助办公室在那里做得好，我们会和他们并肩作战；但我们不会投入他们的项目。"奥斯丁·戴维斯说，"他们做的事情我们做不来，而我们做我们想做的事，但希望保留积极的批判分析，以便在他们搞砸时大声疾呼。"

这就是大黄蜂的特点——有时候它们会螫人。

第三章　我们不需要再来一位英雄

詹姆斯·诺克斯医生将医疗器具背在身后，准备走十分钟前往位于古因巴的迷你医疗中心，该地位于安哥拉北部。一过了市场，那栋建筑物就从左方映入眼帘。有电力供应的时候，一颗孤零零的灯泡照着住院病人的病房，里头约有十张病床。这天，仅有的光源来自午后的太阳，伴随着苍蝇和传播疟疾的蚊子，一起从病房那两扇没有玻璃的窗框穿进来。微风徒劳地吹拂，难以驱除久未清洗的躯体发出的气味。诺克斯坐在一张空病床上，仔细审视一名几天前因营养不良而入院的新生儿。婴儿的母亲绝对不超过十八岁，她哺乳有困难，因此从塞拉达康达镇走了两天过来，该镇位于此地东南方五十公里外。当医生用葡萄牙语解释宝宝体重增加且已脱离险境时，她看起来松了一口气。

这位二十八岁的澳洲医生身材高瘦，一头黑发，眼神灵动，这是他第一次跟随 MSF 出任务，至今已是第三周。诺克斯在新南威尔士学医，后来到英国利物浦上了三个月的热带医学课程。通过 MSF 的审核后，他得知自己要前往安哥拉执行第一次任务，参加葡语速成班，在二〇〇三年年中要去古因巴，照顾将从刚果民主共和国返乡行经此地的两万五千名民众，这些人于最近一次的战争爆发期间逃离了家乡。

诺克斯知道有些人将援助工作视为英雄行为，仿佛他无私地牺牲了自己的事业，冒着生命危险帮助穷困和受苦的人；现实状况可没那么简单。MSF 成员常被问到为何他们要做援助工作，这个问题令大多数人恼火，不仅因为被询问的频率高得累人，还因为不容易三言两语将动机解释清楚。他们也担心自己可能让询问者失望，因为那些人通常将援助工作视为苦行——自我牺牲的行为。如同一名医生所说："大家听到MSF便说：'你会受封为圣人。'其实完全不是那么回事；我认为自己是在追逐个人利益。医治这些人很值得，但我这么做是因为这样让我感觉很好，我喜欢这种感觉。我不是为了他们而做——我的意思是，我的确医治他们，但我去那里是因为觉得我喜欢那样做，不是认为自己在帮助世界。"就某种层面而言，帮助他人的欲望几乎激励着 MSF 的每个

澳大利亚医生詹姆斯·诺克斯在安哥拉古因巴的医疗中心外与一位护士聊天。与 MSF 的许多项目一样，驻外医生的主要作用是扶持和培训当地医务人员。病人就医要步行或骑自行车走几英里，而最严重的病要开三小时车才能到最近的医院。（Dan Bortolotti）

人，但在程度上落差很大，甚至对同一个人在不同时期的影响都不尽相同。第一次出任务的动力鲜少和第五、六次造访救援现场时一样。

不可否认的是，来到像安哥拉这么危险的地方执行人道主义救援可能很危险。在诺克斯执行任务期间，MSF列出了几条规则，当中暗示即使是和平时期的古因巴，也会有潜在风险：没有交通工具及司机等候在侧时不在外过夜，天黑后不独自在乡间行走，总是随身携带五十美元"保命钱"以防遭勒索或绑架。每个人都会接受防雷训练，司机也会受命要跟着其他车辆的行驶痕迹走，绝不离开主路。长途车程中若必须停下来大小便，就在车子后面解决，绝不要去路边的草丛里。

遵守这些安全规则也没办法保证什么。二〇〇二年十一月二十九日，两辆MSF的公务车从安哥拉东南部的昆占巴开往马汶加，离开了他们这一天忙着接种麻疹疫苗的小村落。他们沿着那天早上开过的路折返，但这回满载十三个人的第一辆越野车的后轮触发了反坦克地雷，七人丧命——四名安哥拉当地的MSF雇员、两名卫生部的职员及一名男婴。

针对大多数非洲国家，MSF有很明确的道路运输政策：假如开车撞到人或动物时要继续开，只有在通报过主管机关后才能折返。别停下来帮忙，即使你是医生。这种做法听起来铁石心肠，但二〇〇三年三月九日的事件显示出了这么做的必要性。瑞秋·斯托是位英国医生，在马兰热执行MSF的项目时，和司机艾德里多·奥古斯都及一名助手从卢旺达回程途中撞死了一名年轻女孩。当他们停下来时，一群暴民将奥古斯都拖出驾驶座，残暴地将他打死。斯托勉强驾车脱身，那名助手则徒步逃离。

诺克斯说这些时，一轮满月高挂东南方，将月光投射到沉睡的村落，很容易让人觉得与这些可怕的故事相距遥远。在古因巴这里，诺克斯与另一位外地医生住在太阳烘烤的砖块盖成的屋子，虽小却舒适。这里没有自来水，电力每晚只供应几小时，所以他白天将便携式太阳能灯充电，深夜就可以带着灯去户外厕所，那里配备了 MSF 发放的标准蹲板。娱乐很简单：平装本小说、几张 CD。诺克斯带了吉他来，需要时后勤专家也可以从当地教堂弄来一面鼓。啤酒是温的，镇上有发电机的那个家伙可以卖你冰啤酒，但要额外多收十块安哥拉宽扎，约合十八美分。

尽管部分任务有潜在危险，MSF 成员会告诉你，在安哥拉这样的地方工作是罕见的礼遇，尤其对于还没满三十岁的医生而言，否则他就会在医院担任初阶职务。"可能有人纯粹为了无私的理由而这么做，"诺克斯说，"但我还没遇过这样的人。我的意思是，你是在帮助人没错，但假如其中也对你自己有好处，就不算真的无私。"

许多 MSF 成员都记得从事人道主义工作的念头在自己心中成形的那一刻。家庭医生安德鲁·席特曼曾到危地马拉和利比里亚出任务，对他来说，那一刻发生在大学图书馆里，他去那里原本是为了准备学期考试，结果东摸西摸地磨洋工。"我拿起摆在隔壁桌上的旧书开始浏览，结果那是阿尔伯特·施韦泽的著作，里头谈到加蓬兰巴雷内的热带医院。那种工作形式正合我意——他是那间医院里唯一的医生，照料不受关注的民众。那让我立志学医，也播下了我日后希望到海外工作的种子。"

成长于中国"文革"时期的小儿外科医生程卫（音），则受到了另一位医学偶像的启发。程医生童年时期的英雄是诺尔曼·白求恩，这位加拿大外科医生于一九三八年日本侵华期间来到中国帮助中国人民。次年十一月，白求恩因工作时没戴手套，手指被刺伤并感染了败血症。由于缺乏抗生素，他死于感染，以英雄的礼遇下葬，毛泽东还致了悼词。"我们那代人仍然十分钦佩他。"程医生说。他在二〇〇〇年成为首位和 MSF 一起工作的中国香港外科医生。

文森特·伊查夫出生于古巴，这位外科医生年纪七十出头，成长在社会主义革命时期，他初次面对苦难的经验来自自己的祖国。"后来到世界各地跑过之后，我明白了医生的职责不仅是治病赚钱，还要将时间和知识奉献给穷人。我深信任何人都需要拨出时间做人道主义工作，而医生尤其需要。"

纵使大多数医生的感受都和伊查夫相同，MSF最大的挑战还是在于找到足够的医生。进入这个组织需要具备一到两年（由分部决定）看诊经验，所以新手医生不合格，更不用说医学院学生了，经常有学生在询问时才惊觉MSF并非来者不拒。许多年轻医生因为就学贷款而负债沉重——在美国尤其普遍，欧洲则较少见；对他们来说，人道主义援助工作可能会是自己无力负担的奢侈品。对经验丰富的资深医生而言，无法找到职务代理人也一样成为限制。第一次任务通常持续六到九个月，因为这对新进人员而言学习效果最好，之后再参加任务时，待在救援现场的时间则可以短些。

MSF驻外人员的平均年龄为三十七岁，但这个数据容易造成误解。如果你造访驻地项目，会发现工作人员大都相当年轻，特别是非医疗人员，因此整体平均值可能因为年纪较长的医生执行短期任务而失真。人道主义援助工作主要吸引到的是单身、没有孩子的人，过了三十五岁以后，那些有意组织家庭的人通常会寻找比较不冒险的工作，或者若是他们继续参与MSF的行动，也会从救援现场任务转调为办公室工作。

无论年龄为何，并非所有跟随MSF亲赴现场的医生都依循同一种模式。有些医生每年休诊几周来执行紧急任务；有些则大部分时间从事援助工作，为遭人遗忘的病患尽可能提供舒适的照护。除了和MSF一起工作，家庭医生莱斯莉·桑克斯曾在加拿大北极圈治疗结核病，到偏远的原住民社区工作，照料联邦监狱的服刑人，在多伦多同性恋社区中心地带的诊所工作。"到标准的市郊诊所工作，与病人谈论不合适的矫正器具、治疗喉咙痛，对我来说是梦魇，"桑克斯说，"是最糟的噩梦。我十分幸运能身处自己所在的救援现场，因为身为家庭医生，我有各式各样的机会做有趣的事情，能实实在在地感觉自己有所贡献——通常不是很多，但至少有一点点。我就是没办法在资源过剩的地方工作，我没那种耐性。"

至于其他人，驱动力较晚才出现，那时他们已经在日趋专业化的西方医界执业一段时间，开始寻找新的挑战。因为有太多专科医生可以服务病人，全科医生大多数时候会选择将病人转诊，而非尝试自己不熟悉的疗程；这么做有益病人，但对医生而言就少了许多成就感。就专科医生而言，可能会期待增加自身经验的多样性。"你可以运用的医疗范围之广，形成了莫大的吸引力。"席特曼说，"我必须做自己真的没有受过训练去做的事情，而且周围也没有其他人比我更适合做。我有点像在扮演'百战天龙（MacGyver）'，我得用自己受过的训练和手边工具去尽最大努力。这种情境促使身为医生的我去超越极限，我也因此学到很多。"

MSF试图将本身的医疗人员和各项目的需求匹配起来，但有时各种状况会搞乱这些计划。在席特曼服务的利比里亚医院，当地外科医生消失了一个月，留下他孤军奋战。他最初的病患包括分娩时胎儿卡住的产妇。"当时没有其他选择，只能设法弄出这个宝宝。我做了剖腹产，产妇出现子宫破裂，而我无法修补，所以我还得做子宫切除手术，真是一个头两个大。六年前实习时，我做过大约十五次剖腹产、大约五次子宫切除手术，但总有资深医生站在手术台另一边，告诉我在何处下刀、该切多深。当时压力真大，但如果不做，我只能选择袖手旁观。那名产妇后来情况良好。"

还有个因素特别激励美国医生：官司。"第一次到海外时，我最大的发现是可以卸下心头重负——西方医生工作时必须承受的对种种医疗事故的恐惧，尤其在美国。"一位外科医生说，"那种持续的威胁，使你每回做决定时都想回头看看有没有律师在场；威胁消失了，我真是如释重负。"

除了外科医生之外，许多初次参与的医生和护士惊讶地发现 MSF 的项目可能鲜少涉及直接治疗病人。"我们需要医疗人员了解，自己不会参与太多个别病患的照护。"一位 MSF 招募人员说，"你必须抛开那个想法，因为这不如你想象的那么亲力亲为；让十名当地的医疗照护者上，比尝试全都自己动手要有效率多了。这有点困难，因为你突然陷入管理、电脑、统计数字、报告当中，不是所有医生都想这样。"

护士也发现 MSF 所赋予的责任远比典型的西方医疗制度还多。"没有医生指示，我不能提供泰诺。"护士凯瑟琳·波斯勒说，前往阿富汗坎大哈之前，她在偏远的加拿大北部社区工作。"从技术上讲，假如凌晨三点我的病人需要泰诺，我必须打电话叫醒医生才行；这真的很荒谬。我们是具备足够的知识、受过足够的训练的，可以做出拯救生命的决定，却没有权力给病人用泰诺？这真是令人沮丧，你不得不回到自己的意见总是屈居次要的环境中工作，尤其是如果你曾在缺乏医生的情况下独立工作过，并独力做出过某些重要决定。"

就连非医疗人员也被可能的挑战吸引而来。MSF 的一位管理者回忆起他的第一次任务是到索马里，他说自己必须坐下来和联合国方面及军方开会，管理每个月大约四万美元的现金，通过无线电频繁地与摩加迪沙、内罗毕联络。"对二十五岁上下的人来说，那种工作很棒。每一天都不同，有些日子绝对是不可思议；当时我做了许多从没想象过自己能办到的事情。"

马西米兰诺·柯西曾在祖国意大利从事建筑业，后来又和一个天主教非政府组织到过巴西，然后在二十出头时加入了 MSF；先前那些工作比不上在二〇〇〇年到利比里亚这样的战区那么振奋人心。"那时我们只有一个项目在北方，靠近与几内亚和塞拉利昂的边界，而我才刚到不久，我们就不得不结束那个项目，因为那里遭到了叛军的攻击、劫掠。他们拿走了所有的东西，杀死了一两名当地雇员，还强暴了数名病人，绑架了我们的一名司机。那是我在MSF工作的开端，所以我十分激动。当年的我比现在年轻多了，能够置身那些只在电影中看过或在书中读过的种种动荡之中让我深深着迷。忽然间，我发现自己身处其中，我为自己感到骄傲。跟随MSF的头四年，我会回到欧洲待几个礼拜，然后再离开，去执行下一项任务，因为我真的需要那种生活。我们意大利有句话说：'你脚下的土地在燃烧。'这就是我的写照。我在利比里亚待了一年，日子过得很艰难——整整一年离开自己的文化、自己的家庭、自己的朋友，这对我个人是有影响的；然而我要立即火速赶赴另一项任务，因为那对我的情感产生了更大的冲击。"

柯西说的第二项任务是到南苏丹，他在那里担任前线附近一项基础照护项目的现场协调员。"我们照料战争伤患——枪伤、炸弹伤、地雷造成的伤，还有不全然与战争有关的社区里的疾病。"他在那里有机会真正体验了"无国界"是怎么一回事。"你得非法越界进入苏丹。先到肯尼亚的内罗毕听取任务指示，接着穿越与苏丹接壤的洛基乔基奥。最后，在连续听取一周的任务指示后，出发前往救援现场。我们和一家私人公司一同搭乘小型运输机，人就坐在一箱箱药品上。两个半小时过后，我们降落在鸟不生蛋的热带草原，而苏丹人说：'好啦，我们到城里了。'我走出去晃了晃说：'城镇在哪儿？这里没有城镇，只有几间小屋。'那里的人近乎光着身子四处走动，脸上涂着灰以防蚊和抵挡酷热。然后你去到MSF营地，那里有用泥巴和牛粪盖成的小屋，室内外温度相差十度左右：室外摄氏五十度，室内大约四十度，感觉简直是神清气爽。那真的很特别——你不会相信二〇〇一年还有人可以在那种环境下生活。"

MSF还在数小时路程外运作了另一个项目，柯西抵达的前一天，那个团队不得不逃离政府支持的阿拉伯民兵组织"贾贾威德"。"贾贾威德已经到了那里，但因为当时雨季刚结束，他们不能骑马渡河，所以决定在远处扎营。民众发现了他们，来到 MSF 的营地报信：'贾贾威德来了，我们得马上离开。'那队人员当天傍晚就离开了，为了避免被看见而选在太阳下山后启程，并且藏身灌木丛中。他们在那里过夜，第二天早上还必须在日出时分离开。贾贾威德找到了通道渡河，攻击了我们的营地，放火烧了医院。他们破坏得很彻底，还杀了一名护士、一名守卫及一名清扫医院的妇人和她的孩子。那名妇人抱着孩子逃跑，子弹射穿了她的背部，同时杀死了婴儿。"次日，那个逃亡的团队来到了柯西驻扎的地点，把他们的故事告诉大家。"我们的团队来到我的营地，说贾贾威德在后面紧追不放，苏丹民众则对我们说：'我们会阻止他们的，别担心，我们会杀了他们，他们绝不会到这儿来的，你们和我们在一起很安全。'接下来民众架起了机枪。这种情况对我来说尤其难以应付，因为我才刚到——那是我的第一天。"

后来在同一任务中，柯西的工作还包括每十天搭飞机造访一个偏远项目，确认其运作状况。"他们会给我们二十分钟卸下所有东西，然后飞机必须离开，降落到安全地点。两三个小时之后，飞机会折返，再给我们二十分钟装载所有的东西并登机；如果你来不及，他们会把你留在那儿。有一回，我和一名医生和一名护士去探视几名病患，飞机回头来载我们时，飞行员说：'走了，走了，我们得离开了！'在那一刻，我们听到声响，我抬头看见一架安托诺夫运输机正飞过来；这种运输机没有配备机枪，却可以投掷炸弹到停在临时跑道的飞机上。一旦我们起飞就没事了，但飞机在地面上时很脆弱。我们抛下所有行李上了飞机，当我要去关闭滑门时，一名妇人带着小婴儿站在门边说：'拜托，带我的宝宝走。'我说：'听好，我不能带你的宝宝走，我能带去哪里呢？宝宝需要妈妈。'飞行员说燃料只够再飞二十到二十五分钟，也不够多载一名乘客，所以我们不能带那位母亲走。他走过来锁上门，说他不想蹚这种浑水。

"我们又听到安托诺夫运输机的声响，于是真的感到害怕。医生没吭声，护士没吭声，而且我们还得带上几名中了枪不得不带回医院的伤患。飞行员正打算发动引擎时，一名反抗军忽然走到驾驶舱前方，用卡拉什尼科夫冲锋枪瞄准他。因为窗户敞开着，我们可以听见那名军人说：'你要是离开这里，我会开枪。'而飞行员说：'老兄你听好，我要发动引擎，如果你不闪开，螺旋桨会把你切成碎片；假如你要开枪，无所谓，因为若是不离开这里，反正我们也死定了。'他说得斩钉截铁，所以那名军人不知道该怎么办才好。最后对方决定让出跑道，飞行员启动推进器，我们就起飞了。我还记得飞行员说'反正我们也死定了'时的一片静默，那次我真的怕了。"

尽管今日"无国界医生"自豪于它比起国际关怀组织或世界宣明会这类发展型机构，可以维持相对小的规模，但它早已不再是一九七〇年代时那样一盘散沙的社会团体。不过，它始终努力贴近基层，最早的举动就表现在八〇年代时法国分部不情愿将组织扩张到比利时和荷兰。时任 MSF 国际理事会主席的詹姆斯·欧宾斯基，甚至在发表诺贝尔奖获奖感言时表示："MSF 不是正式机构，如果幸运的话，也永远不会是。"

一九九九年十月中旬，世界各地都有规模小却很热闹的派对，驻地人员举杯庆祝 MSF 获颁诺贝尔和平奖的消息。欧洲和北美办公室当然也有庆祝活动，却同时感到不安。"我记得我们得到诺贝尔奖的那一天，我真的很担心后续效应。"MSF 法国分部前主席让-埃维·布拉多尔说，"我认为把自己看得太了不起、尝试在国际议题上真正的大咖面前班门弄斧会有风险。"布拉多尔担心 MSF 会被推上台面，被迫针对与人道主义医疗援助没有直接关联的议题发言。"如果你去开一个会，讨论的并不真正与你切身相关的议题，例如死刑，大家会说：'像 MSF 这种得到诺贝尔奖的组织，应该对那个议题公开表达立场。'"

布拉多尔和大多数 MSF 成员自此与奖项和谐共存——别的不说，将"诺贝尔奖得主"加到组织的信纸上成了募款的天赐助力。然而，MSF 荷兰分部的肯尼·格鲁克坦言，得奖对人力招募影响深远。"由于我们现在又大又有名，加入我们的人不同了；当组织规模小、充满斗志又叛逆时，站出来要成为志愿者的是另一群人。"

甚至在获颁诺贝尔奖之前，MSF 就力图确保至少有百分之三十的驻外人员是第一次出任务，提防引来太多自满的职业援助工作者。葛拉克承认这项政策使得"其他人道主义运动团体都取笑我们"，因为这个政策可能导致新手被过多的责任压得喘不过气来。不过，连第二次出任务的人都认为，什么都比不上第一次出任务的那种紧迫感，在战区边缘的医院遭受火烧眉毛的洗礼。"从明亮干净的市郊医院，到一个有你不曾见过的创伤、医疗照护水准糟透了的医院，这是一种令人震惊的时空转换。那份冲击鞭策着组织，也促使有人来告诉像我这种老家伙：'我才不管你们看过二十个比这里更糟的地方，这里让我不舒服，我想要来做点什么。'这就是我们设法制度化的东西，我们用它来防止自身的愤世嫉俗，对抗我们生出的厚茧。"

作为一个组织——那些和欧宾斯基有相同期望的人宁愿自称"运动团体"——MSF 是相对而言没有层级之分的（除了在必须有指挥系统的救援现场），而且人人平等。每个人都受邀参加其全国性协会——在每个设立了 MSF 分部的国家都有一个——人人都可以在其中投票选举董事会成员，或竞选董事会中的职位。许多英、美慈善机构是由社会名流或业界领袖担任主席，MSF 却不一样，它是由曾赴援助现场工作的外勤人员组成董事会，其中许多都是医生。"我们设法建构好这个组织，使它属于每个人。"奥斯丁·戴维斯说，"这么一来，如果这个组织做得

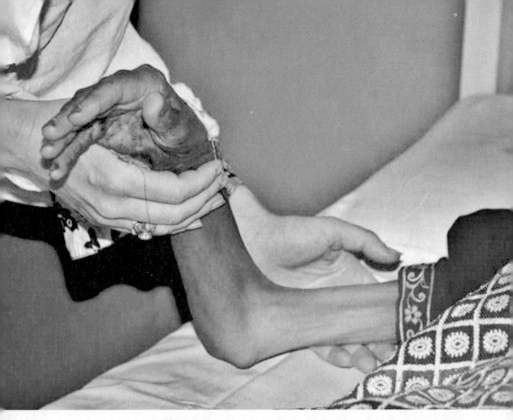

二〇〇九年，MSF 在动荡的巴基斯坦西北边境省卡拉达卡启动了一个治疗利什曼病患者的项目。去偏远地区治疗陌生的病症，这是许多无国界医生都希望面对的挑战。（MSF）

不好，他们就不能只埋怨老板。每个人都有责任直言不讳，对 MSF 未来的发展方向发表自己的意见，并在工作中获得个人的归属感和责任感。"

　　组织给在援助现场工作的人发微薄的津贴，负担所有差旅费及医疗保险，但驻外人员要支付自己的餐费及在当地其他的大多数开销。相较于私人公司，连 MSF 的办公室员工的薪水都算是节制而公平的。举例而言，在 MSF 的纽约办公室，最高薪资不超过最低薪资的三倍，而执行干事的薪水约为十万美元。不过，在援助现场聘用当地雇员时，MSF付的薪资通常略高于其他非政府组织的现有行情。

因为即使位居高位也赚得不多，MSF 吸引了许多天生不习惯身处西方富裕生活之中的人。马丁·吉拉德到哥伦比亚、塞拉利昂、刚果民主共和国出过任务，也曾为 MSF 的蒙特利尔办公室招募人员。"我绝对不可能到私人机构工作，除非我彻底破产，需要薪水更高的工作。"他说，"但我不迷恋物质生活。我四十岁了，没有车子，我没钱买。我父母出钱替我买了公寓里的洗衣机、烘干机，因为我没钱付。"

"如果明天早上我把简历寄到联合国，我可以向你保证我会找到工作，一个月薪水可能有五千美元。"吉拉德接着说，他拥有政治学硕士学位，精通三种语言，去过二十多个国家。"但我知道自己会在大型政治组织中丧失一部分的灵魂，知道我不得不在自己无法接受的方面做妥协。"

吉拉德没什么耐心容忍对人道主义援助工作抱持浪漫想象的人。"曾有一两个雅皮士来到我的办公室说：'我赚够了钱，拥有大房子，生活却一团糟；如果和你们一起出任务，我想我会找到人生意义。'我问他们：'如果我派你去种族屠杀现场，你会开心点吗？你觉得自己回来后每天早上会对着太阳微笑吗？你以为那是幸福的秘诀吗？一九九四年我们派去卢旺达的驻地人员，到现在还是要每周看一次精神科医生。'"

没人真的知道第一次出任务时会怎么样。小儿急诊医生乔安妮·刘记得自己在十三岁时读了一本关于 MSF 的书，梦想长大后要从事人道主义工作。"三十岁时，我第一次出任务——这个梦做得真久啊。当然，我注定要面对挫折，因为我的期待太高了，根本不敢相信人道主义援助工作也会充满官僚作风，我就是没法儿理解。"刘医生的第一次任务是到毛里塔尼亚，那里的难民正准备返回邻国马里。她说那里的联合国官员试图在雨季期间转移难民，只为了通过难民日益接近边界这件事来满足自己的好大喜功。"当然，他没有订购足够的塑料布，结果民众在雨中多生活了两个礼拜，死亡、痢疾、上呼吸道感染的情况都增加了。我难以置信，只因为那个人有这样的打算，就要拿四万名难民的健康做赌注。我当年真的很天真，我的上级告诉我：'乔安妮，醒醒吧，欢迎来到这个世界，亲爱的。'我记得自己写信给爸妈和我的另一半，说我不敢相信有这种事，不敢相信 MSF 完全不做反抗。我好沮丧，不认为自己还会再去；我盼了十七年，却不得不应付这种状况？"

从事法律工作四年，又念了企业管理硕士之后，帕特里克·勒缪有自己的梦想——找到可以让他真正觉得自己是在帮助别人的工作。"那个时候我在巴塞罗那，所以我联系了 MSF 的西班牙分部。一切进展得很快，我面试了两次，然后就启程前往科索沃。我负责财务、后勤和管理，团队决定结束整个任务的时候，我正好在那里。于是我在六个月里办结了两个项目，完全不是我所期待的那种感觉良好的工作。在科索沃，我冻得要命，一个人过圣诞节，忙着解雇人、争论合约条款，并将资产变现。我确实享受身处那个地区的经历，显然也和当地雇员培养出了感情。其间绝对不乏美好时光，但那和我原本想象的不一样。"

令人惊讶的不是新手的想法天真，而是他们愿意坚持下去。经历过毛里塔尼亚的灾难后，刘医生又跟随 MSF 执行了十几次任务，勒缪出任务的次数也进入了两位数。随着经验的累积，人道主义援助工作者逐渐了解并接受了自身工作的局限，充分意识到他们的项目在大局中看起来有多么渺小——到战争肆虐的国家设几个迷你医疗中心、饥荒时设立单独的供食中心、在结核病门诊分配药物。几乎没有哪个在救援现场工作过的人回来后会极力夸赞他们的任务有多成功——更常见的是，他们勉强承认自己帮助了少许人、救了几条性命。"我觉得自己好没用，"在布隆迪战区工作过的护士卡萝尔·迈柯麦可说，"我没有实现任何改变。也许在一些小事情上有所改变吧，少数急迫的问题；但是在那里时，我没办法改造那些医疗中心。"

这不是虚伪的谦虚，而是真正的挫折。援助工作者并没有因为知道自己在做好事而睡得安稳，反倒比较经常的因为还没完成的事情而睡不着。"有些人对我说：'哦，你替 MSF 工作，好高尚啊。'"一名援助工作者说，她对那种评论的反应是竖起中指。"说真的，你一定无法想象，这并不是什么发善心，是一种'尝试'的过程。大家都说：'当一天结束时，你一定感觉很棒。'而我却在想：'老天爷，你知道今天发生了什么吗？'"这也是为何有那么多资深人员坚称自己并非无私。在他们看来，在救援现场比坐在家里观看电视里播放的世界各地的危机事件容易，不就是弄脏双手、感觉自己参与其中。经历过打开眼界的第一次任务后，他们再也无法抱持鸵鸟心态了。

彼得·劳伯担任过几回后勤人员，他在任务期间情绪非常矛盾，他痛恨许多自己看到的事物，却感觉有股力量无情地牵引着他再回到那种生活方式中去。"出任务时，我真的觉得自己活着。"他说，"高兴的时候真的是令人情绪激昂，可怕的事情也真的是非常吓人，这种生活一点不单调。即使是任务中某些很无聊的部分，也有难得一见、特别的事情让你大有收获。

"MSF 得诺贝尔奖时，我正在尼日利亚，在法国大使寓所的安静的接待处玩得很开心。我们带了一群为拉各斯贫民窟计划工作的当地妇女同行——我喜欢看着她们围在自助餐台旁，啃光一只又一只鸡腿，把骨头丢到地毯上。我有机会吃到了胡椒汤和番薯泥，喝到了棕榈酒和 ogogoro（一种当地产的琴酒），还得了两次疟疾。在尼日利亚，堕落行为被提升为一种全国性消遣，激情迸发的午夜舞厅，民族自豪感之强烈、贫穷、犯罪和苦难广泛得难以想象，少数幸运的富人则在其间安享令人瞠目结舌的奢华与财富，四处都有随风飞扬的垃圾卡在树枝和带刺的铁丝网上。天啊，我痛恨尼日利亚。天啊，我好想再回去。"

二〇〇二年离开 MSF 后，劳伯竭力想再次感受到那种活力。"我不认为我会像在 MSF 时那样生活，虽然我在 MSF 的生活包括那些可怕的东西。当 MSF 的成员深夜聚在一起开派对时，那真的是最美好的时光。辛苦工作的人一起哭着，哭完再一起喝醉，那才叫真的活着。"

有机会造访远方并体验不同文化当然是最大的诱因。文森特·伊查夫忆起自己在卢旺达开展外科工作的空余时间曾进入山里，撞见大猩猩家族。"有几个猩猩宝宝想玩我的网球鞋，公猩猩站起来时好高大，简直不可思议。带给我的冲击是，我在城市中见识过那么多残酷的暴行——鲁亨盖里的人互相残杀——那头大猩猩却如此平和。"在斯里兰卡北部，他看过泰米尔村民走在火上，亲身经历了他所遇过的最古怪的事件。"医院里有个男人说自己的肚子好痛，于是我开始问他话。他说自己是个耍蛇的，我说：'哦，真有趣，做这一行一定很危险。现在你人在医院，谁来照顾你的蛇呢？你太太吗？'结果他说：'不，不，蛇在床底下。'他下了床，拉出一个上头盖着衣服的篮子，接着他拿出笛子，一条眼镜王蛇从篮子里钻了出来。他就这样当着病房里所有人的面，开始耍起蛇来。"

即使身处那些令人困惑的文化中，也会有奇妙的时刻。护士克丽斯汀·纳多利在南苏丹工作期间——许多 MSF 的成员说那里简直是另一个星球——她记得在丁卡族区开办了一个供食中心，丁卡族的文化是围绕牛群展开的。"他们甚至不会用多种方法来算时间，而你却试图为三百到六百个孩子实施一个治疗性的供食计划，还试图教一群丁卡族的雇员每天固定供应六次牛奶，并有计划地分发给每个孩子。你简直要疯掉。但当一天结束时，太阳逐渐西沉，火堆一个个点亮，漫长的白昼结束了，酷热开始缓和，妇女们排着队替孩子领配给，光影如此曼妙，于是你笑了，这时候好玩的部分才开始。"

想跟随援助机构出任务的人有许多理由，其中有些是不正当的。迈克尔·麦林在其著作《通往地狱之路》（*The Road to Hell*）出版后，有次接受采访，当被问到这份工作会吸引怎样的人时，他直言不讳。"有些在做援助工作的人真的很棒，但我不得不说——而且这多半出于我作为记者的经验——毫无疑问，有些人是我这辈子遇过的最伪善的混蛋，有些人非常糟糕，我是指真正的坏蛋，他们在为慈善机构和援助组织的驻地工作……你走进那里，手上握着对人命的生杀大权。忽然间，你会看到二十二岁的援助工作者叫一万二千位难民到这里来，排成一列。这一刻你会真正感受到什么是权力。"

麦林并不是专指 MSF，但没有任何组织的招募纪录是完美无缺的。与其他所有派人到偏远地区并赋予他们诸多责任的组织一样，MSF 也曾雇用过抱持殖民者心态欺凌当地雇员的驻外人员、与自己家乡的社会永远格格不入的人以及纯粹为了逃避家庭问题而离家出走之人。一名行动负责人开玩笑说，每当有新成员来报到时，她就会问："说说看，**你要逃避什么？**"

MSF 厌倦了自己在援助组织圈子里根深蒂固的牛仔形象，尽管该组织声明它已经脱离了那个阶段。"我们非常小心不要招募到兰博那种人：他们只是想到战地一游，见识一下子弹横飞。"一名人力资源经理说，"对一支团队来说，那种人是最危险的。如果你察觉有人是为了追求刺激而来，那这个人就真的不是你要找的人。"MSF 的人力资源人员会找寻熟谙多种语言的人——法语或英语是必不可少的，因为其中一种会成为救援现场的通用语言；他们还会寻找曾到发展中国家工作或旅行的人（"别告诉我们你参加的是 Club Med 那种全包式度假行程，因为那不算。"）。在现场工作的人的生活方式要能随遇而安，因为他们可能临时接到通知后就要离家数周或数月。

MSF 还需要能够在小团体中工作的人。"你所在的团队决定着任务的成败。"帕特里克·勒缪说，"你可能到很不错的国家、做很不错的工作，但如果你跟的是一个烂团队，就一点乐趣都没有。你也可能困在高墙内，连一根手指头都伸不出去，但你和一群优秀的人在一起，反倒能享受任务的乐趣。"

　　然而，一般人在救援现场的反应是无法预测的。团队中的驻外人员可能少到只有两人，也可能多达十几人；所处的环境也包罗万象，从宁静的村落到爆发全面冲突的地带，从有热水和冰啤酒的地方到与老鼠一起打地铺的地方。一位后勤专家在南苏丹时正赶上那里闹饥荒，最初三个月都住在一半浸在沼泽里且到处都是蚊子的帐篷里。"干旱期太长了，造成了饥荒，接着又是暴雨。"他解释道，"我们的生活区在一个地方，补充性供食中心在另一片土地上，然后大约走二十分钟才能到治疗性供食中心。在雨季高峰期，我们要涉过深达胸部的河水才能到那里去，身上永远都湿淋淋的，永远都觉得冷。"然而，等到他们在干燥的地方设立了新的据点之后，他们之间的不和才现出端倪。"过了头三个月之后，坦白说越来越多的人脾气暴躁起来。当局势最糟的时候，你的团队才会凝聚得更好。实际上，在运行了一段时间的计划中，你会遇到更多的团队互动问题。而且在所有的非政府组织中，个性冲突都是个问题。"

　　没什么比生死关头更能把团队成员紧密地凝聚在一起了。卡萝尔·迈柯麦可在布隆迪时，城镇遭到了迫击炮的攻击，她和两名年轻女医生不得不缩在屋子的走廊里。"那使我们的关系更加牢固，因为我们一同经历了那种事情。"她说，"在其他情况下，我们三个人可能不会成为朋友——我们没有共同点，她们俩又比我年轻很多；她们二十八岁，我三十九岁。当你们住得太近、压力太大、工作太辛苦而且安全也没有保障时，可能会发生口角或很难相处。但是，后来你们放松下来，大家尽情跳舞，跳到凌晨两点。"友谊往往来得很快，因为在那里几乎没时间让人按照自己的习惯慢慢地卸下防备，接纳彼此。"你一向团队报到，压力就来了。"一位负责七个任务的管理者开玩笑说，"你最好立马就表现出你能挺得住。你要么就和我们一起喝杯啤酒，要么就不喝。如果你不喝的话，这件事就会跟着你一辈子。"

　　派新手出第一次任务之前，MSF 会让他们参加训练计划，向他们介绍这个组织的理念，教他们实用技巧，例如怎么使用超高频无线电或替越野车换轮胎（对于心理上发生动摇的新手，这也是个主动离开的机会）。这个预备课程多半着重于如何应付救援现场的状况。在前往阿富

MSF 的培训课程会教新手如何应对他们可能在野外遇到的实际问题。在刚果民主共和国的北基伍省，一名获救的护士准备在她的越野车被拖出泥坑后重新上路。（Michael Goldfarb/MSF）

汗之前，护士凯瑟琳·波斯勒在阿姆斯特丹受训。第一晚，她和其他新手发现自己置身在荷兰某个森林的中心，当时已是晚上十点。"他们将我们分成一个个小组，然后给了我们地图。接着把我们塞进了一辆越野车，载到树林里放下，给了我们一大块防水布和几根木杆。他们说：'好啦，祝你们好运。你们得找到地图上的这个红点，在那里盖出一间茅厕。我们不会告诉你们现在在什么地方，不过你们可以看指南针。'早上五点，所有的难堪终于结束了，我们找到了红点，盖好了茅厕。整段时间你都在学习如何用无线电来联络。当然，之前他们没教过要怎么联络；他们只是想让你明白在救援现场尝试联系别人可能会有多挫折。

"那时候，我们完全不晓得那次任务的目的何在，只觉得时间如此漫长难熬，而且我们时差还没倒过来。第二天，你坐下来谈论团体内的互动、会遇到什么问题、如何解决问题、你认为自己会在其中扮演什么角色。那是此次活动中最可贵的部分，因为你是和陌生人困在一起，你累了，脾气不好，而且还没真正交到朋友。就很多方面来说，那就像在出任务，因为你确实不得不和想法完全不同的人一起解决问题。在 MSF 这样的组织中，会有很多人习惯了当领头的。把一堆这样的人组成一个团体，通常会一团糟。"

如果说在执行任务时发生争斗很平常，那么和解也是家常便饭。内部人会拿 MSF 的缩写开玩笑，有人说它真正的含义是 Meses Sin Follar，即西班牙语"几个月没做爱"，也有人说它的含义没那么情色而是代表了 Many Single Females，即"许多单身女性"。把一群大多年轻、坚强、无牵无挂的人丢到一个情绪高涨、远离家乡的环境中，自然会容易配成对。但那么多 MSF 的成员走到一起，并非只因为机会比较多而且用不着顾虑后果。尽管有一时的放纵、一夜情、因怀孕而缩短任务的情形，也有人形成了长久的关系，往往持续数年或者一辈子。

"不仅仅是你遇到了一堆志同道合的人，因为人们是带着上千种不同的理由加入这里的,"加拿大籍护士莲恩·奥尔森说,她嫁给了一九九四年在波斯尼亚相识的荷兰后勤专家伦克·德兰吉。"你遇到的人说着不同的语言、来自不同的文化。你们之间存在太多的差异,真的不太能绕得开。但认真对待这份工作、不把它当作带薪假期或纯粹是种冒险的人,都怀着同样的无与伦比的热情。假如真的将一部分的自我投入到正在做的事情,你最终会看到人最脆弱的地方。"奥尔森和德兰吉一起出过几次任务,见识过彼此最好的与最糟的一面。"当状况变糟时,你会亲眼看到一个人是如果应对的,在短时间内,你就能这么深入地了解一个人。你可能跟一些朋友相交多年,却从没真正了解他们,因为你从没见识过处于压力之下、置身于这些紧急情况中的他们。在现实生活中,你有多少机会处在被挟持或者被枪指着头的危险关头?你有多少机会看到有人在你面前中枪或目睹种族屠杀?在 MSF,每次出任务都会发生这类事情,于是你便看到了自己团队里的人是怎么应对的。他们会各顾各的,还是会凝聚得更紧密?你会看见一个人性格中非常本能的层面,这时候你就会知道这个人究竟是怎么样的。这样,相互了解的过程就快多了,不会发生'让我们约会半年,一起出去吃吃饭吧'这种事。

"我没必要担心,因为如果有一天我的生活出现危机,我非常清楚他会怎么样;跟随 MSF 出任务,在你戴上戒指说'我愿意'之前就知道他是怎样的了。我不需要对伦克解释我看到有关伊拉克战争的报道时为何痛骂不已;我不需要对他解释,在多伦多一个美丽的午后,当非洲乐团演奏乐曲、人们翩翩起舞时,为何我站在那里哭泣;我不需要浪费一丝一毫的时间说:'因为这让我想起……'

"你们在同一条小船上,你们一直待在那儿。"

第四章　身处险地的医生

在安哥拉北部的古因巴医疗中心里，詹姆斯·诺克斯向一位护士问起住院病房后段空出的一张病床。那张病床上原先睡着一名患有肝脓肿的男子，如今却不在了。护士说他已自行出院，诺克斯露出了无奈的笑容。"这真让人沮丧，"他说，"因为有时你订了一种药，等药送到的时候，病人已经离开，没办法知道他们去了哪里。"前一天因高血压而入院的另一位病人也消失无踪了。

诺克斯强烈怀疑这两桩自行出院的案例和两天前发生的一件事有关，当时他带一名得了疟疾而病危的婴儿离开古因巴，前往该省首府姆班扎刚果设备较好的医院。"当我们回来时，我注意到了一个改变。有些病人没等疗程结束就离开了，病房里的病人很少。"在预备替那名婴儿转院时，诺克斯得向婴儿的家人解释状况。"我觉得自己有义务告知其双亲那孩子可能活不了了，病房里的其他人都听见了这个消息。"结果，那名婴儿当晚晚些时候在姆班扎刚果死了。"当一名白人医生对一家人说'你们的孩子可能活不了了'，然后带着孩子去转院，而且孩子真的没活下来，我不确定大家会怎么看这件事。"

了解当地人对疾病的态度是所有的外籍医生和护士都需要学习的一件事。在古因巴，以及医疗保健还是新鲜事物的大多数地方，病人往往到了病入膏肓时才想起来就医。病房里有个男子说他的双臂又疼又麻已经两个月了，医生检查发现他的腹部长了个肿瘤，但男子坚称自己生病是因为家人最近给他喝了一种有毒的饮料。有时候，病人的状况因为传统疗法而恶化了；距离医疗中心只有一小段路的市场里售卖着各种可疑的药物，从闪闪发光的矿物质、贝壳到死老鼠，应有尽有。

　　甚至连卫生部的标准治疗方案或守则，都是一个需要克服的挑战。在非洲大多数地区，治疗疟疾的一线药物还是氯喹，然而在安哥拉，这种药物对高达百分之八十三的病人没有疗效。MSF 在此地以及其他地方开展的所有抗疟疾项目的目标之一，是实施一种有效得多的以青蒿素为基础的联合疗法；诺克斯对其疗效之好有切身的体会——他刚治好了自己的疟疾，这是他的职业带给他的风险。

　　诺克斯朝几位正在替乔安娜做检查的护士走去，先前他怀疑那名年轻女子得了昏睡病。他们设法多了解了一些这位病人的病史，现下已得知她不仅咳嗽，而且呕吐、食欲不振。"由此看来比较像肺结核了。"医生说。肺结核最好是用胸部 X 光片确诊，但在这里他们只能用痰涂片（sputum smear），而且就连这个都要送到姆班扎刚果才能化验。

　　如今，又有一名前来就诊的婴儿出现了疟疾症状，疟疾快速血液检测（Paracheck）的结果也呈现阳性。当护士准备注射奎宁时，诺克斯注意到点滴瓶中装的液体远远超出了所需的量——护士们打算在注射到足够的量时关掉点滴，下次注射时再接着用这瓶。诺克斯坚持要他们找来干净的空瓶装剩余的药剂，否则如果护士忘了及时确认，那孩子就有可能被注入过多的剂量。

　　当静脉留置针刺入时，婴儿尖叫起来，护士发现自己没有找到血管，于是又抽出了针头。他试了三四次都没成功——这并不令人意外，因为就算要为状况最好的婴儿插针都是不容易的，而当小病人脱水时更是难上加难。婴儿的母亲默默地坐在遥远的角落里，看着孩子受折磨，明显露出痛苦的表情，过了几分钟，她走出了病房。诺克斯站在一旁，沉着地提着建议，但他拒绝接手夺去护士尝试的机会。半个小时过后，这套工作才就位。

点滴终于开始注射了，然后，其中一名护士拿起静脉输液架，想移到病床的另一侧。在此过程中，不小心将针头拉出了婴儿的手臂，他们只得重新来过。一度有五名护士一起处理这名婴儿的情况，此时，小病人已经像好医生一样坚忍了。很快，针头再次就位，但数小时过后，那孩子的手臂胀满了液体——原来那针头根本就没有插对静脉。

第二天一早，诺克斯决定将另一名生病的婴儿与乔安娜一起转送到

詹姆斯·诺克斯在检查在安哥拉冲突中被毁的坦克残骸。就在诺克斯二〇〇三年开始执行任务的几个月前，一辆 MSF 的汽车在安哥拉的道路上撞上了一枚反坦克地雷，造成七人死亡，其中有四人是该组织的工作人员。（Dan Bortolotti）

姆班扎刚果的医院，他自己也将随行。两地仅相距大约四十英里，司机却开了三个小时，因为越野车要对付巨大的车辙和水坑，而乘客要保护自己的脑袋以免撞到车顶。有一刻，司机在至少有两英尺深的泥泞中挣扎了一两分钟——而此时还是旱季。后来，他们的车子途经一辆蓝色皮卡的残骸和一台烧毁的坦克，两者都在提醒他们，这条路上曾埋有地雷。

为了保护其他人，乔安娜在车内戴上了口罩，由一位女性亲属陪伴，横躺在长椅上。躺在父亲怀里的另一女婴面色苍白，偶尔还气喘吁吁。诺克斯让人拿来一杯水，试图喂进婴儿嘴里，但被她迅速吐了出来。途中鲜少有人开口说话，就连几位刚果人彼此间都没怎么交谈，但至少没有人呕吐。在不习惯这样乘车远行的地区，病人通常会严重晕车；团队工作人员前一周也开车从同一条路转送一位女病人，结果后者呕吐不止。

车子停靠在姆班扎刚果的市立医院时已是下午三点，当工作人员把乔安娜送进去时，那名婴儿及其双亲迅速地消失在医院里。附近一名年轻男子面带微笑地骑着一辆特制的三轮车，用手转动脚踏板——他的双腿因罹患小儿麻痹症而萎缩，无力地从座椅垂下来。

诺克斯会在第二天早上过来查看转院的病人状况如何，但随即就要回到古因巴，那里更需要他。姆班扎刚果的医生会接手照顾他的病人，而病人后续情况的追踪并非总能做到；他从未真切地知晓病人转院后的命运。

"这个人踩到了反步兵地雷。"外科医生程卫指着电脑屏幕上的影像说。这名伤患的胫骨和腓骨被炸得几乎什么组织都没剩下，骨头在原本是脚踝的位置戛然而止，剩下的脚则被一条丝带般的皮肤和肌肉悬吊着。

有三千张数码照片见证了程医生在安哥拉中部库依托的八个月期间

所目睹的暴行，此时他在屏幕上翻看的残酷影像只是其中一部分，他边浏览边解释自己所治疗的各种伤情。当时，内战正如火如荼，但他的大批病人都并非军人，例如此刻屏幕上的这位即将接受截肢手术的伤者。库依托是世界上地雷分布最密集的城市之一，数千颗地雷埋在农地上及水源附近，肆无忌惮地夺去民众的性命及肢体。

二〇〇〇年夏末，程医生抵达库依托，他的澳洲籍妻子凯伦·摩尔豪斯也同行，负责管理此地项目的财务。戴安娜王妃曾在一九九七年一月，即她去世前七个月，访问过库依托，还穿着排雷专家的防护服拍过照，这个城市因此上了国际新闻。程医生和妻子抵达时，不稳定的和平已经不复存在，安哥拉再次陷入了战乱。MSF 为营养不良的民众设立了供食中心，在附近的一个营地为流离失所的民众设立了一个水源与卫生方面的项目，还有一个医院项目，在那间医院里，程医生用他的手术刀切割并缝合了数千名战乱受害者的伤口。

今日，身穿有 MSF 标识 T 恤的成员更常出现在没那么夸张的项目中，这些项目往往惠及更多人或拯救更多性命，但没什么比战地手术更广受瞩目。"对我来说，"一名医生说，"置身前线，进入不安全的地区，设法照料那些无法获得其他医疗照护的人，就是一直以来我对 MSF 的想象，整体氛围也是如此：五点钟宵禁，夜晚枪声连连。对我来说，这就是 MSF，我们所在的是没人想待的地方。"

在战区提供救生援助是这个组织的基本精神，伯纳德·库什纳及其在比亚法拉的医生同胞参加了后来所称的"法国医生运动"，MSF 就是从这个倡议中诞生的。当时，红十字会是唯一一个致力于医疗人道主义援助的中立组织。但这个想法本身发源的年代，还在用刺刀、毛瑟枪和大炮作战，医生的数量翻番，跟理发师差不多。这里所说的医生，还是法国医生。

一七九二年，法国大革命爆发之后，一位名叫多明尼克·拉雷的二十六岁医生加入了拿破仑在莱茵河的军队。身为法国军队的助理外科医生，他迅速成为战地医疗的先驱。当看到军人因延误治疗而死，他大为沮丧，于是想方设法将伤兵从战场快速转移到军事医院，并在途中先期对其进行治疗。他的解决方法是"飞行救护车"（flying ambulance），即以四轮马车运载急救物品、医疗团队和他们的助手以及一个带着绷带的鼓手隆隆地驶入战地。

一七九八年至一八一五年间，拉雷几乎参与了拿破仑所有的主要战役，逐渐成为我们今日所称的紧急医疗专家。他的"飞行救护车"很快被广泛使用，他的分诊方法也被大量采用：这是一种前所未闻的创举，它要训练医务人员不仅能确定谁伤势最严重，还能确定谁真的有机会存活下来。一如今日的医护人员所做的，拉雷的弟子们学会了稳定伤员的体征，在救护车到达医院前，给车子后部的伤患提供基本治疗。

拉雷在其他方面也做了革新；他研究了传染病的爆发，学会了隔离病人。他做了数百次截肢手术，其中包括在一八一二年九月博罗季诺会战期间一天内就做了两百次，而从肩关节切除手臂的手术至今仍与他的名字联系在一起。他最偏爱的麻醉法是灌白兰地并拿块布给伤者咬住，不过在俄罗斯的冰天雪地里，他也学会了如何用低温来麻痹疼痛。他一视同仁的行医态度，和他在外科方面的革新同等重要。在把那些被认为是自残以逃避上战场的士兵从死刑下解救出来后，他写道："伤口是不是自己造成的，不由外科医生来判定，扮演这个角色的应该是法官。医生必须是自己病人的朋友，不论其有罪还是无辜，都必须悉心照料，精力只能专注在伤势上，其余都与他无关。"两个世纪以后的 MSF 医生可能也会说出这番话。

拉雷是军医，以今天的话来说很难称其为人道主义者；但是，不论士兵是哪国军人他都予以医治，因而甚至赢得了法军敌人的尊重。一八一五年滑铁卢战役期间，英军威灵顿公爵看见拉雷后脱帽致意，然后转头对副官说："传令下去别朝那个方向开火；至少给这位勇敢者一些时间去收治伤患。"敌方的敬佩最终救了这位医生一命。拉雷在滑铁卢中弹后，俘虏他的普鲁士军人想要处决他。但普鲁士陆军元帅布吕歇尔认出他几年前救过自己在战场上受伤的儿子，于是指派普鲁士护卫将拉雷安全地送回了法国。

程卫和凯伦·摩尔豪斯于库依托拍摄的照片中，这座城市看得出曾

MSF 的程卫和安哥拉库依托医院的骨科护士曼努埃尔·维坦吉。二〇〇〇年十一月，一伙士兵袭击了镇上的一户人家后，维坦吉去接伤员，他的车遭到伏击，他本人遇害。（程卫）

是美丽的省府，如今建筑物却满布弹孔。教堂及其他许多房舍都没了屋顶，有些则完全坍塌，不过瓦砾已经清除。"这座城市完全毁了，但依然洁净。"摩尔豪斯说，"民众仍对自己的城市感到骄傲，纷纷外出打扫街道。"这对夫妇有一组吉普车迷你模型，共三台，是库依托几个足智多谋的孩子用配给罐头的金属壳巧手制成的，车轮部分则用的是油罐的盖子。程医生还用干净的三明治塑料袋保存了满满一袋自己从病人身上取出的子弹。

程医生在手术室面对的疾病和创伤，使他的技术超越了极限：一名男子侧脸有大砍刀划出的深深的伤口，行凶者意图警告他而非要他的命；一名女子患有坏死性筋膜炎（噬肉菌），病情严重到乳房几乎腐烂殆尽；一名上臂受伤的男子，伤口爬满了寄生虫；另一名男子被刺伤四天了，一截肠子还挂在体外。"我把肠子推回体内，缝合好，三四天后他就出院回家了。"

程医生点开下一张照片，一名男子的腿感染气性坏疽，这种往往致命的细菌会在皮肤下产生气体，使皮肤组织像泡泡纸一样破裂。这位医生从患者臀部下方切除了腿，替其注射了正常剂量三到四倍的盘尼西林。"一周过后，他脸上有了笑容。"

孩童的案例也不少。一名婴儿被子弹射穿下颚；一个较年长的孩子肩膀、手臂有刻意而为的近距离枪伤。另一张照片上，一个大约十二岁的男孩举着刚包扎好仍在流血的左手，"这男孩试图在街上卖东西赚点钱，碰上警察向他要钱。"程医生解释道，"他不肯给，所以警察开枪射穿了他的手，但我无力回天。"在救治另一些伤患时，程医生的运气就比较好了。某天，一位父亲带着女儿跋涉将近三十公里来到医院，她脸色苍白气喘吁吁，显现出休克的迹象，子弹射进了她的胸部，从上背部穿出。那位父亲不同意输血，但她设法活了下来。

十一月，战事逼近。军人在镇上转悠，想奸淫妇女，他们闯进了一

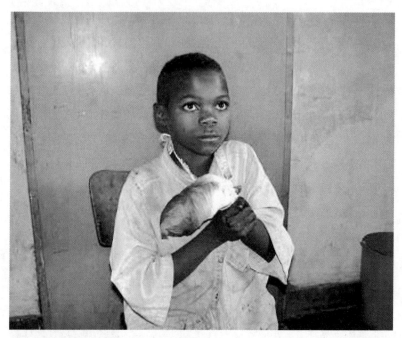

当这个男孩没有钱"孝敬"饱受战争蹂躏的库依托市的警察时，其中一人向孩子的左手开了一枪，这只手不得不截肢。在库依托出任务八个月中，程卫做了一百多例地雷、枪伤和刀伤造成的截肢手术。（程卫）

间屋子，对一位母亲和她的两个孩子开了枪，其中一个还是婴儿。父亲抱起婴儿跑到了医院，护士长曼努埃尔·维坦吉被派去带回其他伤者。当他抵达时，军人伏击了救护车，对维坦吉开了枪。"我正在手术室努力抢救那名婴儿，他们进来说我们的同事遭到了枪击。我设法尽快完成手术，但手术结束时，曼努埃尔已经死了。"

总体而言，程医生在库依托靠钢丝锯做了许多例截肢手术；他通常将这个程序委托给他的一位助手，因为他不喜欢干这种残忍的事。他的许多病人可以通过附近由红十字会经营的假体诊所装上假肢。程医生后来认识了一位曾在塞拉利昂待了数年的德国医生，后者说塞拉利昂的叛军挥舞着大砍刀，砍去了数千人的手。这位医生已经精通了克鲁肯伯格手术（Krukenberg procedure），这种技术源自第一次世界大战，术后留下岔开的尺骨和桡骨，使手变成类似龙虾虾螯的形状。这种手术在西方并不盛行，因为人们认为那样不好看，而且也已经有假手可用，但在塞拉利昂，这种手术能让伤者残而不废。

对医务人员来说，这整件事可能会耗损大量心神。程医生在库依托做第一百例截肢手术那天，他和摩尔豪斯跟着光环信托组织（Halo Trust）——四年前接待过戴安娜的英国排雷组织——去实地考察。"你会对周遭事物就这么视若无睹，"摩尔豪斯说，"一切都变得好稀松平常；如今回头想想，我们当时铁定是脑子坏了。"

为了降低所有援助组织都面临的驻外人员的替换频繁，MSF要求程医生和摩尔豪斯这样的新手承诺至少会在救援现场待六个月。然而，外科医生是这项规则的例外，不仅因为不容易征召他们出任务那么久，还因为有些项目短短数周内就会让他们精疲力尽。二〇〇二年十二月，MSF致电曾出过几次短暂任务的美国籍外科医生布鲁斯·弗兰克，询问他是否愿意在象牙海岸（即科特迪瓦）过圣诞节。"他们捉襟见肘，没有会讲法语的人，但他们知道我正在努力学，所以就碰碰运气派我过去。情况相当有趣——我带着大黑板进手术室，写下法文和英文。刚开始很辛苦，后来变得有点好笑。最后他们告诉我，我说的法语太蹩脚了，而我就是靠着这样的法语过来的。不过到了紧急关头，你真的迫切需要什么的时候，整个情况不是你能掌控的，就会出现一些棘手的时刻。"

弗兰克抵达科特迪瓦首都阿比让之后，往北开了六小时的车到达了布瓦凯。"越过法国军人刚在那里设置的停火线，有人会来接你去医院。布瓦凯很大，有四五十万人，但我在那里期间，到院区外的时间不超过半小时。"尽管布瓦凯在和平时代是个热闹的城市，在过去四个月内大约有三分之二的居民都撤离了。"MSF差不多算是接管了医院，管理医院并支付薪水，因为战争爆发时，几乎所有人都逃走了，医生、护士、病人都一样；偌大的医院只由我们八个人负责。

"整个那段时间所有人都精疲力竭，根本没有片刻歇息。"弗兰克说，"我们从来没做过任何择期手术，做的全是急救手术，而且是一周七天一天二十四小时在做。在五个星期里，我处理了四五十个被卡拉什尼科夫冲锋枪所伤的患者，外加所有的高速车祸伤患。青少年带着枪到处走；在医院里，你必须穿梭于他们之间，而且不知道枪的保险是开着还是关着。我老是疑心自己会中枪，因为处理了太多的枪伤，其中许多都是愚蠢的意外枪击——人们喝醉了酒乱开枪，误伤了别人。我很纳闷为什么我们容忍这些人带着冲锋枪这么靠近医院——他们甚至带枪进入医院，但我们忙得没空管太多。我们处于混乱的边缘，这是我出任务以来，第一次发生没有救活自己认为应该救得活的人这种事，只因为我们简直忙坏了。"

其中一个死于非命的男子大约二十岁，到医院时有大面积的肝脏创伤。弗兰克说他家乡的外科医生一辈子可能只见过几次这种伤势；在象牙海岸，他每周都会碰上一次。由于无血可输，这名病人濒临失血而死，而法兰克尽了医生的职责。"我没有试图修复肝脏，反而决定只用纱布包扎伤口后缝合。一两天后，我把他带进手术室，划开了他的腹部，取出纱布并修复肝脏；我觉得很自豪——如此处理大面积受创的肝脏，简直堪称教科书级的做法，一切看起来都很顺利和美好。接着我发现他仍然贫血，之后在外科病房时心率很快、血压还是很低。这孩子身边有三个朋友，我就对他们说：'如果你们找不到血给他，他就会死。'他们全都同意捐血，结果验完血发现其中两个人HIV呈阳性，我完全泄气了。那个男孩当晚就过世了，只因为缺少几个单位的血液。

"另一个案例中，一名男子出了车祸，肝脏破裂，大腿骨断了，而且处于休克状态。我赶忙把他推进手术室，打开了他的腹腔，但周围没人可以帮我。最后，他们派了一个负责在手术后打扫卫生的人来。简直沮丧透了，因为他显然帮不上忙，最后病人死在了手术台上。

"在我的任务即将结束时，来了个大约一岁大的孩子，没人知道他怎么了。那天我们刚刚忙完十二或者十四个病例，每个人都累了。我们只有一队当地雇员——下午班的人四点钟的时候不会来了——所以我们还得小心，别累翻他们，否则就是拿砖头砸自己的脚。漫长的一天结束时，我去看那个孩子，显然他需要动手术。我们和其他医生讨论后决定，如果这个孩子第二天还活着，我们就会做点什么，因为我不确定他能否挨过手术。那个时候已经接近午夜，三四个小时过后，那孩子果然被宣布死亡。在其他情况下，我们会替他开刀；至于他能不能活下来，我就不知道了。

"当我回到家乡时，大家会问我过得怎么样，而我只会说紧张得叫人难以置信。我这辈子从没过过一个月那样的日子，夜以继日，无休无止。普外科以每周一百二十小时、每隔一晚值一次班的训练著称；但在这里，每天都要值班，没有喘息机会，没有后援，没有血库，只有基本物品，除此之外，还有语言障碍。其他事情也开始影响你——食物、睡眠不足、干扰入睡的噪音。最后，你疲惫不堪，无法充分展现实力。这就是为什么我总是将我的任务限制在三四个月内，因为在那之后我需要回到自己的现实世界一阵子。"

面对大量涌入的伤者，布鲁斯·弗兰克看到了生与死之间的界线是如此纤弱。"你会觉得达尔文也参与了我们的检伤分类。"他说。二〇〇二年，当普外科医生盖瑞·迈尔斯第二次前往斯里兰卡时，他也体会到了成功和失败可能只相隔数日。"这里真的是在叛军地盘的深处。"迈尔斯谈起他在这个岛国北端佩德罗角的任务时说，"我们在一家医院里照料泰米尔人，医院在一个孤立的社区，已经被封锁了大约十五年，所

二〇〇三年六月，在刚果民主共和国东部布尼亚，一名精疲力尽的医生在 MSF 的野战医院外休息。冲突期间的创伤手术是 MSF 的所有工作中最繁重的一项。（Juan Carlos Tomasi／MSF）

以他们真的非常缺乏医疗照护，而且那片区域地雷密布。"

　　斯里兰卡是全世界自杀率最高的国家之一。"他们都是包办婚姻的牺牲品，动辄大打出手，女方甚至会把煤油泼在身上自焚。有个女孩到医院时真的烧伤很严重——烧伤面积达百分之六十左右，面部已难以辨认——在大约三周的时间里，我们替她做了十到十二次植皮，以及很多次伤口护理，效果相当好。她也对能活下来心存感激。你永远会担心，帮助自杀未遂者康复是否会导致他们过上悲惨的生活，或者再次尝试自杀。然后，不出三天，类似的故事再次上演；那个男人喝醉了，但我认为是夫妻口角，他自焚了。过了两三天，他还是过世了。他就是没能撑过我们不得不对他进行的施治。"

二○○三年七月，迈尔斯到蒙罗维亚出了一个月的紧急任务；数周之前，利比里亚的内战再度降临这座首都城市。迎宾车在那里等着接他。"我到了那儿，取了行李，正在听取我的任务简报，然后他们进来说：'你能来给某人做个气管切开手术吗？'我说没问题，那名伤者是颈部中枪，结果我刚到那儿十分钟不到，就做了气管切开手术。

"刚开始两周，外伤病人占了大概百分之八十五，半数是枪伤，半数是炮伤。其中我最引以为豪的是大约第三天时，来了一个胸部中枪的十五岁孩子，于是我们带他进手术室开刀，发现他的心脏被射穿了。我们修复了心脏，他康复了。这是件大家喜闻乐见的事，但这无法证明一位外科医生有多优秀，纯粹是运气好。不过，好处是这让我获得了工作人员的认可——他们以为我是萨满之类的人。这是发生在早期的一件偶然的事，因而每个人都对我有信心。然而这个世界是理性的。第二天，一名病人进了医院，他的腹壁被迫击炮炸掉了。我给他做了三四个小时的手术，但他还是流血而死。我回过头对大家说：'看吧，我真的不是萨满。'"

身处斯里兰卡、利比里亚这种设备不足的医院，迈尔斯不得不仰赖个人经验而不是工具。"我快五十岁了，二十年前我在美国做的一些事情效果很好，而且不需要很多科技；有人就批评北美医学，说科技让我们聪明反被聪明误。少了很多这些东西，你还是可以好好照顾病人，这就是一个五十岁的老家伙胜过二三十岁小年轻的地方。但时间和经验未必能造就出信心，我在我自己的人生中也发现了某种循环；有时候信心满满，有时候感到惭愧。医学的妙处在于你每个礼拜都要经历这些事情，有时会觉得：'老天，我好蠢！'有时会觉得：'哦，我太神了！'"

迈尔斯与安德鲁·席特曼在利比里亚有几周交集，席特曼是第二次到该国执行任务。二○○二年夏末，席特曼在邻近科特迪瓦边境的海滨城市哈珀工作，他要对付的疾病种类简直囊括了他受过的所有热带医学训练：狂犬病、脑型疟疾、象皮病、河盲症，更不用说那些无法预料的状况了，例如一个小男孩被椰子砸中头部而死亡。然而，即使如此，他也没有准备好面对首都所发生的一切。"在蒙罗维亚，我身处战区，肯定更无法像过去那样得到我想得到的东西。在哈珀时，我体会到，就算我们尽力去做也是不够的，但我并没有因此而受到打击。在那里，我不会遇到一天有三个孩子死去这种事。"

在蒙罗维亚，他的病人之一是个十八个月大的女婴，她在小睡时突然尖叫着醒来。席特曼替女婴做了检查，找出了原因：她曾被 AK－47 落下的一颗子弹击中脸颊，很可能是童兵随意对天空开枪所致。子弹奇迹般地没有打中她的气管和大动脉。

有好几次，漫无目的的子弹呼啸着掠过医院大院，有一颗打破了急诊部的窗户，有一颗击中了 MSF 的汽车，还有一颗落在了厨房的桌子上；席特曼怀疑下次射进来的会不会是炮弹。"战斗一直在断断续续：你会听到迫击炮落在远处或医院后方的海里，发出沉闷的砰砰声。子弹乱飞，给医院源源不断地送来了患者，有的为流弹所伤，有的来自镇上另一处遭到猛烈炮击的地方，还有些人是被人用独轮手推车或担架送来的。

"后来，迫击炮的攻击忽然越来越大声且越来越近——我们能感觉到东西在颤动，而不是仅仅听到爆炸声。它们每隔二三十秒就来一次。炮声逼近后不到五分钟，就会有民众开始涌入只有八张病床的急诊室。第一次有大批伤者涌入时，我们没有完全准备好。每个人都在跑进跑出，护士、清洁工、消毒人员，每个人都试图帮忙，这样很好，但不是很有效率。大约来了七十个人，其中大多数受的都是不会危及生命的伤——他们要么受了撕裂伤，要么可能身上嵌了弹片需要处理，但不会致命。所以对于这些人，我们只会在他们的伤口覆上一块纱布，让他们去隔壁诊室。其中很多人在接受了十秒钟的检伤分类后，就被打发走了。

"还有少数人刚进急诊室就死了。不到几小时，情势就平静了下来，于是我们召集了一支护卫队，把七八名重伤者送到大约三十分钟车程外的红十字会战地手术小组。然后，在接下来的十五个小时左右，我们开始处理积压的病人，替他们清理伤口，挖出弹片，打预防破伤风的针。"席特曼知道自己必须处理完受伤不严重的病人。"当然，没人想回家，因为这些人住在临时避难所——废弃的学校、教堂、仓库——那里没有水、没有电，甚至连能避雨的地方都不多。但我知道我们随时可能再度遭到迫击炮的攻击。"

MSF团队在自家的掩体里等待着炮击结束，所谓掩体，就是他们屋子里的一个房间，用沙包加固了，窗户上贴了胶带。一如所有在被战争蹂躏的国家工作的外国人员，他们有撤离路径，以防状况真的恶化下去。有段时间，席特曼和同事撤离到了阿比让，在那里讨论是否彻底放弃该项目。当局势变得不安全时，MSF欧洲总部或任务现场负责人可以命令驻外团队撤离，但这些人也有权决定自己愿意承担多少个人风险。"我们知道，随着战火蔓延到城镇，安全状况会比我们以前经历过的任何时刻都糟得多。"席特曼说，"但几乎所有人都决定回去，继续在战区工作，而这显然是正确的决定。在迫击炮攻击期间，你亲眼见到受伤的孩子，他们吓坏了、尖叫不止，于是你意识到假如MSF没在那儿，他们就会在街头尖叫，却没人帮他们。"

克丽斯汀·纳多利曾跟随MSF到十几个国家工作过，但只在一个国家做过战地手术。一九九五年，她在车臣，当时车臣人刚和俄罗斯军队爆发持续冲突没多久。某天晚上，当MSF团队离开医院时，纳多利同意让当地司机载几位该国工作人员回家。"我们在自己的房子里看着日落，忽然间，我们听见嘈杂声。我心想，老天啊，他们还没回来。出了什么事？他们在哪儿？我担心他们，而且我不该让他们开走车子的——那可是我们唯一的车。

"然后，我看见了电影《现代启示录》中的画面在我眼前上演，武装直升机越过山脊而来。我真的吓坏了，想着我们团队的人正在路上，可能被当作目标，但是并没有。"事实上，那些直升机是攻击过城镇后在返回途中，攻击地点正好是在 MSF 的司机放工作人员下车的地方，离医院只有几英里远。炸弹开始落下时，车子正好离开；纳多利知道伤患很快就会涌入医院。

"我们回到了医院，这时天已经黑了，因此一片混乱。民众已经跑到医院来了，到处都是人。我们跨过满地的人，试图分辨谁是病人、谁是伤者。我走进一个房间，有个孩子正看着我。她眼睛的颜色很抓人——那双灰色的大眼睛就这么盯着你眨都不眨，因为她受到了惊吓。她裹在毯子里，毯子湿透了，我这才意识到她在流血。后来有人给我讲了这是怎么回事。"多年过后，纳多利还记得那个女孩叫玛哈，当时她大约十八个月大。她的母亲在战火中奔跑，想找地方藏身，她就一直贴在母亲背上，脚悬着。一场爆炸让她母亲当场死亡，也几乎炸断了女孩的双脚。"她是我们那晚做手术的首批伤者之一，我们不得不截去了她的一只脚，并设法抢救另一只脚的一部分，事后无论谁替她换药，都看得心如刀绞。

"在那次任务中，截肢手术十分频繁。我也参与了吗？是的，当然。我们让那里的一家医院重新开张，之前它被关闭，是因为俄罗斯政府完全不在意它的存在。那是战时，而我们是一支小团队——只有五个人，一天下来你会精疲力尽。我在那里是第一次作为外科护士协助工作，先前我从没操作过手术。"

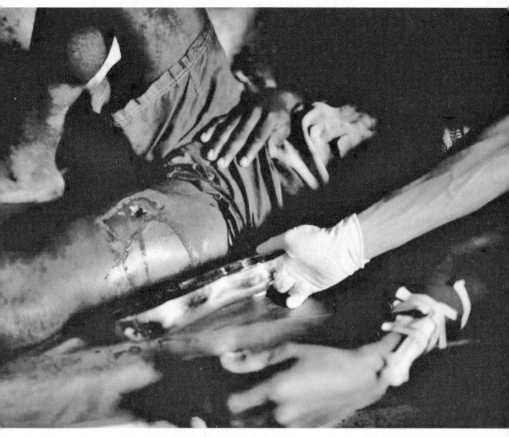

二〇〇九年，一名刚果男子因枪伤在 MSF 扶持的医疗诊所接受治疗。在非常情况下，医疗人员可能会被要求治疗他们未受过训练的重伤。（Michael Goldfarb/MSF）

　　尽管在车臣只待了三个月，纳多利学得很快，没多久就开始训练新来的外国人员做她自己也才刚学会的事情。她记得有位丹麦护士敬佩地看着她坚持不懈地点燃一个半坏不坏的煤油炉，用它来消毒手术用具。"在我消毒的同时还有手术正在进行，而那名护士在想：'我绝对没办法这样做。'她认为我疯了，但不出一个星期，她也做了同样的事。我做过招募工作，所以我设法减轻大家对被扔进这种水深火热却毫无资源的地方的恐惧。我们不要求护士成为医生，也不要求医生会动外科手术，但在这里你会做的事情确实会越来越多。"

莲恩·奥尔森和伦克·德兰吉一同出过几次任务，作为护士和后勤人员，至少有一次，他们扩展了自己的工作范围。"一天，我们从救援现场回来，另一位护士瓦伦丁说来了一名病人。"奥尔森回忆道，"我们去了医院，那名病人被机枪射中了，大腿骨和小腿中了三颗子弹。子弹还在里面，瓦伦丁说他打算取出来。我心想：我们要替这家伙开刀吗？我们没有麻醉剂，没有静脉注射用的东西，也没有药物。接着，瓦伦丁说我们得给他的腿做牵引，因为他的大腿骨断了。我的反应是：'这太超出我的能力了，我们办不到。'伦克说：'我们当然可以，我们会想出办法的。'结果我们做到了。瓦伦丁在未经消毒的情况下，甚至没有进行局部止血就挖出了子弹；我以为那家伙肯定会在手术台上流血而死。然后我们找来绳子，把装了十公斤石头的麻袋用胶带捆好，用这种简陋的方式给他的腿做了牵引。

"结果那个人活了下来。第二天我们带他去了医院，他们的反应是：'嘿，子弹处理得挺不赖。'"

第五章 黄色沙漠中

在坎大哈郊外十五英里处，一辆越野车沿着柏油路轻松地行驶着。崎岖的山脉就在不远处，从几乎完全平坦的地形中凸出，但隔着薄雾几乎看不见。在车子后座，席德·玛布·沙阿医生跟 MSF 的外籍人员聊着一些当地的历史——毕竟，一条铺得这么好的公路在阿富汗实在是太罕见了，理应解释一番。"这里不是一直这样，"这位头戴白色棒球帽的阿富汗医生微笑着说，"这条路是俄罗斯人修筑的，后来被他们自己的坦克轧坏了。"就在几年前，这条路还根本无法通行，因为两侧车道上散布着被反坦克地雷炸毁的车辆。他带着几分自豪说，后来是阿富汗人重建了道路，扫除了地雷，清理掉了车辆的金属残骸。

当司机右转进入碎石路时，车速陡然放慢。路的两旁有长方形的混凝土标志，一侧涂上红色，另一侧涂上白色。"地雷，危险！"一个告示牌提醒道，"沿有标示道路行驶。"不久，就可以看到一面破损的白旗在远方招手。挂在竹竿上的白旗，印着红黑相间的"无国界医生"组织标志，还标出了去往位于扎雷达什特（Zhare Dasht）营地的基本医疗单位的入口。这个营地收容境内流离失所者（简称 IDPs），约有四万名背井离乡的阿富汗人以扎雷达什特营地的帐篷或泥砖棚屋为家。在普什图语中，扎雷达什特的意思是"黄色沙漠"。二〇〇三年八月的一天，午后的气温高达华氏一百一十一度（冬天这里可能骤降至零度以下）。阴凉处让人稍稍缓了口气，但即使是在室内也无法逃避迁回吹入眼睛、鼻子、嘴巴里的风沙。室外，强风把沙粒纠合成了高耸入云的尘暴。

住在扎雷达什特的民众很多都是普什图人，这个族群催生出了塔利班。普什图人分布在阿富汗南部和东部的大半地区，但自从二〇〇一年塔利班政权倒台以来，普什图人在北方成了受迫害的少数民族，控制那个地区的乌兹别克人复仇心切，不仅骚扰还攻击他们。那些有能力逃到南方的人到扎雷达什特这样的难民营寻求保护和援助。营地里的另一个主要群体是卡奇人（Kutchis），他们是游牧民族，身穿翠绿色和紫红色

阿富汗男孩们在扎雷达什特的酷热和灰尘中干活，扎雷达什特是阿富汗东南部的一个流离失所者的营地。MSF 一直在难民营里经营着一个基本医疗单位，直到二〇〇三年十二月其他援助人员遇袭使他们被迫撤离。（Dan Bortolotti）

相间的服装，有着美丽的蓝绿色眼睛，在偏爱黑、白和卡其色服饰的大片普什图人当中，显得十分醒目。他们到此不是为了躲避战争，而是因为长达四年的干旱使得土地干涸，让他们失去了所有牲口。

一位穿着漂亮的粉红色裙子、戴着绿色头巾的卡奇女孩，抱着她的弟弟走进了一个充作补充性供食中心的帐篷。在这里，孩子被放到一个挂在天平上的盆子里称体重，比正常体重轻百分之二十到三十的孩子会分到高蛋白食物补充剂。供食中心内，护士凯瑟琳·波斯勒刚刚开始习惯作为女性在阿富汗要面对的挑战。波斯勒和其他女性驻外人员只要离开坎大哈的院区，就必须将头部、腿部、手臂遮住。头戴墨镜脚穿凉鞋的她，把一件 MSF 的背心套在蓝白相间的"莎尔瓦卡米兹"（salwar kameez）——当地人穿的宽松棉长裤和束腰长罩衫——外面，并用一条暗红色头巾罩在这身混搭的服装上。"时尚在这里简直是个笑话。"那天早上她在出发前往营地前开玩笑道。"不只如此，"她的同事赫南·德瓦尔答道，他是一位风趣的住院医生，"这是人道主义的危急时刻。"

波斯勒是加拿大人，比实际年龄三十岁看起来要年轻一些，她第一次出任务才刚四个星期，但对于在困难地区提供医疗服务并不陌生。取得护理学位后，她在安大略省北部的一个原住民保留区工作，后来又去了不列颠哥伦比亚省—阿拉斯加边境附近的一家小乡村医院工作，近年来服务于曼尼托巴一个声名狼藉的保留区。虽然 MSF 寻找的是曾在发展中国家工作过的医务人员，但它也很欣赏在加拿大的这种经验。"那里的环境孤立，你要面对缺乏支援服务和设备的状况。"波斯勒说，"病人可能得用飞机送出来，所以照护会耽搁许久，你得学会如何管理压力、解决问题。我想他们希望我去阿富汗，因为我来自一个有暴力活动的保留区，所以我有安全意识。"

如同许多 MSF 项目，这支驻外团队的主要责任是协助、训练、支援当地工作人员。为了做到这一点，医疗团队首先必须了解其工作地点的文化背景。无国界医生组织在世界各地经营着数百个供食中心，但他们设在扎雷达什特的供食中心却不太一样，因为这个营地有联合国提供的相对充足的补给。"问题是，当孩子们生病时，他们只能喝茶。"参与该项目的荷兰医生伯婷·凡吉赛尔说，"你可以想象，要是只给孩子喝茶，他们可能会营养不良。"

波斯勒整理了一下她的头巾，和玛布·沙阿一同驱车前往营地内不远处的一个区域，那里被呆板地命名为十号定居点。那天早上六点钟，MSF 的几十名当地工作人员在那里设置了一个疫苗接种中心，花了一整天时间替一千两百人接种了白喉疫苗。这种疾病波斯勒和凡吉赛尔都不曾见过——西方国家已经通过预防接种根除了它，甚至在发展中国家，它也是 MSF 不常碰上的罕见疾病。然而，在过去这一个月里，扎雷达什特营地出现了大约五十个病例，于是 MSF 向联合国在日内瓦的世界卫生组织寻求建议。而且，它还得仰赖有诊断、治疗白喉经验的阿富汗医生和护士。这种疾病是一种有传染性的细菌引起的，会使口腔和喉咙发炎，它能产生致命的毒素对大约百分之十的病例造成致命威胁。"白喉有点算是坎大哈的地方性疾病，"凡吉赛尔说，"但这个城市本身从没有抗毒素，所以民众总是去巴基斯坦治疗，否则就会送命。因此，我们的当务之急是协同世界卫生组织，把抗毒素从伊斯兰堡运到坎大哈，这样我们才能在医院里治疗病人。之后，我们决定对整个营地的人进行大规模的预防接种。"

当驻外人员和当地雇员有着良好的工作关系时，彼此会交换信息。凡吉赛尔说，阿富汗的医生和护士不仅教了她白喉的知识，还教了她麻疹的知识；西方医生通常是从教科书上的图片而不是第一手观察中了解麻疹的。她说，当地的医护人员大多受过良好的训练，但有一个很大的盲点。"在塔利班统治时期，医生都是男性，妇产科被取消了，所以他们对月经、更年期、自然流产、分娩一无所知，也不知道性传播疾病，

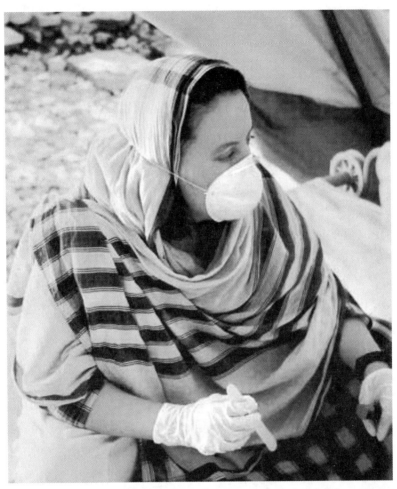

加拿大护士凯瑟琳·波斯勒在坎大哈的米尔维斯医院外的帐篷里检查患者是否得了白喉。在扎雷达什特营地附近爆发疫情后，MSF 为成千上万的流离失所者接种了疫苗，以防潜在的致命传染病。(Dan Bortolotti)

因为他们从未替女性做过检查。但是他们非常渴望学习这些方面。"即使在后塔利班时代的文化中，男医生也不能替女性做全面检查——他们隔着衣服听病人心脏和肺部的声音，有时甚至隔着布卡（burqa），那是许多普什图妇女穿的一种罩住身体和面部的厚衣服。这意味着医生必须猜测，因而他们倾向于过量使用抗生素。在其他情况下，由于没有足够的信息，他们可能低估了诸如腹痛或妇科问题等状况。

在十号定居点的水井附近，一名男孩赤着脚走近汽车，他的脸上满是疮痂。"看起来像是脓疱病，"波斯勒说，"在加拿大非常普遍，尤其是在原住民社区。"她解释道，在此地，她只见过一种紫药水疗法，在病情严重时，这种疗法起不到效果。"在加拿大，发现病情到那种程度时，你一定会让病人口服抗生素。"但如同之前提过的，在阿富汗提供医疗照护意味着不仅要有合适的药物，还要说服有时有排斥心理的民众服用。玛布·沙阿说，在预防接种白喉疫苗期间，许多病人拒绝注射。"有谣言说，这种疫苗会导致不孕。"不过，在其他时候阿富汗人确实偏好打针，大多数人相信打针比吃药更管用，尤其认为白色药丸没有疗效，因为它们看起来都一样。凡吉赛尔说，他们对于药片的直觉是："越大越好，越红越好"。

自古以来，战争、自然灾害、迫害驱使人们逃离自己的祖国。就连在英语里，"难民"这个词也已经存在了好几个世纪，它最早出现于一六八五年，最初指的是进入英格兰逃避宗教迫害的胡格诺派教徒。然而，现今对难民的法律定义自一九五一年才开始出现在文献中，当时，日内瓦通过了《关于难民地位的公约》，指定由联合国难民署（UNHCR）保障难民的权利及生活。该《公约》的第一条将难民定义为："离开国籍所在国或惯常居住地的人；因种族、宗教、国籍、特定社会群体的成员身份或政治观点而有充分理由惧怕受到迫害的人；由于惧怕受到迫害而没有能力或意愿寻求该国的保护或返回该国的人。"这份一九五一年的协议旨在保护、安置第二次世界大战期间一百二十万被赶出家园的欧洲人。一九六七年，《关于难民地位的议定书》扩大了难民法适用的地域范围，如今有一百四十五个国家至少签署了这两份协议中的一份。

该《公约》的十九个原始签署国中没有一个预料到，接下来几十年间世界难民状况将如何演变。二〇〇三年初，全球约有一千零四十万难民，数量与一九八二年的大抵相同，但远低于最高峰的一九九二年，当时有近一千七百八十万人。联合国难民署致力于确保这些难民获得正式身份，让他们有权寻求保护及帮助。如果情况允许，难民署将协助他们返回家园，重建他们的生活，但与此同时，它的工作还包括设置、管理难民营，使难民能获得住所、食物及医疗援助。这是一项巨大的任务，日渐转包给了政府组织、私人公司和 MSF 这类国际援助机构负责。一九七〇年代晚期至一九八〇年代早期，MSF 开始深入难民营，如今它将数十年的经验应用于这类环境中，提供医疗照护。

在二〇〇一年十月美国领导的对塔利班政权袭击之后的几个月里，数十万阿富汗人四处逃散，有些逃往国内的其他地方，有些逃往邻国伊朗和巴基斯坦。数十年的内乱和多年的干旱已经让阿富汗这个世界最大的难民输出国陷入困境，袭击行动更是带来了空前的危机。试想：二〇〇二年初，全球约有一千两百万难民，其中超过三百八十万是阿富汗人，占了将近三分之一，另外还有一百三十万阿富汗人在本国境内流离失所。鉴于阿富汗这个国家的人口大约是两千八百万，与纽约和新泽西的人口总数相当，这样的数字是令人吃惊的。二〇〇二年三月到十一月间，超过一百八十万阿富汗难民返回祖国，造就了史上最大的归乡潮，之后又有数十万难民陆续返乡，但仍有数百万人在阿富汗境内及境外的难民营，完全仰赖援助机构过活。

国际法之中虽然明确规定了难民的权利，但在本国境内流离失所的人处于一个灰色地带，这样的人全球约有两千五百万。严格说来，他们应该是其本国政府的责任，但是，因为各国政府通常缺乏资源或政治意愿去照料这些人，联合国难民署于是扩大了自己的权责范围，把这数百万人也纳入其工作范围，其中就包括住在扎雷达什特的人。的确，阿富汗的状况是最适合的一个例子，可以用来说明难民和流离失所者之间的区别在某些方面纯粹是技术性问题。距离扎雷达什特几个小时车程内，还有其他一些营地——有一个位于阿富汗边境一侧的斯平布尔达克（Spin Boldak），还有几个在靠近巴基斯坦的恰曼镇。不论是难民还是流离失所者，这些难民营里的阿富汗家庭都面临着同样的医疗困境，这些

由扬尘引起的呼吸道疾病在扎雷达什特很常见。扎雷达什特是一个住着数万流离失所的阿富汗人的营地，这些人是在巴基斯坦边境附近的无人区住了几个月后于二○○二年搬到那里的。（Sebastian Bolesch/Das Fotoarchiv）

困境肇因于空间狭隘、暴露于恶劣的气候、用水及卫生设备不足，以及绝望的心情。

MSF 在其中几个营地，以及世界各地的其他许多营地，提供了数月乃至数年的基本医疗服务，并对疾病爆发等紧急情况进行了干预。难民营是各种恶性传染病的理想温床，其中最猖獗的疾病之一是麻疹，它在发展中国家每年要夺走近百万条人命，而且其中大多是孩童。虽然麻疹最常见的症状是出一种特别的皮疹，但它其实是呼吸道传染病；和普通感冒一样，麻疹病毒通过咳嗽和打喷嚏在空气中传播。在一个过度拥挤的难民营里，民众或许已经因营养不足而虚弱，所以麻疹疫情可能爆发得又快又猛。在难民营设立据点时，首要任务就是接种麻疹疫苗，而MSF 努力确保所有六个月到十五岁的儿童都能接种。防疫活动还可能包括发放维生素 A，因为缺乏这种营养素会增加麻疹致死率。

霍乱是另一种在发达国家容易预防和治疗的疾病，然而，在难民和流离失所者中，可能会导致极度痛苦的死亡。由一种细菌，即霍乱弧菌引发的霍乱，通常在口腔接触到受感染者的粪便时传播，这种情形往往借由苍蝇、遭污染的水源、未清洗干净的手或简易厕所而发生。许多受感染者没有任何症状，但运气不好的人会出现呕吐和大量的腹泻——严重者每小时会排出近一夸脱的水便。有些病人会虚弱到不得不使用"霍乱床"，这是一种放置在便桶上的担架，担架上的某个位置专门开了个孔。如果不加以治疗，霍乱的致死率可能高达五成，但一个简单的补充体液过程，无论是口服还是静脉注射，就能迅速好转。其他腹泻疾病，包括由志贺氏菌或大肠杆菌引起的，甚而造成更多的流民死亡。

难民营尽管脏分分的，生活与爱情还是一如既往。每天造访扎雷达什特基本医疗单位的一百到一百二十人中，有些人有骨折或撕裂伤，病情较轻微；许多人是呼吸道问题或眼睛发炎，这两种情况大多是因为无情的沙尘所致。腹泻疾病很常见，尤其是在夏季，因为炎热会使得细菌在供应营地用水的水泵和储水罐周围大量繁殖。许多病人来治疗头痛、身体疼痛及其他身心失调引发的不适，这些症状在长期承受压力和苦难的人群中并不罕见。绝大多数人就地接受治疗或从营地的药房拿药回去服。基本医疗单位还有一个护理站，可以包扎伤口，做简单的诊断检查，另有一个为两岁以下儿童及育龄妇女提供疫苗接种的区域，以及一个供助产士接待孕妇看诊的帐篷。有两名医生提供咨询服务，一个接待男性，一个接待女性；医疗照护有严格的性别界限，实际上阿富汗的所有活动都是如此。每天可能有五六名情况严重的病人不得不忍受一小时车程前往米尔维斯医院就诊。

二〇〇二年一月八日，坎大哈市米尔维斯医院的二楼病房里，七名男子挤在一间单人房，受伤已经三个礼拜却未曾获得妥善医治，维生的面包、橙子、饼干还是贿赂医院工作人员才偷运进来的，无怪乎他们过得都痛苦不已。其中一人显然再也不想待在医院了，他刮掉胡子易了容貌，打算匆匆离开。当他很快被阿富汗军人包围时，他拿出手榴弹贴在胸口，并拔出了拉环，永远地出院了。

这名死者和他的那六名伙伴一样，都是基地组织成员，是在去年十二月与美国及其阿富汗盟友交战时受伤，与另外几人一同被送到米尔维斯医院的。有几个人已经逃离了医院，没有被抓到；另有两人中了圈套走出了医院，马上遭到了逮捕；最后，其余那六人躲在医院里，混在另外大约一百二十名病人中，仍然拒绝投降，连对红十字会投降也不肯，并发誓假如敌人想要活捉他们，他们就会用手枪和手榴弹招呼。一月二十八日，阿富汗及美国特种部队对这种僵持不下的局面失去了耐心，在天亮前包围了医院。经过数小时的筹划，他们发动了攻击，向这个建筑物投掷了几枚手榴弹，然后冲进了病房。在接下来的交火中，最后几名基地组织的伤患倒在了突击步枪的枪口下，有些人中弹时正躲在床底下。

十九个月后，护士穆罕默德·雅各布走在米尔维斯医院刚刚粉刷过的走廊上，是 MSF 帮忙修复了这家医院。雅各布是这个项目中最有经验的当地工作人员之一，亲眼见过在项目团队被撤离和召回的过程中，许多外籍人员来来去去。他待在这里的日子甚至比塔利班政权还久；当然，塔利班统治期间，他整齐的黑胡子比现在可长多了——修剪胡

穆罕默德·雅各布是坎大哈米尔维斯医院的护士，二〇〇二年塔利班被赶出该地区后，MSF 对该医院进行了改造。这家医院的传染病病房在难民营爆发白喉期间治疗了来自扎雷达什特的病人。(Dan Bortolotti)

子可能会使他被鞭打或下狱。"那些年很难熬。"他刻意三言两语地带过。

医院翻修完成后，MSF 支援的是传染病病房，随着扎雷达什特爆发白喉疫情，这家医院忽然忙碌起来。由于空间有限，正在康复的病人被安置在医院外面的大帐篷里，里头的小电风扇根本敌不过闷热的天气。凯瑟琳·波斯勒说，就连让白喉病人到此地就诊，都是 MSF 争取来的。当这个营地首次通报白喉病例时，阿富汗公共卫生部和世界卫生组织要求 MSF 停止将病人转去坎大哈就诊。"他们说那可能导致这个城市出现白喉疫情，他们不希望病人到医院，说会在营地建一间小医院，让我们在那里医治病人。好吧，理论上说这样很好，但如果碰上紧急状况，例如出现过敏反应，营地距离米尔维斯有一小时车程。所以，如果病人出现过敏反应，他们就会丧命。"

此外，用于治疗白喉的抗毒素不能在极端高温下使用，温度必须低于华氏九十五度，而在扎雷达什特，气温可能高达华氏一百二十度。"如果在医院里，我们至少还有风扇和水冷却器。"波斯勒说。在米尔维斯，四十八小时的抗毒素治疗可以在传染病病房内进行，之后病人才能转移到康复帐篷，在那里接受为期一周的抗生素治疗。因此，MSF 采取了它在这类情况下通常会有的举动：拒绝在它认为无法接受的条件下开展工作。"我们对世界卫生组织和阿富汗公共卫生部说，除非你能在这里复制我们在坎大哈的工作模式，否则我们不支持你们在营地里建小医院，我们还说如果他们无法达到某些标准，我们就不会将病人送过去；这让我们变得很不受欢迎。然而，当我们把这些全都白纸黑字写下来提交过去时，他们改变了心意。"身为新手，波斯勒坦言自己对 MSF 能在这场交锋中获胜感到惊讶。"我还在设法弄清这个事实：即如果我们不同意当地的某种做法，我们就不做事。"

在坎大哈的 MSF 院区的围墙上方，你偶尔会瞥见有风筝在干燥的风中飞来飞去，那是一种胜利的姿态：在塔利班被逐出这一带之前，放风筝是非法行为，听音乐、公然笑出声、穿白鞋等亦属于不道德行为，也在遭禁止之列。这些如今全都解禁了，不过坎大哈一带仍存在着塔利班遗俗，马蒂亚斯·奥尔森这么说道，此时他正坐在院区地堡十米外勉强有些阴凉的地方。这位三十一岁的瑞典人是第三次跟随 MSF 出任务，身为项目协调员，他的工作是确保绝对安全。奥尔森说，若有任何潜在危险，理应由联合国及盟军提醒非政府组织，但他们并不总能时时掌握街头消息。"我们会派当地工作人员去市集，和出租车司机聊聊天什么的。"

与社区领袖及一般民众拉近关系，其重要性不仅在于安全的考量。"对我来说，这是我跟随 MSF 工作的原因之一。"伯婷·凡吉赛尔说，"这可以让人进入其他人去不了的文化氛围里，见证民众的日常生活，做你喜爱的工作，小小冒险一番。你还能发现这些国家的真实面貌，因为你会听到很多，尤其是从阿富汗人那里；观察民众究竟怎么生活是非常有趣的。"不过，这在坎大哈几乎不可能，MSF 团队在那里实际上是被软禁了。"当地工作人员多次邀我们到其家中做客，但我们没办法去，因为他们居住的街道窄小，车子不能停在那里。我们也没被允许在街头走动：总是在院区内上车，在另一个非政府组织的院区下车。我们只出去采买过一两次，总是有当地工作人员陪同。某个时刻，你会想去街上看看或骑一骑脚踏车，因为真的感觉自己被限制了自由。"

当受邀参加一场当地的婚礼时，凡吉赛尔很高兴自己终于能去看一眼脱去了布卡的女人是什么样。"当然，男人得和男人在一起，女人得去女人的派对。然后你会忽然看见所有盛装打扮的女人——她们穿着布卡进来，然后脱掉布卡，穿上很美的衣服，开始整晚跳舞，好快活；没戴头巾，还化了妆，真是太棒了。这种事情很诡异，因为那里的男人从没见过女人这个样子。可惜我们有宵禁，派对才刚开始，我们就得走了。"

以坎大哈的标准，包括了办公区和生活区的 MSF 大院是十分舒适的。那里有清凉的自来水，有个放了几罐喜力啤酒的冰箱，还有为加拿大人准备的枫糖。电视能接收 CNN 和 BBC 的信号，有影碟机，可以放映在巴基斯坦买的盗版电影。还有一个 CD 机，不过在阿富汗仍然不容易找到音乐碟片（"现在你可以在赫拉特买到 CD 了，"赫南·德瓦尔说，"这是重建的第一阶段。第二阶段是麦当劳开张，在那之后是医疗照护。"）有位老人甚至打理出了一个小花园，奥尔森希望在那里种点蔬菜，丰富一下餐桌；枯萎的石榴树没法激发人的信心，但当地人吹嘘说，坎大哈仍然能出产"甜到让大男人落泪"的葡萄。

奥尔森说，这天，团队里的人在担心从 MSF 在巴基斯坦恰曼的项目来到坎大哈的一名医生和一名护士，恰曼那边距离阿富汗东南部大约两小时的车程。从巴基斯坦边境去往坎大哈的这段路，是自伊朗到印度的一条臭名昭著的走私路线的一段，可以说是阿富汗最危险的路。不久前，在这六十多英里的路上，遇到数十个检查哨是很稀松平常的，每一处都有背着冲锋枪的军事头目要收取通行费。这些天，巡逻的则可能是肃清塔利班的美军士兵。许多塔利班成员逃去了巴基斯坦，但偶尔会回来滋事，而这条是他们最爱走的路线。不到三周前，美军飞机袭击了附近的区域，打死了二十四名塔利班武装人员。由于阿富汗独立日庆祝活动即将在下周举行，奥尔森担心可能会另生事端。

虽然 MSF 医疗团队的越野车有显眼的标志，但红十字和其他代表人道主义组织的符号在这一带已不再具有保护作用；事实上，非政府组织的车辆现今可能还会成为靶子。在恰曼，MSF 团队以没有标志的面包车代步，大院上空也不悬挂旗帜。自一九九八年以来，阿富汗没有一名援助工作者遇害，但在二〇〇三年三月二十七日，一切都变了。那天，国际红十字委员会的萨尔瓦多籍水利工程师里卡多·蒙奎和他的护卫队在乌鲁兹甘省被塔利班武装分子拦下，根据一名目击者的说法，持枪歹徒先是向他们的几辆车上泼汽油并点火焚烧，然后用卫星电话打给他们的首领寻求指示，对方的回答是："杀了外国人。"枪手朝蒙奎打出了二十发子弹。（十分讽刺的是，这位下令处决蒙奎的首领身上装的是一条红十字会提供的假腿。）蒙奎所住的大院距离 MSF 的房舍只有两分钟的车程，团队人员经常去那里参加派对，或者一起在可能是坎大哈唯一一个像样的游泳池里泡泡水。

　　随后又发生了几起针对援助人员的袭击事件。就在奥尔森说明其安全顾虑的那一天，在北部加兹尼省有两名阿富汗红新月会的成员遭人射杀，枪手骑着摩托车逃逸——塔利班的标准做法。三周后，九名武装人员拦下了丹麦援助阿富汗难民委员会的五名工作人员，将他们拖出车外并捆了起来。袭击者指责他们跟随援助组织工作，然后杀死了其中四人，另外一人奇迹般地活了下来。"这种处境很艰难，"奥尔森说，"你必须时时警觉你周遭区域有什么状况，花很多时间和不同的人喝茶，那些人是你的安全网络的一部分。情势充满了不确定性，你不知道明天会怎么样。"

　　也难怪 MSF 的院区会有掩体，里头堆着食物、瓶装水、一个小炉子、一台超高频无线电通信设备和一部卫星电话；坎大哈项目的后勤专家大卫·克罗夫特甚至正计划进一步改进掩体。"我考虑在那儿放一把镐，这样真的大难临头时，我们就能挖地道逃出去。"他和凡吉赛尔才到这里没几天就有机会用了掩体。"事后觉得很有趣，"克罗夫特说，"不过当时有点吓人。伯婷和我来到这里的项目时，只有当地工作人员迎接我们；他们在原先的驻外人员撤走后，已经独力支撑了三个月。通常当你加入一个项目时，会有三四个驻外人员带你。伯婷是第二次出任务，我是第一次，我们都没到过阿富汗，都对可能发生的事没什么概念。我们刚到这里时很开心，并没有真正看出安全方面的大问题；我们重视安全，但没有真的见识过什么状况。后来有一天，我坐在行政办公室，一枚炸弹在同一条路上的一个非政府组织的房舍爆炸了——有人将一颗小手榴弹之类的东西扔进了篱笆，太吓人了。"

第二天晚上，情况更吓人了。"我们在楼上的办公室收发电子邮件，然后'砰'的一声——有东西爆炸了，发出巨响。我去过许多危险的国家，也听过爆炸声，但从没有这么响、这么近。没有一扇窗被爆开，这一点令人吃惊，因为这些窗户差不多就和湿玉米片一样脆弱。伯婷已经下了楼要去掩体，我冲向开关要去关灯，因为我在电影中看过有人那样做。我跑来跑去，不知道自己到底在做什么。我们完全没有准备，没穿鞋子，什么都没有。我拿了电脑和卫星电话跳进掩体，我们打电话给在赫拉特的国家管理团队，他们相当冷静，着实让我们镇定了下来。然后我们每人抽了十几根烟，结果一切都没事。"

最终，答案揭晓了，爆炸声来自一枚发射失败的一〇七毫米老式火箭——只有燃料爆炸了，不是火箭弹头。克罗夫特认为，对方点燃火箭是想给某位地方官员一个警告，此人就住在距 MSF 房舍一箭之遥的地方。"所以，两栋屋子外的那场大爆炸，把大量的碎石和沙子洒进了我们的院区，其实只不过是燃料爆炸的威力。我可不想见识那弹头的效果。"

二〇〇三年十月四日，袭击发生在了扎雷达什特基本医疗单位的门口。四名武装分子，极可能是塔利班，进入营地的外围，把六名从事排雷工作的非政府组织成员赶到了一起，正要就地处决他们时，该组织的一名司机发动卡车想要逃跑。武装分子暂时停下了手头的事转而朝车辆开枪，于是六名排雷工作人员赶紧逃命。他们全都设法脱了身，不过有一人腿部中枪。MSF 的司机听见枪声，赶忙抓起无线电警告其他车辆避开此地。"那一刻，凯瑟琳和我几乎已经抵达了营地，"凡吉赛尔回忆道，"却不得不在没有任何消息的情况下掉头离开——真的很吓人。我们只听到有车子朝我们开来，他们说：'你们得离开，那里不安全，有枪声，塔利班分子在这里。'只有一条路可以进出营地，所以你只能期望不会有事情发生。"

那次事件之后，MSF别无选择，只得终止在扎雷达什特的工作。"当然，终止医疗活动永远是个十分困难的决定。"奥尔森说，"在这个案例中，营地里有一万个家庭仰赖我们的医疗照护，每天有超过两百人来诊所就诊。"当驻外人员待在坎大哈时，当地工作人员（其中有些住在难民营里）建立了分诊和救护车运行系统。"他们长时间辛勤工作，对一些病人进行治疗，将病情严重的人送往离城市近的医院或诊所。我们用七辆小面包车往返接送。"

不出两周，奥尔森便说服地方官员在营地周围设置了更多的检查哨，于是医疗团队人员返回了旧地。然而，到了十二月，局势进一步恶化，MSF再度撤退到坎大哈，仅在米尔维斯医院开展工作。

二〇〇四年六月二日，MSF的好运在西北部的巴德吉斯省结束了；讽刺的是，那是阿富汗比较安全的地区之一。一辆载有五名工作人员的越野车遭到伏击，枪手据信是塔利班武装人员。没有人知道对方是否曾和这五名人员有过交谈或事先发出了警告，因为这队人马在下午三点左右出发后，从未通过无线电报告方位。当天下午稍晚些时候，有人发现了那辆车——已经被枪林弹雨打成了筛子，残留的弹片表明现场有一枚手榴弹爆炸。五位手无寸铁的援助工作者被残忍杀害，他们是：比利时籍项目协调员海伦·德比、荷兰籍后勤专家威廉·昆特、挪威籍医生艾吉·提奈、他们的阿富汗翻译法索·亚曼及司机贝斯米拉。就在遇害前几周，德比在意大利度假时还跟一位朋友说："我累坏了，生理上和精神上都累。"朋友问她为何还要回去。"因为我必须回去，"三十岁的德比回答道，"那样做让我觉得快乐。"

第二天，MSF终止了在阿富汗的工作。凶手的身分始终未被确认，而在接下来的五年，该组织别无选择，只能在一旁眼睁睁地看着这个国家的健康状况恶化。MSF团队继续在巴基斯坦西北部开展工作，为塔利班控制地区的部落斗争受害者提供救护车运送服务。二〇〇九年二月一日，救护车工作人员里亚兹·艾哈迈德和纳萨尔·阿里本应休假一天，但当他们听说有数十名平民在当天的冲突中丧生时，便赶往明戈拉镇为救护车工作搭把手。他们朝北开了约十二英里，来到暴力冲突的中心塞巴，尽管他们的车辆有明显的标志，但还是遭到了枪击，艾哈迈德和阿里双双丧生。结果，MSF也被迫离开巴基斯坦。

二〇〇九年十月，该组织暂时重返阿富汗，在艾哈迈沙巴巴启动了一个项目，这间医院位于喀布尔和贾拉拉巴德之间，MSF撤离阿富汗前曾在那里工作过。在东南部大约三百英里处，仍有数千名阿富汗人生活在阿富汗与巴基斯坦边境两侧为流离失所者设置的营地里。他们的医疗需求一如既往的大，或许比过去还大，但那片黄色沙漠里已经没有MSF的工作团队了。

第六章　丑陋的事实

劳埃德·塞德斯特兰德的小飞机降落在南苏丹一个偏远地区的那天，他目睹了六名孩童的死亡。当其他驻外人员认为自己无法胜任此次MSF任务时，他并不感到惊讶。"我看着人们下了飞机，二十四小时后，又上了飞机。来到这里看到这么高的死亡率，着实令人难以承受。"

一九九八年，南苏丹十年来最严重的饥荒期间，担任后勤专家的塞德斯特兰德撑了三个月。与非洲的许多次粮食短缺一样，战争、干旱连同经济因素共同造成了那场饥荒，导致多达二十五万人死于饥饿或疾病。塞德斯特兰德的职责之一，是监督"苏丹生命线行动"这个大型国际救援组织的定期空投食物行动。"空投很危险：如果他们错过了空投区，就会导致平民被杀、牲口被屠，村庄被夷为平地。空投区会用一个×标出——是用塑料布做成的一个巨大的×，你要挑一个你所能找到的最干燥的地方作为空投区，然后让大量当地工作人员去确保那个区域是被清空的，因为民众一旦知道马上要有食物空投下来，就会聚集到那里去。当大力神运输机靠近时会减慢速度，然后打开尾部，货袋就会滚出机舱，做自由落体运动，坠落到一个足球场大小的范围。"塞德斯特兰德说只有百分之六到七的袋子会破，而且几乎不会有任何东西被浪费掉。"当安全人员放民众进来时，成千上万人带着他们的小水瓢和小碗挤进空投区，舀起尘土或泥巴，只为拿到掺杂其中的几颗玉米粒。"

MSF通常不参与一般的食物发放——那是联合国世界粮食计划署

的工作范围，但它在饥荒肆虐的地区设立了供食中心，治疗营养不良的儿童、孕妇、哺乳期妇女及老人。在治疗性供食中心，五岁以下严重营养不良的孩童由一位家庭成员陪同留在那里，可以喝到高蛋白奶粉冲的牛奶。补充性供食中心则为中度营养不良的孩童提供膳食及可以带回家的额外口粮配给。

没什么景象比孩子挨饿更令人痛心的了，但那些及时入住治疗性供食中心的孩子可在三十天内康复。在关键的第一阶段，孩童每天要喝六

在一九九八年的饥荒期间，数百名苏丹人拥在一个空地上拾玉米。这张照片是由后勤人员劳埃德·塞德斯特兰德拍摄的，他的任务包括确保该地区的安全，以便联合国世界粮食计划署每周通过空运将食品送到该地区的 MSF 供食中心。（Lloyd Cederstrand）

次或六次以上的治疗性牛奶，其中包含了油、维生素、糖，旨在促进新陈代谢。"这需要花几天时间，而且是真正的危险期。"克丽斯汀·纳多利说，一九九八年她曾在南苏丹担任营养协调员。"如果孩子贫血，心脏又太弱，有些可能就会死去——你增加了他们的血容量，于是心脏开始有力地跳动。或者他们没有足够的血红蛋白将氧气输送到身体组织。通常情况下，这些孩子会在关键时期待在这里两三天，我们依据他们当时的体重，给他们喝少量牛奶，然后随着他们的肌肉质量开始增加而相应地增加牛奶量。他们可能会在治疗性供食中心待一个月，直到达到某个体重值，然后就能转到补充性供食中心了。"在那里，他们会吃到固体食物：麦片粥、豆类、高蛋白饼干或 Plumpy' nut——一种对营养不良有疗效的花生酱。

一九九八年，MSF 及其他组织在苏丹设立的供食中心拯救了数万人的生命。尽管如此，塞德斯特兰德的项目使他不得不面对人道主义援助所受的限制之一。"对我来说，在治疗性供食中心医治人，再把他们送进一个你无力改变的环境里，这令我难以承受。我今天送走的那个孩子，可能六个月后会再回来这里。"

除了冲突地区、难民营和供食中心，MSF 还在其他一些地方挂牌开展医疗活动，比如在偏远地区建起了小型医疗前哨，把越野车建成一个流动医院穿梭于村落之间，其足迹甚至遍布遭受洪水、地震、火山爆发及其他自然灾害侵袭的地区。

这些项目中大多数的第一步是先做勘查，包括派遣一个小组进入当地，评估医疗需求，研判是否需要进行干预。这些短期项目衡量的是人口的死亡率、（当地盛行疾病的）发病率及民众营养不良的程度。医疗团队可以采用哨点调查（sentinel survey），监测选定地点的麻疹、疟疾、腹泻或霍乱的发病率，并在疫情爆发时迅速确定。勘查小组还将检查医疗基础设施，确认当地的卫生部门是否能控制住事态；它还将确认其他非政府组织是否计划在当地开展工作。假如 MSF 决定介入，就会找出谁是那里的负责人，并取得在此地工作的许可。

这最后一点可能是 MSF 最容易被人误解的方面之一。该组织名称中的"无国界"一词所代表的精神，似乎表明它愿意在民众受苦的地区不理会主权及政府。就连诺贝尔奖委员会在宣布其为诺贝尔和平奖得主时，都表示 MSF 的一项基本原则是"国家边界、政治局势或志同道合与否不会影响其决定予以人道主义援助的对象"。在颁奖词中，诺贝尔奖委员会重申，MSF"保留干预的权利，以协助有需要的人，无论是否事先取得政治批准"。

这些言论导致此项诺贝尔奖的新得主内部的一些人感到不安。时任 MSF 美国分部执行干事的乔埃尔·谭盖在一九九九年十一月的一次演讲中说："在 MSF，我们很难自视为这种'干预权'的旗手；一些采访和文章中隐约指出，这次的奖项终于确立及认可了这种权利……我们不能任由如此严重的误解加深。"《日内瓦公约》中规定了向受害者提供医疗援助的权利，MSF 担心，这样的权利和当年稍早时候在科索沃发生的事件之间的界线正在变得模糊。如同大卫·雷夫在《安寝夜床》中所写："许多人道主义者基于道德立场支持这场战争。然而，仅仅因为个别人道主义者和某些人道主义非政府组织支持这场战争，并不能使他们的作为成为一种人道主义干预，尽管北大西洋公约组织的几个大国打算如此宣称。"

那么，"无国界"对 MSF 而言究竟意味着什么呢？"这是个非常具有可塑性的概念，会随着时间的推移而改变。"MSF 荷兰分部前负责人奥斯丁·戴维斯说，"冷战时期，当 MSF 在七〇年代创立时，这是一个具有挑衅意味的创举，表明我们要帮助民众，不论他们是不是共产主义者。"一九八〇年，该组织在未经苏联军方许可的情况下开进阿富汗；

近来又启动了一次秘密越境行动，偷偷溜进伊拉克南部，每天晚上再撤回科威特。不过这些行动的范围分别仅限于苏联或伊拉克军队直接控制之外的地区。"当然，无论是谁控制了某个行政区域，你都得征得他的同意，"戴维斯说，"你必须这么做，因为他们有枪；你不征得同意的话，他们可以对你开枪。我们要说的只是，假如南苏丹无论出于何种目的和意图实际上是由叛军把持，而苏丹政府却说：'我们不承认他们，我们是一个主权国家，你们必须从我们这里拿到签证才能进入南方。'我们会说：'胡扯。'然后不加理会。如果这有用的话，我们会照办；但假使那样会阻碍我们帮助民众，我们不会理睬其要求。

"我认为'国界'也暗含了其他一些意思。在与我们有长期往来的刚果东部的布尼亚镇，我们坚持与赫马族和兰杜族合作，双方都想阻止我们和另一方合作，因此那就是一个种族的'国界'。如今对我们来说，能够多多少少跨越一点基督教和伊斯兰教之间的'国界'，是个极为重要的任务。这些界线加深了人的分歧，容许他们将另一方妖魔化——这在一定程度上正是人道主义所要对抗的东西。它对抗的是危机中对人的去人性化。"

"在实践层面，如果可以的话，你就依法做事。"MSF 荷兰分部的肯尼·格鲁克说，"只有当你无法帮助民众时，你才会背道而行。接触当权者是人道主义工作的基本内容之一；人道主义和慈悲不一样，它不是存在于真空状态中的，它得在肮脏的现实中运作，迫使你与自己的原则作斗争。这不是纯粹的举动，'无国界'是一种精神——你得一直与丑陋的现实打交道，才能做成一些事情。就某些方面来说，这个概念令人向往，代表了我们一直认为很重要的心态，因为援助工作这个世界是由体制化的大型机构主宰的，如红十字会、联合国和大型非政府组织，它们通常融入了政府政治，看不见个人的苦难。'无国界'不是牛仔精神，却带有一种反叛元素；我们认为这是人道主义的一个重要特质，你必须愿意越过界限去照料受苦的人。"

白色丰田越野车已经成为 MSF 和许多其他援助机构的标准用车，但有些偏远地区的项目甚至连坚实耐用的四轮驱动车都到不了。身处二十一世纪，我们很容易忘了地球上还有一些与外界几乎没有联系的孤立地区。二○○三年夏天，西班牙分部派了一名医生和一名护士去探查阿富汗中部巴米扬省的一个偏远区域，他们在那里遇到的人以前从未见过汽车。途中，他们有时靠驴子代步，这与二十年前 MSF 在阿富汗首次出任务时一样，也是采用四条腿的运输模式。一名当地工作人员对这个故事并不感到惊讶，他就参加过早前的一次探查任务，去的那个地方的人听见汽车的声音吓得往后一跳，说汽车是怪物。在南苏丹，洪水可能导致车辆无法通行，因此，MSF 的护士及其助手骑了四五天自行车去治疗疟疾病人。其他 MSF 项目曾派遣医疗人员骑摩托车深入刚果丛林，或者乘坐小船进入南美雨林。

当一个项目跟偏远地带有关，像是某种秘密行动时，可能会带有一种间谍密探的意味。帕特里克·勒缪第一次到科索沃出任务回来后第十三天，又上了飞机，这回的目的地是刚果；MSF 的西班牙分部刚在那里完成勘查，要启动一个新项目。"他们说到那里路上可能要花两天的时间，然后再搭小飞机过去，会有一个叫 X 的人来接你，接头暗号是什么什么，他们会带你偷渡过去。事后想想，会觉得可怕得多，但我们当时的想法是要去叛军那边。你无法拿到签证——你到了那里，要和'海关官员'打交道；他们要钱，而你告诉他们你没钱。"

二○○三年八月，勒缪也在巴基斯坦的信德省组织了一次勘查任务；那里刚遭遇了大规模的洪水侵袭。MSF 计划用流动医院来深入到受灾者中间：派两辆越野车到偏远地区提供医疗服务。除了一名医生和一名护士之外，这些流动医院可能还会配上一位药剂师、一位负责文书工作的登记员及一位"女性医疗顾问"——这是对那些在农村地区从事基本医疗照护及推广服务的女性的美誉。车上满载着药品、静脉注射液、健康卡、文具、泡沫床垫、塑料布、应急灯、印有 MSF 标志的旗子和贴纸，以及装了饮用水的铁罐。这些流动医院会开到学校、清真寺或树荫下，有时甚至到地图上找不到的无名村落里，只有在当地向导的帮助下才能找到。由于在信德省没有安全顾虑，流动医院的人可以在他们造访的社区过夜，护卫队可以或多或少地循着直路行进；而在危险地区，这些车子每晚都会回到某个基地，隔天往往要等到接近中午才再度

MSF 在哥伦比亚的工作包括心理健康项目、培训医务人员、恢复农村的制度、向因冲突而流离失所的人供水。到偏远地区看望病人的流动诊所经常沿河而行。（Juan Carlos Tomasi／MSF）

上路。

　　不论医疗诊所是永久性建筑还是四轮驱动车，到非洲乡下提供医疗照护很少有无聊的时刻。跟随 MSF 的比利时分部到埃塞俄比亚出任务期间，玛莉·乔·威麦医生的工作围绕着该国欧加登省的代哈布尔展开，那里居住着索马里人。当地实行的是一夫多妻制，威麦也因此医治过几个被醋劲大发的妻子泼了开水的男人，有些孩子因为打翻了锅具或跌进火里而严重烧伤。威麦还定期跋涉六个小时甚至更长时间，造访遥远的卫生站，培训当地工作人员。某次，她在其中一个地方过夜时，几位村民在晚餐前带来了一位被蛇咬伤的男子。"卫生站没有抗蛇毒血清，我们也没有任何东西可以为他输液，"威麦说，"我们能做的不多。当时他的症状不是很严重，但我们在诊所特意留意了一下他。我们知道必须把他送去转诊医院，却不得不等到第二天，因为我们有严格的规定：基于安全原因，四点以后不可上路，我们必须遵守，哪怕知道病人可能活不了了。我们设法稳住了他的情况，直到第二天早上——我们整晚没睡，不停地调整静脉注射，给他止痛药——天一亮我们就上路了。在我们离开前，村民带来了他们认为咬伤他的蛇；我不确定是否真是那条蛇，或者他们只是杀了一条蛇泄愤。但一个半小时后，那名男子还是在车上断了气。"

　　在危急情况下，医疗援助在数日到数周内可以拯救上百条人命；然而，乡村医疗项目的成功远没有那么引人注目。尽管疾病的爆发可以得到控制，但在欧加登这类地方从事基本医疗服务工作的医生对于病人的长期前景还是心存疑虑。打从一开始，威麦就纳闷 MSF 对这一地区究竟有多少助益。"我们的项目没有太大意义，我认为不值得为完全没有影响力的事情去冒这么高的风险。"

　　风险确实很高。由于叛军欧加登民族解放阵线（ONLF）在争取让该区并入索马里，这一带不断有军队驻守。一九九九年九月威麦抵达时，项目才刚刚重新启动，因为此前欧加登民族解放阵线直接对援助机构发动攻击，包括绑架了一名法国非政府组织的驻外人员，导致项目中止。"就在绑架事件发生前，叛军曾拦截了 MSF 的一辆汽车，并威胁车上的人员——叛军用枪指着他们，要他们脱下衣服，替自己挖坟墓，接着放火焚烧汽车，然后离开了。我很担心，但我们有很多规定，非常有安全意识，所以我认为出事的风险很低。我们小心的程度几乎变得有点可笑：我们有'绑架包'——每次上路我们都会带个小背包，里面装一些食物、驱蚊液、火柴；如果你被困在树林里，没有交通工具，或者被绑架，你可以靠这些东西活下来。这是有点傻，但它是我们安全准则的一部分。"

第二年，因为计划进行选举，这个地区发生了另外几起安全事件，于是威麦的团队讨论了撤离事宜。后来有报告指出该地区南部可能发生饥荒，她被指派搭飞机过去做营养调查。二〇〇〇年二月七日，汽车把她载到了机场，在那里她下了车，告别了司机和他的弟弟、团队的法国后勤专家史蒂芬·科特赫斯。下午三点过后不久，在代哈布尔的工作人员试图通过无线电联络那辆车，却没有收到任何回应。他们又派了一辆车去搜寻，发现科特赫斯的车子在从机场返回的路上遭到伏击，司机头部中了五枪，当场身亡，而科特赫斯在伏击中胸部中了一枪，随后被拖出车外再次遭枪击，其中一颗子弹打碎了他的第八根胸椎。袭击者随后偷了他的手表、护照和电吉他（司机的弟弟设法躲在车后座）。当代哈布尔的工作人员抵达现场时，这位后勤专家正躺在路边，几位村民在喂他喝水。

科特赫斯被车子接回代哈布尔治疗，然后转往内罗毕的一家医院，最后被疏散回家。在医院待了五个月后，二〇〇二年一月，只能与轮椅为伴的他回到 MSF 的布鲁塞尔办公室工作。科特赫斯遭枪击时二十九岁，已经是执行过七次 MSF 任务的老人了，最近一次是到刚果民主共和国，却在那里遭到了监禁。他原本希望埃塞俄比亚的任务会相对轻松些，可惜，讽刺性是人道主义的另一个丑陋现实。

在一个设备简陋、没有实验室的诊所里，你只能靠肉眼和双手做诊断，这很容易让你觉得不知所措。"首先你意识到救你的人会是你的雇员，"护士莲恩·奥尔森说，"非洲到处都有护理学校，所有和我一起工作的护士都受过训练，他们有学位，有学习经历，但我们低估了他们的

在利比里亚杜伯曼堡的一家医院里，一位护士在与 MSF 的现场工作人员畅谈。驻外人员在治疗当地疾病时极为依赖当地工作人员的经验。（Roger Job）

诊断能力和治疗能力，为此冒了极大风险。他们完全有能力照顾自己的同胞——比我有能力多了，因为他们了解不少疾病，了解不少寄生虫，完全清楚患了血吸虫病的人里里外外有什么症状。他们可以告诉我某个病例是否需要紧急手术，通过和当地工作人员一起工作和了解他们，我学到了好多东西。"

当然，不称职或冷漠的人也可能身居要职；尽管这种事任何地方都会有，但在发展中国家，这种人往往不需要承担行为后果。二〇〇〇年，奥尔森在位于塞拉利昂北部的名为"九十一英里"的小镇，那里安顿着大约四万流离失所者。MSF 在镇上开办了诊所，但距离转诊医院有几个小时的车程。负责该地医疗事务的人习惯了借用 MSF 的车，随时高兴随时开走。"有一天他去了弗里敦，我以为他就出去两天，结果他离开了十五天，我有十七个病人死于本可用外科手术治疗的伤势；如果他们接受了手术，这十七个人中或许有几个甚至全部都可以活下来。我想尽了一切办法——我试着把他们弄上巴士、试着找其他能够送他们去的机构接手。当这个人回来时，他居然一脸的若无其事。"

你不必身为医生或护士，就能知道在发展中国家有无数人死于无谓的暴力、缺乏基本药物、医疗人员缺乏所需的训练或工具，但亲眼看着这些病人死亡则是另一回事。即使在救援现场待过八年，奥尔森还是习惯不了。"在塞拉利昂，我送一位母亲到医院开刀，她有个四个月大的宝宝，而我并不知情。后来他们联络我说：'母亲死了，这个婴儿你们想要我们怎么办？'他们将四个月大的婴儿送回来给我们——后来他死于脑膜炎。我带着一个迫切需要进行剖腹产的妇女到医院，但医生外出开会了，她因此送命，她的宝宝也死了。第二天，我不得不带她的丈夫回到村庄，并告诉他我真的很抱歉。这类事情在 MSF 是最令人难以承受的。"

第一次到布隆迪出任务时，护士卡萝尔·迈柯麦可所属的团队负责支援坦桑尼亚边境偏远的摩梭地区的八个医疗中心。每个中心都由一名护士管理，但其他的当地工作人员都是外行，只受过卫生保健、换药包扎等基本程序的训练。迈柯麦可学了一点库伦蒂语："哪里痛？发烧吗？有呕吐吗？"却无法克服某些文化障碍。"试图把安全套介绍给大家也是我要打的'圣战'之一，不过这件事快把人逼疯了。当我拿出木制的阴茎，想要示范怎么使用安全套时，他们只顾着笑。

"真是让人头大。我们才刚开始这个项目，所以先在纸上写下了需

在马拉维一个艾滋病猖獗的村庄，MSF 帮助妇女学习如何使用安全套。虽然幽默通常是一种有效的工具，但驻外人员在宣传健康信息时，往往会遇到陌生的语言、习俗和其他文化障碍。（Tom Stoddart）

要做的一切，然后尝试付诸实施，却办不到。我们每天都会出去，设法解决问题，努力让医疗中心变得更好。刚开始人们会拉我的袖子，而我会说：'别找我，去找另一个护士，我得规划你们的防疫计划。'后来我们的一位经理对我说：'你知道吗，你必须处理你面前的病人。你没法治好每个人，也不能纠正不公和消弭疾病，但你可以帮助那位指向自己儿子的老太太，她儿子因为缺乏维生素 A 而看不见东西了。'他的话真的帮我度过了那次任务的最后几个月。"

如同很多早已返乡的 MSF 成员一样，迈柯麦可闭上眼睛仍能看见自己的病人。"我脑海中最忘不掉的是那些受了枪伤的儿童，其中记得最清楚的是凯萨，他是我在鲁伊吉的医院见到的一个小男孩。摩梭发生争斗时，他手肘中枪，就这样一路走到鲁伊吉，可能走了好几个小时。他出院后，没有地方可去，就来到我们的大门口。那天我进进出出，都看见这孩子在那里，最后警卫拍拍我的肩膀说：'这孩子想和你们谈谈，他没有地方可去。'他的双亲在那场争斗中丧命，照顾他的邻居也被杀了；他十二岁，不知道该去哪里。

"镇上有位女士叫玛姬，她经营了一家孤儿院，所以凯萨问我们能否和她谈谈，看看她愿不愿意让他和那些孤儿待在一起。我们去见了玛姬，她自然说他可以留下来。当我离开时，他站在那里，也许想着：'没错，我进了这间孤儿院，但我现在该怎么办？我什么人也不认识。'我只能离开。我可以处理医疗事务，但我无法理解一个孩子无处可去意味着什么。"

当无国界医生组织还只是个等待付诸实施的好点子时，雷蒙·波莱尔已经在鼓动法国医生去援助地震、飓风、海啸的受难者了。但是 MSF 最初对自然灾害的干预行动均告失败——第一次是一九七二年的尼加拉瓜地震，接着是一年后席卷洪都拉斯的飓风"菲菲"；

失败的原因是当他们到达时，其他机构早已经开始展开救援了。近四十年后，MSF 的行动迅速得多了，也更有经验了，他们依然会赶往自然灾害现场。不过，该组织的许多成员觉得他们也许根本不该参与这种工作。

"像 MSF 这样的组织在地震中能做的很少。"纳比尔·欧特克瑞特说，他是一九九九年八月十七日土耳其发生毁灭性大地震后，赶往当地的援助团队成员之一。"地震发生后的头三天决定了人们是生还是死，而你在三天内的进展有限。你需要派救援队过去，而那不是我们的工作，其他一些团队在这方面远比我们擅长多了。除非爆发公共卫生问题，否则我们的作用不大。"

那场土耳其大地震导致超过一万六千人丧生，大约六十万人无家可归，这样的灾害过后，当然总有持续不断的医疗需求。一周之内，MSF 派出了四支队伍前往受灾最严重的城市，带去了三十吨左右的医疗用品、帐篷和其他遮盖物。这些队伍中包括了治疗肾衰竭的专家，肾衰竭是一种常见的、可能致命的疾病，患者是那些因建筑物崩塌而受了内伤，患了"挤压伤综合征"的人。MSF 还安装了巨大的水袋，为大约一万五千人提供淡水。因此，即使 MSF 团队的成员没有从瓦砾中救出受害者，也在救灾中发挥了有益的作用。但是，考虑到资源有限，有人质疑将资金和工作人员配置到其他地方是否更为妥当。正如欧特克瑞特所说，就算是一个有能力拒绝体制化捐赠者的组织，仍会受到带着善意的市民的影响，因为这些人会要求它用他们的捐款去帮助他们在新闻上看到的人们。

"私人捐赠者非常信任 MSF，相信它会妥善管理他们的捐款，"欧特克瑞特说，"他们是应该这么相信，因为 MSF 有着良好的信用记录，我可以为这一点担保。"他还说，尽管捐赠者可以指定自己的捐款专门用于某些危机事件，但大多数人不会这么做，除非出现像自然灾害这样的能占据新闻头条好几天的大事件。当这种情况发生时，项目的捐款金额可能会大大超出一个相对短期的救援行动所需。

二〇〇四年十二月的南亚海啸几乎算不上是一场短期危机，但MSF很快就明白，为幸存者提供医疗援助并不需要动用瞬间涌入的巨额捐款。灾害发生后一周内，MSF就在自家网站上贴出了一份通知，请民众不要将钱款指定用于此次海啸救援，因为他们已经有足够的资

MSF 的一个小组调查了二〇〇九年菲律宾马尼拉的热带风暴造成的破坏情况。该组织向洪灾地区最急需救助的人提供了医疗服务并分发了食品之外的物品。（Benoit Finck/MSF）

金。当情况变得很明朗，即这里不会爆发大规模的霍乱或其他水传播疾病时，MSF意识到自己在海啸灾后所起的作用相对有限，于是选择将重点放在医疗需求最为迫切的印度尼西亚亚齐省，并将长期重建的任务留给更能胜任的其他组织。

尽管如此，到了二〇〇五年三月底，世界各地的捐款者已经汇出了超过一亿零五百万欧元（约一亿三千万美金）到MSF的账户，要求用于海啸受难者；编制预算的人估算只需四分之一的金额就足以支撑他们的工作做到年底。这让该组织陷入了两难：如果将多出的几百万用于其他危机是否合乎伦理？后来MSF决定，正确的做法是联络捐赠者，请他们允许其将捐款用于非洲的一些资金不足的项目。绝大多数捐赠者都同意了——超过半数的捐款被重新分配，只有不到百分之一的钱被退还给了捐赠者。

虽然MSF无意参与自然灾害过后的重建工作，却发现自己可以负责持续推动社会心理项目：举例来说，它的海啸灾后项目都包含了心理健康方面的内容，可以一直延续到紧急时期过后。在安葬遇难者、重建被毁家园很久之后，幸存者的心理创伤仍然挥之不去。地震过后，可能有高达百分之六十的成人及百分之九十五的儿童患有创伤后应激障碍，所以，MSF派出了心理学家为受害者提供咨询，不仅如此，他们往往还培训当地的咨询师处理后续事宜。对于MSF的现场工作而言，心理健康项目相对来说仍是比较新的类别，成效有限。一些人的出现延展了医疗组织的任务，其中包括社区艺术家、说书人，甚至是园艺家和驻外戏剧治疗师。的确，关于心理健康项目究竟是否应该是紧急援助的一部分，或者是否应该等到更迫切的医疗需求得到满足之后再来处理，是存在争议的。然而，很少有人会否认，有效的心理健康项目就长期看来，不仅能帮助民众重建生活，而且能纾解紧急事件发生后数周乃至数月内医疗系统的压力。

曾跟随 MSF 到科索沃、斯里兰卡、克什米尔工作的心理学家阿德丽安·卡特表示，危机地区的门诊医生往往只花几分钟看诊就急着开药，当就诊的民众出现头痛、胃痛、睡眠问题或其他心理症状的时候，"安定被他们像糖果一样分发"。一位长期为难民服务的 MSF 医生说，他在门诊看到的小病痛高达百分之四十都带有心理因素。

因战争原因而背井离乡的民众，被迫逃亡或住在拥挤的难民营里，心理问题比生理疼痛更严重。"斯里兰卡是我们见过情况最严重的地方之一。"卡特说。二〇〇二年，她在那个国家的泰米尔人中间开展工作，这个少数民族与僧伽罗人主导的政府对抗了二十年，此时仍处于战后恢复期。这场冲突夺走了约六万四千人的生命，造成了数十万人流离失所。许多泰米尔人遭到绑架、拘留、殴打，面临饥饿，甚至目睹家人在家中被活活烧死。在 MSF 针对瓦武尼亚镇的流离失所者所做的一项调查中，百分之八十八的人说自己经常感到不安全。

在泰米尔人的难民营里，卡特看到了这种缺乏安全感所带来的后果。"道德价值观彻底崩解了，所有可能发生的事都真的发生了。正常来说，在泰米尔人的社区，家庭成员的关系非常稳固，坚定地相互支持，但国内的流离失所者的崩溃是残酷的。许多人沉溺于一种在营地里非常流行的自酿酒，许多人染上了酒瘾，这意味着即使他们能够找到工作，也无法工作，于是家庭以惊人的速度轻松分崩离析。父亲们就这样抛家弃子，与另一个家庭同住，孩子们因此完全失去了稳定的生活。食物供应时有时无，因而一切也就极度不稳定，而这些人过去十到十五年里一直在这样过活。而且，他们身处的环境也很糟，地方小得不得了，一块塑料布就把这家人和那家人隔开，因而根本没有隐私。

"营地里有一所学校，但孩子往往不来上学，家长或其他人也监督不足。在这些方面，我们的工作人员想帮些忙，其中一大问题是，人们根本没有解决问题的能力——如果出现问题，他们还没有尝试解决就一死了之。导致他们自杀或威胁要自杀的问题，在我们看来都非常鸡毛蒜皮，例如：'我和姑姑吵了一架，所以我要自杀。'"

可能没有其他什么类型的项目比心理健康项目更需要对文化敏感了。MSF的成员承认他们犯过许多错误，尽管他们也自创了一些成功技巧。让卡特感到惊讶的是，MSF在科索沃当地一家广播电台安排的一个接听听众来电的直播节目是如此受欢迎——尽管节目中不得不使用翻译——竟然持续了数周之久。由于广播节目是匿名参加的，民众可以毫无顾忌地询问困扰自己的性功能障碍问题——这是一种压力造成的常见症状。这样的节目还有个意外的好处，那就是听见心理学家解答的人数，远多于MSF希望能面对面提供咨询的人数。

卡特还记得，在克什米尔这个印度和巴基斯坦之间有争议的地区，她的团队想要把提供性虐待心理咨询的男女咨询员放在一道培训时，引发了强烈的抗议。最后，他们同意依性别分组，不过到头来变成了卡特要和十五到二十名男性共处一室，而她是房间里唯一的女性。像很多危机地区常见的状况一样，那些受训者本身几乎都是受害者。"你甚至不能直视他们的脸——我在培训中没和他们做眼神交流，房间里一片寂静。然后，一名男子开始极其吞吞吐吐地说起自己受过的折磨和虐待，接着是另一个人，然后换下一个。在他们选择分享自身经历的那两个小时里，气氛难以置信的沉重，若是有女性在场，就不会这样了。"

MSF的心理学家即使有机会直接给病人提供咨询时，也不一定总会像外科医生取出一颗子弹或治愈一个患有疟疾的婴儿时那样有志得意满之感。对于受创伤者，没有快速疗法。"做这种工作，你会和这些人变得很亲近，你没办法在离开他们返回家乡后，从此不再挂念他们。"卡特说，"每次我都发誓不要投入个人情感，只是做好自己的工作，但结果我从来都办不到。"

第七章　另一半的人如何死去

　　詹姆斯·欧宾斯基跋涉了漫长而痛苦的一段路程后，才在一九九九年十二月十日来到了奥斯陆市政厅的演讲台。一九九〇年，这位加拿大医生在安大略省汉米尔顿的麦克马斯特大学获得了医学学位，不到三年，他便已经跟随无国界医生组织进驻了索马里，历经饥荒、内战及美国的拙劣干预。当他返回家乡时，他知道自己内心深处的某些东西永远地改变了。他在小镇上开了一家诊所，某天，当给一位有母乳喂养方面困难的母亲提供建议时，对方指出他似乎心不在焉。欧宾斯基承认她说得对，在她离开他的办公室后，他呆呆地坐了二十分钟，意识到自己再也无法从事这种医疗工作了。他关闭了诊所，跟随 MSF 回到救援现场，先是去了阿富汗，后来又在种族屠杀开始一个月后抵达了卢旺达。在一九九四年那段最可怕的日子里，有一天，欧宾斯基试图和一名胡图族指挥官谈判，当时后者和他杀气腾腾的手下包围了一栋满是图西族儿童的建筑。"僵持了许久之后，"欧宾斯基后来这样告诉一名记者，"他看着我说：'这些都是虫子，会像虫子一样被碾碎。'"第二天早上，医生回到那里时，一块蓝色防水布覆盖在被砍死的孩子们的尸体上。

　　那场种族灭绝发生后，有一年半的时间，欧宾斯基为创伤后应激障碍所苦——当他在公路上开车时，身旁驶过的蓝色车辆会触发他的记忆，使他在脑海里不断闪现出那块防水布。但不论这些可怕场面是否依旧纠缠着他，一九九六年，他回到了非洲，为逃往扎伊尔的卢旺达难民服务。

一九九八年，他成为 MSF 的国际理事会主席，是第一位担任这一职务的非欧洲人。欧宾斯基是一名医学研究人员，专业是儿科艾滋病，不过，和罗尼·布劳曼及其他具有领袖气质的 MSF 前领导人一样，他也深谙政治哲学（并取得了国际关系硕士学位）。在担任国际理事会主席的三年任期内，他和该组织内的某些大思想家会面，包括布劳曼、奥斯丁·戴维斯和让-马利·金德曼，尝试起草一份使命声明，用设在各国的所有分部都能认同的方式阐明 MSF 的章程。他们一度至少获得了十二个分部的支持，却没有书面批准文件。就在此时，一九九九年十月十五日，有消息传来，无国界医生组织获得了诺贝尔和平奖，"以表彰该组织在多个大洲开展的具有开创性的人道主义工作"。MSF 决定利用这个机会在一个更为公开的场合阐释其使命——那年十二月，欧宾斯基在挪威发表了诺贝尔奖获奖演说。

在一番具有挑衅性的开场白中，欧宾斯基置外交方面的细节于不顾，当场呼吁俄罗斯政府"停止轰炸手无寸铁的车臣平民"。他概述了三十多年来引领该组织的人道主义动力，接着，宣布了 MSF 后续要开展的一项运动。"饱受传染病困扰或因此而丧命的病例，超过百分之九十都发生在发展中国家。"欧宾斯基说，热带疾病正在夺走人的性命，因为"救命的基本药物不是太贵，就是不够用，因为这些药被认为无利可图，或者根本没有人从事新疗法的研发工作"。"这种市场失灵，"他声称，"是我们接下来要挑战的。"

情况就是这样。除了诺贝尔奖的金质奖章和证书，MSF 还领取了一张七百九十万瑞典克朗的奖金支票，相当于一百多万美元。这不是 MSF 有史以来收到过的最大一笔捐款，却比其他任何捐款都更有象征意义。MSF 决定用这笔钱启动一个"基本药物人人可得"运动。

"基本药物"这个词并不纯粹是个修辞上的用语。它指的是世界卫

二○○七年，MSF 的流动诊所去探访了中非共和国北部 Maitikoulou 村的这些儿童。该村的昏睡病发病率非常高，这是一种由采采蝇传播的有致命可能的传染病。（Raghu Venugopal/MSF）

生组织开列的一份清单，其中包含三百多种药品，适用于从艾滋病到痛风的各种疾病，这些药物被视为建立基本医疗保健体系的最低需求。不过，这项"基本药物人人可得"运动针对的是发展中国家最致命的疾病，每一种疾病都有一系列特殊的治疗障碍。其中，利什曼病是一种出现在亚洲和非洲的寄生虫病，目前用来治疗它的药物已用了六十年，而且大多数病人都负担不起；昏睡病，或称非洲人类锥虫病，是由采采蝇在撒哈拉以南的非洲传播的疾病，治疗它的药物也用了几十年，目前正面临越来越多的抗药性——这种药毒性非常强，注射时有灼痛感，高达十分之一的用药者会中毒身亡；肺结核，每年要夺走两百万条人命，而且因为大多数患者没有遵医嘱完成九个月的全部疗程，肺结核的抗药性在逐渐增加；至于脑膜炎，虽然有有效的疫苗可供使用，但目前生产的剂量太少，而且用于管理这类药剂的资金也太少。

对于上述病症及其他热带疾病，制药公司极少甚至根本没有投入研究新疗法，因为相较于治疗勃起功能障碍、脱发、肥胖和皱纹的药物，这些疗法可能带来的利润微不足道。为了改变这一趋势，MSF 协助建立了"被忽视的疾病用药计划"，这份倡议旨在协调被利润驱动的制药业所忽视的疾病的新的研发和开发。这一举措是基本药物运动中最受内部争议的部分，有些人认为 MSF 不应参与长期游说或研发。二〇〇二年，当其他分部在国际理事会上一致表决通过后，唯独 MSF 的荷兰分部拒绝协助这项用药计划的实施，争端持续了一年多之后，荷兰人才勉强让步。在许多人看来，这件事再度引爆了 MSF 一直极力克服的分部之间的冲突。

然而在其他方面，这个运动的范围之大已经汇集了众多不同背景的 MSF 成员——不只有救援现场的医生和护士，还有一个律师、药剂师、游说者组成的坚定的团队。这种现象尤其显著地表现在他们竭力为疟疾提供治疗的斗争中。疟疾这种传染病所造成的死亡人数可能比历史上任何一种传染病都多，而艾滋病作为下一场灾难，已经蓄势待发要取代它的位置。

疟疾与利什曼病、昏睡病不同，在西方世界众所周知，尽管如今它主要被视为类似天花或黑死病的历史遗迹。然后就在几十年前，它还在许多发达国家中流行——荷兰直到第二次世界大战后才根除疟疾。现今，当工业化国家大量投入资金对抗猪流感和西尼罗病毒等公共卫生疾病时，疟疾每年悄然夺走约一百万条人命，其中大多数是孩童，百分之九十在非洲。不妨来看一下：二〇〇九年，H1N1 病毒因导致一万多人死亡而成为众矢之的，这个数字，比起因疟疾丧命的人数不过百分之一。如果把这个死亡数字用货币来表示，世界卫生组织估计，非洲每年因疟疾造成的经济损失为一百二十亿美元。

造成这种惨况的根源，是一种对血红蛋白贪得无厌的单细胞生物以及喜食人血的小昆虫。虽然疟疾已广为人知达几个世纪，但它的成因始终是个谜，直到一八八〇年，法国医生查尔斯·路易斯·阿尔方斯·拉韦朗用一台原始的显微镜检查了一份疟疾血样，率先发现了引发这种疾病的疟原虫。十七年后，在印度工作的英国医生罗纳德·罗斯证实了这种寄生虫是通过蚊子传播到人类身上的，这一发现使他赢得了一九〇二年的诺贝尔奖。大约三十种蚊子是重要的病媒，它们全都是按蚊属。当母蚊叮咬人类时，会将疟原虫的子孢子注入人类的血液中。这些子孢子聚集到肝脏，在那里集结两到四周之后，会对红细胞发起全面的攻击。一旦进入红细胞，疟原虫便会贪婪地吞食负责将氧气输送到人体各处的血红蛋白。它们繁殖得很快，最后会突破细胞膜，释出后代去感染其他红细胞。

有四种疟原虫会使人类感染疟疾，不过其中恶性疟原虫这种远较其他三种致命。除了发烧，疟疾的症状还包括发冷、肌肉酸痛、头痛、腹痛、呕吐、腹泻和全身不适，但程度从轻微不舒服到极度疼痛皆因人而异。疟疾严重时能导致黄疸、肾衰竭或异常出血，恶性疟原虫还可能进入脑部血液中，这种情况称为脑型疟疾，会导致精神错乱、痉挛、昏迷甚至可能致命，感染恶性疟的孩童可能会因为严重贫血而丧命。疫区里的成人若经反复感染而存活下来，最后会产生某种免疫系统，通常后来发作时只会出现轻微症状。（对这种疾病缺乏免疫力的旅客，包括MSF驻外人员，若造访疫区却疏于防范，比如没有在睡觉时使用蚊帐、没有喷涂防虫剂，没有服用疟疾预防药等，可能会染上严重的疟疾。）然而孕妇是例外，她们丧失了免疫力，如果感染疟疾，可能出现具有危险性的贫血。更糟的是，疟原虫会聚集到胎盘上——甚至可能几乎不会去孕妇体内的其他地方——从而妨碍胎儿的生长；当这些婴儿出生时，体形往往小到无法存活下来。

即使在疟疾流行的地区，也很难在设备不足的医疗中心进行诊断。

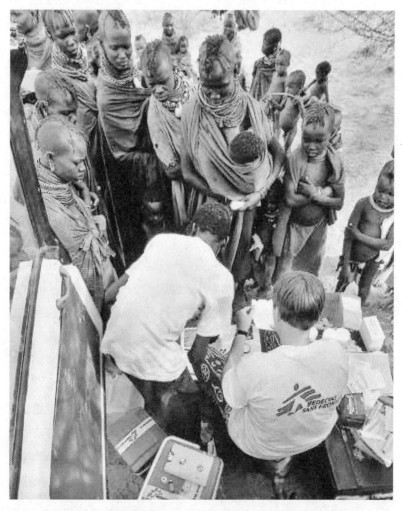

肯尼亚北部图尔卡纳地区的游牧民从 MSF 的流动诊所获得基本医疗卫生服务，通常是两辆装满药品的越野车和一小队驻外人员及当地工作人员。（Roger Job）

理想情况下，实验室技术人员应该在显微镜下检查血液中有无疟原虫；如果没办法做到这一点，MSF 会用只需十五分钟的快速血液检测，其原理类似于验孕棒。精确操作的话，这两种方法都有百分之九十左右的准确度，但缺乏训练和时间会降低其可信度。对于只能依赖于观察症状的医生而言，疟疾是出了名的难以辨识，因为许多不相干的状况都会造成发烧、发冷和疼痛。尽管幼童的病情往往可以精准诊断，在 MSF 医生工作的地区里，被认为感染疟疾的成人和五岁以上孩童，其实有百分之八十是罹患了其他疾病。这种误诊情形不仅造成了药品浪费，更有可能导致面临抗药性，还意味着这些病人正在忍受着其他一些得不到治疗的疾病，如肝炎、脑膜炎、肺炎或伤寒。有些人在几天到几周后回到医院，有些人则死在了家里。

疟疾在药理学史上占有重要地位。早在一六三〇年代，当医生还认为疾病是由血液、胆汁、痰的不平衡引起时，秘鲁的耶稣会传教士就发现将金鸡纳树的树皮磨成粉，可以用来治疗疟疾引发的高烧。这是史上第一次成功地将化合物用于治疗传染病，这种化合物后来被鉴定出是奎宁。将近四个世纪过去了，奎宁在非洲仍是一种有效的疗法，但它会产生着实令人不适的副作用，包括反胃和耳鸣，而且大剂量用是有毒的。口服的话，奎宁苦涩难以入口；通过静脉注射的话，每天需要注射三次。这两种治疗方式都需要整整一周的时间，会给拥挤的医疗中心带来资源上的负担。

二十世纪上半叶的两个新发现带来了彻底消灭疟疾的希望：一九三四年首次开发出的药物氯喹，以及一九四〇年代问世的 DDT 杀虫剂。一九五〇年代和六〇年代，国际社会在蚊子繁殖地大规模喷洒杀虫剂，帮助欧洲和亚洲部分地区根除了疟疾，就连非洲的疟疾发病率都降低了。然而，到了八〇年代，非洲许多地区的恶性疟原虫都对氯喹产生了抗药性。一九九〇年代，周效磺胺（sulfadoxine-pyrimethamine，SP）的出现让医生大受振奋，但适应力极强的疟原虫很快又对这种疗法产生了抗药性。MSF如今认为氯喹和周效磺胺在撒哈拉以南的大部分非洲地区"几乎毫无用处"，不过，在这些国家，其中一种药物仍被用于一线治疗。

二〇〇二年十月，MSF宣布打算在其所有的疟疾治疗项目中换掉这两种药物，改用复方青蒿素疗法（或称ACT）。青蒿素——和奎宁一样——是从植物中提取的，其疗效已经被开发了好几个世纪；这是一种芳香的草本植物，在中国本土被称为青蒿，在西方被称为甜艾。从这种草药中萃取的物质不仅可以迅速有效地治疗疟疾——其杀死疟原虫的速度是奎宁的十倍——而且几乎没有副作用。单独使用青蒿素类药物，如青蒿琥酯、蒿甲醚时，一两日内就能缓解症状，不过清除体内的疟原虫约需一周时间。然而，当结合另一种抗疟疾药物——如氨酚喹、苯芴醇、甲氟喹甚至周效磺胺，只要没有抗药性的话——使用时，疗程就可以缩短到三天，这样的天数让民众完成疗程的可能性大多了。更重要的是，复方青蒿素疗法的这套组合拳，大幅降低了恶性疟原虫反击的可能性。疟原虫本已需要几次突变才能击败一种药物，同时对两种药物形成抗药性的机会因此微乎其微。在MSF使用复方青蒿素疗法的十年左右时间里，尽管使用范围确实很小，主要是在东南亚及非洲少数几个供食中心和难民营，但并没有出现失去疗效的迹象。

MSF没能在二〇〇三年底之前实现将复方青蒿素疗法广泛用于非洲的目标，不过该组织估计那年用这种疗法治疗了十万名病人。这个目标面临着许多挑战，首先是MSF认为公共卫生决策者不愿支持这种新药物。疟疾控制总体偏重预防而非治疗，例如在疫情流行期间喷洒杀虫剂或分发用杀虫剂浸泡过的蚊帐。"对抗艾滋病、肺结核、疟疾全球基金"誓言五年内投入三千万美元购买青蒿素类药物，世界卫生组织建立的合作机构"击退疟疾"称这类药物是"治疗疟疾的大势所趋"。但对

MSF 而言，所有这些举措都进展太慢了。二○○三年十一月，MSF 召集国际疟疾专家组成了一个小组，给"击退疟疾"写了封信，直指其新的四年计划是"疟疾控制的倒退"，"让五年多的商议和专家意见白费了"。至于仍使用旧药的其他非政府组织，MSF 疟疾政策的设计者之一、英国医生克丽斯塔·胡克将它们抗拒使用新药的原因归咎于在财务上依赖西方政府，以及"不想做出头鸟"的倾向。

"另一个大问题是，"胡克说，"某些国家有着非常强大的官僚机构，其卫生部非常强势，不允许我们使用复方青蒿素疗法。在这些国家，我们有时拥有完全独立的设施，举例来说，我们可能会经营流动医院或治疗性供食中心，卫生部完全不插手，在这样的地方尽管那个国家不愿改变其政策，我们还是可以引进复方青蒿素疗法。我们在难民营中使用这种疗法，也是因为它们是单独的单位，完全由非政府组织或联合国难民署管理。"

MSF 已经逐渐习惯了惹恼联合国机构及其他援助组织，但它对青蒿素的热情甚至把某些驻地国家的卫生部都激怒了。二○○三年的埃塞俄比亚，疟疾流行，威胁到一千五百万民众的性命，MSF 极力游说立刻采用复方青蒿素疗法，结果遭到联合国儿童基金会、当地的世界卫生组织官员及埃塞俄比亚各当局的反对。该国卫生部辩称，在流行病盛行期间引进新疗法既不恰当，也不合乎伦理，其更倾向于等到卫生部本身的研究结果出炉再引入复方青蒿素疗法。十二月二十三日，卫生部长科贝德·泰德瑟在一篇言辞夸张空泛的新闻稿中抨击了 MSF：

> [MSF 的] 追踪记录堪称典范，我们非常感谢众多热心的志愿者无私的奉献……然而，由于我们不甚明了的原因，他们根据自己在少数地点对于疟疾疫情现状做出的完全不科学且无法检验的观察，采取了统一行动，宣传错误信息、兜售新的且不必要的药物及

疗程。我们一再尝试和他们理性地沟通，但他们已变得无法理性，并且进一步诉诸专横手法，要让自己的观点和行事方式被接受。我们想指出，无论多么贫穷或缺乏必要的资源，任何一个主权独立或民主国家的卫生当局都有责任严格遵守其政府制定的规章制度……MSF试图破坏这种规范和符合伦理的做法的良好标准，借此满足他们新的突发奇想与错误的期待，这是相当不合宜的。

很显然，他们不正当地利用了他们与有声望的记者、媒体接触的机会，以及他们可以自由支配的无限时间和资源；不幸的是，那些都是我们所缺乏的。我们想借这个机会再次公开呼吁 MSF 高层能够恢复理智，不要无谓地分散我们的心力，干扰我们照顾病患、减轻其痛苦的首要而迫切的工作。我们痛心地看到，一个曾经堪为楷模的组织被一群庸医牵着鼻子走，这些人假扮成医疗与科学知识的唯一代言人，而且浪费宝贵的时间在活动上而不是去做值得赞扬的人道主义工作；顺道说一句，人道主义工作仍有大量的需求有待满足。

如今几乎没有人质疑复方青蒿素疗法的有效性，胡克也驳斥了这类疗法未经检验的说法——一些复方药自一九八〇年代开始使用，其安全性已被详细地记录在案。唯一的例外是治疗怀孕头三个月的妇女，对她们而言，只有奎宁是既安全又有效的。那么，为何要反对这种新疗法呢？主要问题在于价格：复方青蒿素疗法的一个完整疗程的费用比氯喹或周效磺胺贵几倍，而青蒿素的价格又波动极大——在二〇〇四到二〇〇七年期间翻了三倍。况且，这类药物目前的供给有限，绝对不够治疗每年三亿的新增病患，而且保质期也相对较短。

撇开经济因素不说，就算卫生部承认了复方青蒿素疗法的益处，对于要决定最佳的药物搭配并累积新疗法的管理经验，也会谨慎行事。理想情况下，这两种药物配成"固定剂量的复方"，一天服一粒。仅次于它的选择是一板药片的每个泡罩袋里放两粒药，让病人一下子就明白两粒药需要同时服用。青蒿素类药物也可以每天通过静脉或肌肉注射来给药。

最后，少数政府担心假如现在用复方青蒿素疗法来医治部分病人，等于开了先例，到后面他们会无力负担，无法收场。"这种担心很正常，"胡克说，但她纳闷联合国儿童基金会为何在这件事上不做些什么，"没有人指望那些国家为他们所有的疫苗买单——联合国儿童基金会会为此买单的。那么，它们为什么要把可通过疫苗预防的疾病和像疟疾这样会造成更多孩子死亡的疾病区别对待呢？"二〇〇四年四月，联合国儿童基金会与 MSF 共同主办了一个关于复方青蒿素疗法的研讨会，这件事让胡克很振奋。"我们有望进入一个新的合作阶段，明确我们有必要改用各种有效药物。联合国儿童基金会如果公开表态，无疑会有很大的改观。"

对克丽斯塔·胡克而言，这场争论归根结底争的是一个基本的人道主义概念。"如果你治好了一个人的疟疾，就是做好事。而如果你将这种疗法引入难民营，或是一个疟疾疫情比一般情况严重的危机中，我不明白为什么会有人说：'我们明年没法这样做，所以今年就不做了。'这简直是胡说八道。'对不起，我是有办法救你，但我不愿去想明年我可能就救不了你了。'我认为这种说法是完全错误的。我们设法确保明年仍能使用这种疗法，但是我们无法保证，并且做出这种保证也不是 MSF 的责任，而是当地政府的责任。有时候，我们会遇到一些来自非常进步的环境的驻地人员，但他们不想做任何事，除非他们能看到十年内会怎么样。船到桥头自然直——十年后或许都发明出疫苗了。我们先来拯救今年有生命危险的人吧！"

二〇〇九年四月，"对抗艾滋病、肺结核、疟疾全球基金"、"击退疟疾"、几个欧洲国家的政府及其他一些合作者发起了"平价抗疟药采购机制"（AMFm），设法降低青蒿素类药物的成本。他们的目标是将复方青蒿素药物的批发价从每剂四美元降到一美元，然后以募集到的基金补贴其中的九十五美分。这将使青蒿素类复方疗法的零售价降到极其低廉，由此迫使氯喹、周效磺胺等旧疗法永久退出市场。

在 MSF 内部流传着一个关于某位肯尼亚病人的故事，说有位老师患有艾滋病引发的脑膜炎，每天要花二十美元在没有治愈希望的药物治疗上，短短几周便花光了他的积蓄，然后这个人开始变卖家具和物品，当这些钱也花光时，他打算卖掉自己的房子。MSF 的一名医生最终说服他打消了卖房子的念头，以免他的家人一无所有，与此同时帮助这位老师转而为他不可避免的死亡做规划。这名医生纳闷自己为何非但不能用平价药物延长病人的生命，反而沦落到要为病患安排葬礼的地步。这种无助感在某种程度上解释了为什么艾滋病已经成为 MSF 的平价药物宣传运动中最受瞩目的疾病。

疟疾和艾滋病不仅在病理学和传播方式上不同，而且在文化层面也有极大的差异。如果治疗得当，疟疾可以迅速而彻底地治愈；相反，感染艾滋病的人余生每天都要服药。疟疾没有被污名化，医生在提供治疗时遇到的社会障碍也少得很。也许最重要的是——至少在为争取平价获得药物而战时是这样——北美洲及欧洲约有两百万人感染了艾滋病，这意味着在西方有一群声势浩大、资金充裕、组织良好的社会活动人士，他们愿意声援发展中国家的艾滋病感染者，而这股压力似乎正在产生影响。

二〇〇三年，联合国估计贫穷国家中有超过四千万人是艾滋病毒携带者，在需要立即接受抗逆转录病毒治疗（ARV）的六百万名患者

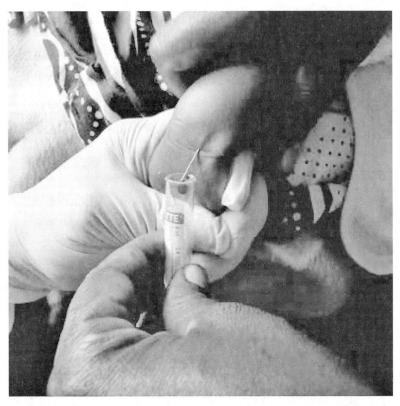

MSF 的一名工作人员在肯尼亚尼安萨省的一家艾滋病诊所采集婴儿的血液样本。该组织估计，肯尼亚有一百四十万人感染艾滋病毒，三十多万人急需抗逆转录病毒药物。
（Julie Damond/MSF）

中，只有百分之八左右的人正在接受治疗。这种铺天盖地的需求几乎使援助机构陷入瘫痪，MSF 内部有许多人认为该组织动作太慢没能参与艾滋病治疗。一九八八年，其比利时分部在布鲁塞尔设立了一个免费的匿名艾滋病诊所，当时世界上许多国家仍然否认艾滋病是全球性的，到了二〇〇一年，该组织在世界各地的八个项目中总共只治疗了六百名艾滋病患者。二〇〇三年之前，比利时分部仅活跃于南非和泰国；二

○○○年底，MSF 的法国分部首度在泰国以三联抗逆转录病毒疗法治疗了它的第一个病人（三种药物联用，可以防止病毒复制）；而理查德·贝德尔坦承，MSF 的荷兰分部"直到二○○二年十一月才开始真正致力于艾滋病治疗"，他为延误列举了若干理由。首先，如同针对疟疾的方案，艾滋病方案一直侧重于预防，直到一九九六年三联疗法问世，才让治疗成为可能，这些药物如今可以降低百分之八十以上的死亡率。尽管人道主义医疗组织明白预防疾病很重要，却不一定认为自己应该在其中发挥作用；当然，这从来就不是 MSF 工作的核心。"但是情势越来越明朗：我们无法置身事外。"贝德尔说，"这项工作太重要，也太迫切了，艾滋病治疗具有强烈的人道主义色彩。我们不知道艾滋病将改变流行病学，但借由表明艾滋病患者值得被关注，能使这整个疾病人性化，改变世人对它的态度。"一旦开始投入，MSF 的项目便迅速扩展，其目标是到二○○四年底让二十五个国家的两万五千名病人接受抗逆转录病毒治疗。

艾滋病危机的规模之大，令 MSF 的决策者持续头大，不知道单单一个援助团体如何才能真正对此有所作为。"这是一个巨大的问题，需要社会变革，"贝德尔说，"我们不是世界卫生组织，不可能独力做到。与此同时，其他的各种人道主义需求当然也没有消失。"此外，在一个组织可以开始治疗艾滋病之前，其他许多系统必须先就位，包括一些能在保护隐私的情况下为民众做检查、提供咨询的手段，以及有效治疗肺结核的方案，因为肺结核是艾滋病毒感染者死亡的主要原因。二○○四年，在 MSF 法国分部的项目中接受抗逆转录病毒治疗的六千名病人，有多达三分之二罹患肺结核。最重要的是，人们需要平价药物，而二○○二年以前那根本不存在。三联疗法的价格是每人每年至少一万美元。"我们很难拿出证据说在一小撮病人身上每年花费一万美元是合理的，"贝德尔说，"除非我们认为这是促使价格逐步降低的策略的一部分。"

这确实是某个策略的一部分,参与者当然不只有 MSF,还包括乐施会、国际卫生行动组织(Health Action International)及其他无数推动者。二〇〇二年,他们成功地联手压低了抗逆转录病毒药物的价格,不到两年后,部分国家的艾滋病患者每人每年就可以用两百美元的价格购买到仿制药。这项工作一直很辛苦——它引领人道主义者进入拜占庭式的专利法和国际贸易峰会的复杂世界——而且前路遥遥。但即便 MSF 也承认,降价速度之快,甚至超出了他们原本最乐观的估计。

问题的核心在于各国授予制药公司的专利权,这使得它们拥有垄断地位,并有权定出成倍地远超其生产成本的价格。一九八六到一九九四年间,眼见艾滋病逐渐蔓延全球,世界贸易组织起草了《与贸易有关的知识产权协定》(TRIPS)。对于版权、专利及其他知识产权方面,各国政府的相关法规天差地别,但 TRIPS 规定了所有成员国最终必须遵循的最低限度准则,例如确保包括药品在内的专利产品至少在二十年内不受竞争的影响。

不过,TRIPS 至少在表面上是允许政府做出某些例外之举的。例如,在公共卫生危机期间,政府可以颁发"强制许可",允许当地的制造商生产、销售比专利药物价格低的仿制药。另一条类似的条款则允许"平行进口",也就是说,可无须获得专利权人的许可,就向他国购买此仿制药。这些仿制药通常在印度或中国制造,售价远低于专利权人所订的价格,因为生产者没有专利权,不需要收回成本补贴在研究或临床试验上的投资。这些药的品质与专利药相当,同样须获得授予其专利的政府主管机关的许可。仿制药还带来了一个好处。就拿针对艾滋病毒的三联疗法来说吧,三种药品可能由三家不同的公司持有专利,而它们没有意愿联合投入使用。不过,一家仿制药厂可以将这三种药制成一粒药丸,让病人更容易继续他们的治疗。印度的仿制药厂西普拉(Cipla)便提供一种名为 Triomune 的广泛使用的固定剂量复方药。

TRIPS 的灵活性应该能平衡两种合法利益：一是公司从研发投资中获益的权利，一是民众以负担得起的价格购买救命药的权利。问题是富裕国家比较关注前者，穷国则从后者中受益，由此就围绕公平问题展开了拉锯战。TRIPS 模棱两可的条款，也让非洲国家弄不清它们在诠释这些条款时可以有多大的自由，而不致遭到有强大的制药业游说团体的富裕国家的报复。答案不久就揭晓了。一九九七年，当南非通过了一项立法，允许进口治疗艾滋病的仿制药时，立即遭到了三十九家药厂的挑战。在艾滋病患者和国际组织——MSF 也参与其中，其"撤诉"请愿书获得了二十九万三千人的签名——施加巨大压力四年后，这些药厂在对其极其不利的公共关系形势下做出了退让。而在此期间，数十万南非人死于艾滋病。

这次争端之后，非洲国家要求二〇〇一年十一月在卡塔尔多哈举行的世贸组织部长级会议上厘清这一贸易协定。在举行此次首脑会议前的几个月里，发展中国家的抗逆转录病毒药物是这场让大家都能用上平价仿制药之战的焦点。后来发生了一些事，让北美民众深切地体认了这个问题。

十月时，就在纽约和华盛顿遭到恐怖袭击数周后，美国有五个人在打开了带有炭疽孢子的信件后死亡。对此，数百万北美民众强烈要求使用环丙沙星，一种可用于预防炭疽病的抗生素。在美国和加拿大，这种药物被拜耳公司申请了专利，并以 Cipro 的名字销售，其一年的销售额超过十亿美元。炭疽病恐慌时期，需求增加，拜耳给药店的批发价是五百毫克的片剂每片四点六七美元，那么美国人平均一个月的药量将花费七百多美元。与此同时，在印度，环丙沙星没有专利，拜耳公司在竞争激烈的当地市场上销售时，每月药量只需约十七美元——而且仍然有利可图。

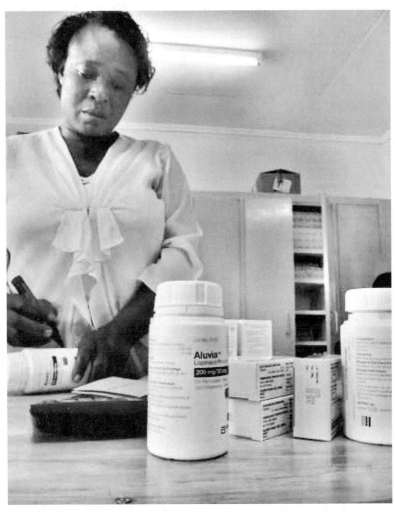

"基本药物人人可得"运动的首要目标之一，是降低艾滋病患者的抗逆转录病毒药物费用。MSF 与另外几个游说团体合作，帮助将这些药物的价格降低到三十分之一。（Julie Damond／MSF）

美国卫生及公共服务部要求拜耳公司提供一亿剂作为紧急储备时，该公司的索价是每剂一点八三美元——折扣相当大，但仍然远高于政府愿意支付的金额。据传，卫生及公共服务部讨论了是否可以援引 TRIPS 条款以及一条鲜少用到的美国法律来规避拜耳的专利权，因为仿制药制造商提供的环丙沙星每片只要四十美分。对强制许可也有严格限制的加拿大卫生部，实际上已经向一家仿制药厂下了订单，不过在拜耳威胁要起诉后取消了这笔交易。最后，两国政府都没有违反专利权，甚至连美国是否认真考虑过这么做也无从得知，因为美国知道它的双重标准会在即将召开的多哈会议上被拿来大做文章。无论如何，拜耳被迫将价格大幅降至每剂九十五美分，而两个国家都体验到了当一种可能救命的药物掌握在拥有专卖权的、受利润驱动的公司手里时，会是怎么样的局面。

十一月在多哈开会时，世贸组织代表通过了一项协议，清清楚楚地将公众卫生利益置于利润之上。该协议明确地指出了艾滋病、肺结核和疟疾所造成的苦难，并强调 TRIPS 的条款"可以且应该加以解释并应用于支持世贸组织成员保护公共健康的权利，尤其是促使所有人都能获得药物的权利"。极端贫穷的国家被告知，在二〇一六年之前，它们无须要求授予制药专利。此次的多哈协议也确认了这些国家有权制造或进口基本药物的仿制药，而且不仅仅是在紧急情况下。然而，对于仿制药制造商是否能够出口药品到没有能力自行生产药物的国家，与会代表无法达成共识，因为 TRIPS 规定，强制许可"主要是为了其国内市场的供给"。对贫穷国家而言，其结局就是它们进口廉价药物的权利实际上变得毫无意义，因为其他国家没有获准接下它们的订单。

世贸组织成员同意在二〇〇二年底以前解决这个症结。一番激烈的谈判过后，他们没能如期解决这个问题，但最终在二〇〇三年八月三十日做出决定，公众健康再次占了上风。该协议允许仿制药制造商向缺乏生产能力的国家出口药品，但前提是这些药厂要符合某些条件：例如，它们必须向世贸组织公开申报其出口品项，而且这些药品须使用特殊的包装、颜色或外形，以防这些药物被卖到其他国家非法销售。西方国家努力争取进行更严格的管控，包括限定哪些疾病构成公共卫生问题，但未能如愿。"最后一片拼图已经到位，"世贸组织负责人在达成协议后夸口道，"允许较贫穷国家充分利用世贸组织知识产权规则的灵活性，以应付肆虐该国的疾病。它一下子就完全证明了我们这个组织能够同时处理好人道主义和贸易问题。"MSF承认这确实是一个进步，但仍对这些协议是否有任何效力表示怀疑，"纸上的贸易规则和声明是一回事，"它在一篇新闻稿中指出，"但唯有当各国开始付诸实践时，这些规则和声明对病人才有意义。"

MSF继续指出，许多政府害怕利用强制认可，担心发达国家的报复，因为发达国家尤其是美国的制药业有强大的游说团体。直到二〇〇七年初，泰国才成功地从印度进口了两种治疗艾滋病药物的仿制药，价格只有专利权人索价的六分之一。泰国官方表示，他们承受着来自美国外交官的巨大压力，害怕泰国最后会被美国列入贸易黑名单；然而，截至二〇〇九年，对于这种对抗性的经济反应力的恐惧似乎毫无根据，艾滋病患者依然在获得免费治疗，而MSF称泰国的经验是个成功案例。

不过，挫折也一样不少。二〇〇四年春天，加拿大通过立法公然允许仿制药制造商向较贫穷国家出口平价药物，在工业化国家里它是第一个这么做的。这被许多观察家称为一大飞跃，但MSF的官员不这么看，他们说这项法案的限制性条款太多，比如在一份合格药物清单上，不包含治疗艾滋病的固定剂量复方药物。五年多后，只有卢旺达一个国家基于加拿大的"药品准入制度"获得了治疗艾滋病的三联药物。二〇〇九年秋天，在咨询过MSF后，为卢旺达开发这种药物的仿制药制造商奥贝泰克（Apotex）表示，这个考验简直太艰巨了，以至于他们"会花很长时间认真思考：我们是否能在未来以这样的投资和心力再做一次这种事"。

MSF 及其盟友的研究证明，抗逆转录病毒药物的价格至少可以降低到原来的三十分之一，也不会造成制药公司破产。社会活动人士把艾滋病推上了公共卫生议题的首要位置，也让获得负担得起的治疗的权利被写入了国际贸易协定中。但每前进一步，总有人更使劲扯后腿，所以医生还在为病人筹划葬礼。MSF 十分清楚自己只能做到这么多了。"这项工作对我们来说太庞大了，"理查德·贝德尔说，"但我们不能因为没有完美的解决方案就停滞不动。"

疟疾和艾滋病显然适合作为推动"基本药物人人可得"运动的起点，因为当时可以有效地治疗这两种疾病的药物都是有的，虽然还没有送到最需要它们的那些人手上。然而，这次用药运动在一九九九年开始时，营养不良并不属于这个范畴。粮食援助缓解了饥饿，但是能够大规模治疗营养不良的"基本药物"却不存在。

据世界卫生组织称，营养不良的问题涉及全球约一亿七千八百万名孩童，每年导致多达五百万名孩童死亡。这些数字大得惊人，这就是为什么长久以来想要战胜营养不良似乎是个白日梦。这个问题如此巨大，有着如此深刻的潜在根源，连最理想化的人道主义者都难免会认为只有极小比例的孩童能获救。但新千年以来，这种情况改变了。没人在谈论终结全球饥饿问题，但拯救数百万名孩童免于营养不良——这是一个重要的分野——似乎有史以来第一次成为可能。"在二十一世纪的头十年，"曾在纽约协调 MSF 营养工作组的美国儿科医生苏珊·谢泼德说，"我们治疗的急性营养不良的儿童人数远多于整个二十世纪治疗的总数。"

MSF 发起的"关注饥饿"运动始于二〇〇七年，源自该组织在尼日尔的经历。二〇〇五年那场可怕的粮食危机达到高峰时，这个国家有数千名儿童饿死；那一年，尼日尔被"联合国人类发展指数"列为全球最贫穷国家，同时，它也是国际援助行动的一个巨大的中心：非政府组织治疗了大约二十五万名营养不良的儿童。到了九月，由于干旱和粮食价格高企的双重影响，世界粮食计划署估计尼日尔仍有一百二十万人处于"严重粮食不足"的状态。

尽管尼日尔的局势在二〇〇五年引起了全世界的关注，但这个西非国家即使在收成好的年头，营养不良的情况依旧猖獗。根据联合国儿童基金会的报告，百分之四十的尼日尔儿童长期营养不良。这个地区有典型的季节性饥饿问题：当 MSF 在营养不良特别严重的马拉迪地区启动其第一个营养项目时，他们注意到供食中心在六月到九月间特别拥挤，这也就是每年收成前夕会发生的所谓的"饥饿缺口"。

二〇〇五年，MSF 在尼日尔治疗了超过六万三千名严重营养不良的儿童，其中单单马拉迪就占了三万八千人，这是 MSF 有史以来最大规模的一次营养干预。而尼日尔的项目之所以与众不同，不仅由于其规模庞大，还因为其治疗小病人的方式。过去几年里，严重营养不良的儿童通常会在治疗性供食中心——一家专门的营养医院——待上数周。这对儿童的家人来说是一种负担，他们被迫从田头的活计或家务中抽身，甚至不得不抛下另外几个需要看顾的孩子。这也意味着医疗团队只能处理情况最严重的病人。"建起有两百多张病床的营养医院有不安全因素，"苏珊·谢泼德解释道，"这只会制造更多的麻烦：会传播更多的传染病，造成的伤害多过带去的帮助。"因此，MSF 尝试了一种新策略：如果检查时发现儿童厌食、有严重肿胀或其他严重疾病，医院就收治；但如果营养不良没有并发症，孩子可以回家，并发给其一周分量的 Plumpy' nut——一种相对新型的产品，称为即食型治疗性食品（RUTF）。MSF 的工作人员嘱咐孩子的母亲或看护者，孩子每天应该吃两包九十二克装的 Plumpy' nut，一周后再回供食中心做检查。

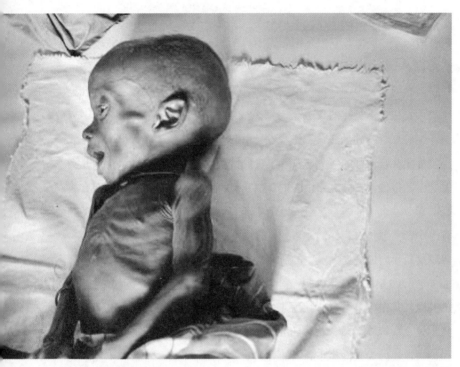

哈桑，一个患有严重营养不良的十二个月大的男孩，二〇〇七年八月躺在尼日尔马拉迪的 MSF 营养医院的重症监护病房里。尽管哈桑接受了治疗，但体重仍然无法增加，照片拍摄三天后，他离开了人世。（Michael Goldfarb/MSF）

　　这一门诊策略大获成功：二〇〇五年，MSF 在尼日尔的项目整体治愈率超过百分之九十一，而前一年是百分之八十三，死亡率几乎减半，从百分之六降到百分之三点二。不止如此，这些优异的成绩出现的时候，正好 MSF 为了救治在其供食中心里的大量儿童已将自己的资源用到了极限。看来，让家长有办法在家养育孩子，似乎可以避免许多没有并发症的营养不良病例演变到危及生命的程度。受到早期成功案例的鼓舞，二〇〇六年，MSF 在二十二个国家治疗了超过十五万名严重营养不良的孩童，取得了类似的成果。二〇〇八年，人数进一步扩大到三十

Plumpy' nut 和其他即食型治疗性食品正在革新没有并发症的营养不良的治疗方法。通过允许父母在家而不是在医院给孩子喂食，即食型治疗性食品极大地提高了 MSF 营养项目的成功率。（Juan Carlos Tomasi／MSF）

万。忽然间，一个看似积重难返的问题有了一个潜在的解决方法。

营养不良的治疗自二〇〇五年开始突飞猛进，有几个原因。首先是人们越来越认识到三岁以下孩童的营养需求有别于成人。"除了母乳，孩子还需要从饮食中摄取额外的蛋白质、维生素和矿物质，这些营养素必须是高质量的，才能很容易被孩子的身体吸收。"谢泼德说，"绝大部分的营养不良都发生在出生后的头两三年里，此时是孩童快速成长的阶段，不仅是骨骼和肌肉，全身上下都会受影响，包括大脑。"谢泼德解释道：玉米、稻米、小麦、小米和木薯在非洲及南亚地区是作为主食的，但它们无法提供儿童成长中所有这些基本的营养，作为国际粮食援助主要组成部分的强化混合食物也不能。"过去二十年里，我们一直在营养医院用治疗性牛奶医治情况糟到无以复加的病人，分给其他病人的则是玉米和黄豆的混合物，没有人质疑这种东西的营养价值。现在我们意识到玉米和黄豆的混合物实在不适合年幼的、还在成长的孩子。"

当孩童的饮食中缺乏基本的蛋白质、维生素和矿物质时，免疫系统很快就会崩溃，这会导致营养不良的孩童容易患上各种有生命危险的疾病。"在北美洲和欧洲，孩子们会有呼吸系统疾病、染上感冒病毒和腹泻，但通常不会演变成严重的感染。"谢泼德说，"不幸的是，在撒哈拉以南的非洲或南亚，营养不良的儿童的免疫系统会受损，普通的感冒可能会转变成肺炎。他们或许一度会好转，但大量缺乏维生素和矿物质抑制了食欲，所以这些孩子的体重不会增加，日后会更容易再度感染。饮食不足、感染、体重减轻、无法恢复体重，这种恶性循环会不断重复。"

一九七〇年代，爱尔兰医生迈克尔·戈登首创了用来治疗营养不良儿童的专用食物。在牙买加医治几位病人时，他帮忙制出了最早的治疗性牛奶，用的是奶粉和油，加上了成长中儿童所需的各种基本微量营养素。戈登最终还替世界卫生组织撰写了指导方针，阐述如何用这种配方奶安全地治疗儿童，这些配方奶后来依据每个剂量的卡路里数分别被称为 F75 和 F100。援助组织"反饥饿行动"（Action Contre la Faim）在他们一九九四年的项目中，率先广泛使用了治疗性牛奶。这是在拯救生命方面的一次创举，但也有一些严格限制：奶粉必须在医院的无菌环境下以干净的水小心混合，而且在混合后两小时内饮用才是安全的；这些限制使得这种方法不适合用于居家治疗。

一九九七年，有人突发奇想，发明了一种新产品来解决这些问题。法国儿童营养师安德烈·伯恩德在马拉维工作时，注意到世界卫生组织推荐用来治疗营养不良儿童的食物中脂质、糖和蛋白质兼有，成分类似受欢迎的 Nutella 牌巧克力榛果酱。伯恩德向附近的一家餐馆借了一台搅拌器，开始做试验，最终用奶粉、花生、花生油和糖做成了一种抹酱，添加了与 F100 成分相同的维生素和矿物质，但它不需要加水搅拌。法国食品制造商 Nutriset 将该产品命名为 Plumpy' nut，并用铝箔单独包装，可长期保存且方便分发给家庭，该公司获得了该产品的专利。

尽管 Plumpy' nut 及其他的即食类治疗性食品具有革命性的意义，但要发挥功效还得靠用创新的方式去辨识出严重营养不良的儿童，而这种新的辨识方法不会像听上去那么简单。援助组织在救援现场，传统上以相对身高的理想体重值来判断病人是否营养不良，因为更彻底的临床检查是不现实的。但是，即使只是比较一个孩子的体重和身高，也需要谨慎地运用两个测量工具：刻度精确的量表及数据表，后者社区卫生工作者使用时可能感到费解。近来 MSF 使用的是一个昵称为"生命手环"的简单工具，这种有颜色标记的束带可以快速测量出孩子的上臂中围（MUAC）。如果它的滑轨落在绿色区（超过一百三十五毫米）则说明孩子的营养充足，在橘色区代表中度营养不良，在红色区代表严重营养不良。

采用这种上臂中围测量手环时，一百一十毫米以下的测量值属于严重营养不良。然而，世界卫生组织后来设定的标准更加严格，许多过去

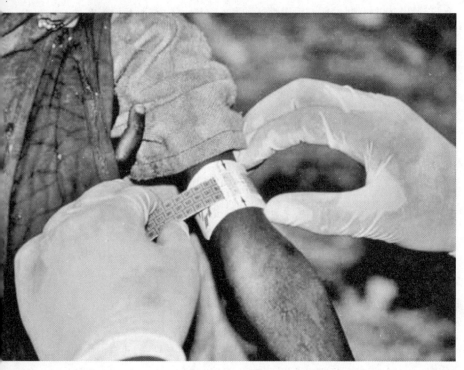

"生命手环"是一种带颜色标记的束带，用来测量孩子上臂中围的周长。它是一个有用的工具，可以快速评估一个孩子是否中度或严重营养不良。（Sophie Brucher/MSF）

被认定为只是中度营养不良的孩童，如今都被归类为严重营养不良。在布基纳法索的一个营养项目中，MSF 设定上臂中围测量值一百二十毫米以下的为严重营养不良，这个看似微小的改变使得治疗孩童的方式产生了巨大的差异：通过较早辨识出严重营养不良的孩子，MSF 可以让他们在还没病重到需要入院治疗之前，就开始在家吃即食型治疗性食品。"被确认为严重营养不良的孩童在吃了至少四周的治疗性食品、臂围至少有一百二十五毫米之后，就可以离开营养项目了。"谢泼德说，"从我们在布基纳法索的项目中，我们发现有百分之八十到八十五的孩子自始至终都不需要来医院，门诊诊所和家中的母亲完全可以照料他们；我们希望这种模式也能应用在其他地区。"

可惜的是，即食型治疗性食品的广泛使用因为某个原因而延缓下来，其原因与导致艾滋病患者长久以来无法获得抗逆转录病毒药物的原因是一样的。MSF 指出，虽然援助国家每年花费数十亿美元提供粮食援助，但实际上用于对抗营养不良的经费不到百分之二。即食类治疗性食品没有被更广泛生产的原因之一，是 Nutriset 公司握有 Plumpy'nut 配方的专利。二○○九年年底，MSF 写了一封公开信，批评该公司以知识产权诉讼打压它的其中一位竞争对手。"看样子，"MSF 在信中对Nutriset 公司说，"贵公司已经决定采取激进的政策来保护专利权，而针对人道主义产品采取这种政策可以视为滥用专利权。"如同围绕平价艾滋病疗法产生的法律纠纷，有关即食型治疗性食品的议题可能也需要数年才能解决。而与此同时，有一亿七千八百万名孩童在等待着结果。

第八章　尽力演好配角

帕特里克·勒缪脱下他那沾满灰的凉鞋，低下头踏进一间小小的泥砖屋。室内的地板上铺着红蓝相间的编织地毯，四周围着垫子，阳光从墙上的小洞射进来。勒缪坐到两名普什图男子的对面，其中一人从头到脚的衣服都是黑色的，另一人则一身纯白，他们是流离失所的阿富汗人社区中的长者，这个社区位于巴基斯坦边境的斯平布尔达克。几分钟后，一名男子进入屋内，带来两壶热气腾腾的茶、一碟粉红色和橘色的方形糖。勒缪转头问他的翻译："这些糖的颜色是用什么弄的？"那位阿富汗翻译点头微笑道："糖！"显然，他的英文比勒缪的普什图语好不了多少。此时超高频无线电噼啪作响，冒出几个英文字。勒缪从腰带上取下话机，举起来让两名长者看。"乔治·布什。"他指着话机说，众人哄堂大笑。

二〇〇三年在阿富汗开这种玩笑可能有危险，但勒缪知道自己在做什么。MSF 的团队正在巴基斯坦西南部的恰曼做项目，包括在这个营地开办一个基本医疗单位为流离失所者服务；勒缪身为项目协调员，正在稍微做些公关活动，设法让社区领导人了解 MSF 的角色。无论是和营地中的长者喝茶，还是和巴基斯坦边境的官员聊《古兰经》，民众第一眼看到的往往是他身上的 MSF 背心。两天后，他站在恰曼院区的一块白板前，对他的当地工作人员传达着同样的信息，这些人里有很多以为 MSF 不过是又一个外国组织，跟这个地区已经有的那么多外国组织

普什图族长老准备与在斯平布尔达克某营地的 MSF 现场工作人员一起用茶，该营地位于阿富汗和巴基斯坦边境。当组织开始一个新项目时，团队中的非医学成员就成了 MSF 在社区中的代言人。（Dan Bortolotti）

没什么两样。"我们是一个医疗性质的非政府组织，是为难民服务的，"他对这些当地人强调，"不是美国的傀儡，不是来为他们搜集情报的。"他的担忧并非多虑——院区围墙外侧上那些涂鸦，便是该地区反西方情绪的明证。摩托车在镇上呼啸而过，黑白条纹的旗子迎风招展，这是画着白色骷髅的海盗黑旗的塔利班版。目前，团队人员已经把该组织标志性的越野车换成了没有标志的小巴，院区没有悬挂 MSF 的旗帜，大门上也没有张贴标志。

勒缪拥有法律学位和 MBA 学位，在任务现场的 MSF 驻外人员有大约百分之四十跟他一样，既不是医生，也不是护士，而是做配角工作的。MSF 的每个分部都有任务负责人，负责监督某个国家的所有项目。项目协调员管的是团队的日常活动，包括雇用当地人和监控安保措施。财务协调员负责处理数据，水与卫生设备工程师负责打井、挖厕所，后勤人员从修车到采购物资，什么都做。用援助工作者的术语来说，这群人应该分别被称为项目协理（PCs）、财务协理（fincos）、水卫人员（watsans）、后勤人员（logs）。另外还有人道主义事务干事，他们通常是人权律师或国际关系专家，向驻外团队及总部工作人员提供其工作地点的政治背景方面的咨询。当这么多角色齐聚到一个舞台时，组织内的一些人觉得天平正朝着错误的方向倾斜："对我来说，这个组织就快变成'无医生医生组织'了。"一名外科医生挖苦道。不过，MSF 如果不把这数百名非医疗工作者派到工作现场，它们将无法提供医疗服务。

克里斯·戴伊一开始跟随 MSF 出任务时是担任后勤，不过他坦承自己不懂技术："如果你的车坏了，而管后勤的是我，那算你倒霉。"他现在发现自己适合担任项目协调员，这份工作在进行行政管理和对外公关时都需要沉着冷静。一次在西非出任务期间，他休了个短假回去后，发现内战已经爆发了——是团队的内战。"为了控制这种冲突，我每天都在竭尽心力，每天都精疲力尽。我记得有一天实在太累了，我放了CD，倒在地上想躺一会儿，醒来时发现已经过了好几个小时。我就那样昏睡了过去，因为应付这些人的争吵把我累坏了，因为他们无法坐下来跟对方好好交谈，真是又小气又幼稚。我真的很生气，而且我也在学习怎么处理这种事情。某种程度上，我相信自己有能力把团队凝聚在一起，我认为这是发展出来的技能。但谁知道呢，照平均法则来说，十人一组的团队中必有一个怪胎，对于 MSF 吸引来的那些不合群的人来说更是如此。"

和勒缪一样，戴伊在任务一开始时通常会去见见地方要人，设法建立融洽的关系。"我的工作就是做 MSF 在社区中的形象代言人，确保每个人都知道我们究竟在那里做什么。如果叛乱分子和社区都认识我这个人，能对我们做的事有确切的认知，而且喜欢我们做的事，会让我们的安全更有保障。"然而，二〇〇三年戴伊在象牙海岸出任务时，一开始并不顺利。他才上任两天，就在和任务负责人走出马恩镇的 MSF 医院时遇上了枪战，他们只好从车里跳出来，躲进草丛，直到周遭渐渐平静下来。几个月后，戴伊和他的同事瑞奇·泽瑞克去拜访一位名叫法格斯的叛军指挥官，询问前一晚把他们从梦中惊醒的枪声是怎么回事。"法格斯只是坐在那里，他说：'别担心，没什么。我们去审问一名妇人，局面变得有点火爆，有人开枪了，没什么大不了的。事实上，今天早上我就要去缴了他们的械。'我们没想到的是他将在此时此地解除那些人的武装。

"窗户被窗帘遮着，所以我们看不见外面的动静，但听得出好几辆车子停了下来，我可以想象满满一车全副武装的士兵跳下卡车。没过多久，一大群拿着枪、浑身是汗的年轻人出现在屋外，到处是大喊大叫、推推搡搡和怒气冲天。我们被困在办公室里，法格斯和他的一个手下走进走出，从屋外把武器拿进来搁在地上，枪支慢慢堆成了一座小山。瑞奇和我呆坐在那儿，而法格斯说：'不好意思，我马上好。'

"令我害怕的是当保安队长进屋时，他猛地一甩关上了门，一手放在门上，一手放在手枪上。他让自己镇定了一会儿，手撑着门，低下头深吸了一口气。我以为就要有一群人破门而入对我们开枪，而我们哪儿也去不了。然后他抬起头来说：'不，不，别担心，我们马上回来，没事。'终于，愤怒的人群散去，瑞奇和我还坐在那里，心想：'搞什么鬼？'法格斯走进来，点了根烟坐下，闭上双眼。我们就这样默默地坐了几分钟，然后他忽然睁开眼睛说起话来。'你们知道吗，我才二十七岁，却肩负重担。'他算是在对我们诉苦。那件事之后，法格斯和我相处得很好，我们之间有了某种纽带——一种共同经历过死里逃生的亲近。"

在救援现场与政府军士兵和叛军领导人谈判，是一项在这份工作无奈学到的技能——每次出任务时都要重学一次。"我和杀手握过手，"后勤人员马丁·吉拉德说，"这是我在哥伦比亚的工作之一。我们正沿着河走，需要取得当地准军事组织的许可。"当地的准军事组织被称为哥伦比亚联合自卫军（AUC），是个右翼民兵组织，主要财源来自毒品，涉嫌该国多起杀戮惨剧。"我们在该省的卫生部门办公室会面，那名指挥官进来和我们坐在一起。他浑身刺青，挂了十六条金链子，眼中带着杀气。这家伙可以杀了人后回去照常吃喝，根本不当回事；你可以一眼看见——他的枪上刮痕累累。他杀了很多人，而我们不得不坐下来，客气地问这家伙：'我们想去那个村子，在那里启动一个项目。您是否同意让我们乘船顺河而下去那里？'他问我们是否得到了哥伦比亚联合自卫军大头目卡洛斯·卡斯塔诺的许可，我们说：'有的，他那边没问题。'于是他说：'如果卡洛斯答应，我就答应。'他们这种人从上到下都是听从命令的。

"要和塞拉利昂的童兵打交道就非常困难了，那些十几岁大的孩子有的吸毒，有的酗酒，心血来潮就开枪，你怎么控制那种事？你怎么在检查哨和那样的孩子讲道理？你表现得毕恭毕敬，好像他们是美国四星上将；如果我的两辆卡车里有价值二十万美元的冷链麻疹疫苗，我只能毕恭毕敬。有些时候你确实可以和那些孩子沟通，那会是非常特别的时刻，有那么几秒，他们仿佛回到了童年，忘了自己有枪，稚气地说：'你是好人，对我很好。'请注意，当你遇到的一个青少年在丛林里作战八年，沉迷于自己所作所为的意识形态时，情况就会更棘手。"

"通过检查哨是需要窍门的。"说这话的彼得·劳伯很认同这一点，他曾以后勤人员的身份前往非洲和亚洲出过几次任务。"在塔吉克斯坦，

一九九九年九月，安哥拉内战期间，一名驻外人员在库依托向一名武装士兵求情。MSF在冲突地区面临的最大挑战之一是如何与冲突双方磋商为对方的受害者施治。（Hans-Jürgen Burkard）

我教其他驻外人员如何接近检查哨：摘下墨镜，双手放在明显可见的位置。务必关掉所有的收音机，藏起所有的相机，面带微笑，把车窗摇下一半，但别全部摇下——你不会想让他们把手伸进来，但也不会想让自己看起来像是在车里躲避什么。如果你停下来，站在检查哨的人会很害怕，你车开得太快也会吓到人。这里是敏感地带，所以如果你可以下车，分些面包给他们，递根香烟，和他们说说话，让他们知道你没问题，总是件好事。不过，在塔吉克斯坦接近检查哨的方式和在尼日利亚的可不一样，每个地方都不同，这种事没有定规。"

当 MSF 这样的组织获准在一个地区工作时，他们应该不需要交涉就能通过检查哨。但劳伯在尼日利亚出任务期间，常有士兵索要钱财，这可不是 MSF 准备接受的事情。"我们决定在每辆丰田车的前座置物箱里放几盒安全套，到了检查哨就发，这一做法打破了僵局。他们开始取笑：'不，这个号太小了，太小了！'这么做符合 MSF 的原则——我们找到了一个有创意的方式绕开了问题，而且我们没有贿赂人。这一向是最好的方式，如果你能让事情有点人情味，你就过关了。"

送安全套在非洲其他地方也是常见的做法，许多人认为这样对双方都有好处，但克里斯·戴伊并不认同。"他们总想跟我们要安全套，我们就说：'不行，去医院要。'我拒绝在检查哨给他们任何东西。原则上，你会认为给他们安全套是好事，但不能在检查哨给。因为我们有通行证，可以凭它通过检查哨，一旦你开始给他们东西，那就成了缴通行费。当车里有紧急转诊病人时，我可不想停下来和一个吸毒吸昏了头、非等我给他一个安全套才准我通过的孩子打交道。我有他的指挥官发的通行证，我不会因为他有枪就停下来。

"你必须尊重他人，但同时你不能逆来顺受。如果你不对非洲年轻人低眉顺眼，他们会尊敬你。如果你们都是年轻人，我认为会达成某种相互理解——你们可以一起表现得像年轻人，大大方方地打交道。偶尔你会遇到难缠的，这时候你就需要表示出敬意和礼貌。我总是在检查哨拿他们开玩笑，他们会笑得东倒西歪，不过你只有在稍微了解他们之后才能这么做。相信我，这得不断从错误中摸索。"

彼得·劳伯在进 MSF 之前是地球物理学家，还做过得克萨斯州的消防队长，他将后勤人员的角色描述为："做所有需要做的事，好让医生能单纯地当医生。"克里斯·戴伊打趣地将后勤人员定义为："无休止地处理琐碎工作，在一天结束时，你会觉得自己什么都没做成。"

在一次任务期间，MSF 的后勤人员可能要监督新诊所的建设、安装无线电通信设备和卫星信号接收器、整修团队的生活区、替出了故障的越野车找零件、雇用当地工匠、为驻外人员订机票、找到滞留在海关的运抵物资。这一长串的责任意味着 MSF 的后勤人员来自各种背景：有机械师、船长、建筑工人、种树人、旅游业者（虽然 MSF 的大多数其他职位上男女比例几乎不相上下，后勤岗位却绝大多数是男性）。优秀的后勤人员对很多事情都略知一二，尽管不全是技术行家，但他们必须思维敏捷，足智多谋，能够随机应变解决困难，迅速适应不熟悉的环境。

"你可能工作了一整天，却什么事都没做成。"大卫·克罗夫特在谈起他在坎大哈的任务时这样说道，"你所做的都是在为医疗团队提供支持，比如行政管理，比如换掉烧断的保险丝，然后突然发现已经是下午三点了，你这才意识到自己单子上列的那一长串要完成的工作还碰都没碰。"克罗夫特在跟随 MSF 前往阿富汗之前，在桑给巴尔当过潜水教练，在肯尼亚经营过一个游猎营地，在非洲做过陆路旅游的向导。"做一个陆路旅游团队的司机，你得有自己动手解决问题的能力——你会变得精通机械，学到很多关于电气、建筑及修路的知识——因为你的车轮会陷进去。你会学习如何与一群陌生人在封闭环境中生活——不仅和他们一起生活，还要带领他们，为他们安排好行程，处理他们的问题，确保他们在没有食物的时候也能吃饱饭，看住他们以防争吵动手，要设法保持积极的情绪，这一点可能非常棘手。你管的事情很多很多，这份工作原本就是这样。"

尽管去过许多地方，克罗夫特还是花了些时间才适应阿富汗，不过他很快就喜欢上了和他的当地雇员一起工作。"直到亲自去了阿富汗，我才真正认识了阿富汗人，那些家伙有一种奇特的幽默感，经常开彼此的玩笑，很有趣。他们的文化很不一样，但你可以依赖屡试不爽的真理：只管对人表现出十足的尊重吧，再来点幽默感。我不是对文化极其敏感的那种人，但我尽量表现出对人的尊重，这样做大有帮助。这是个棘手的情况，因为他们看过很多驻外人员来来去去，而他们始终都在——他们才是真正的维系整个行动的黏合剂。他们很清楚自己的工作，而每次驻外人员来的时候都想做点不一样的事情。我只是单纯地去适应他们，没有试图了解太多他们的生活。我尊重他们每天要祈祷五次的事实，那没关系，虽然那往往是你需要用车的时候。"

"这有点棘手，因为你得知道什么时候该对他们强硬一点，什么时候该一笑置之。你不想冒犯人，但同时也不能让人把你踩在脚底下。有几个人恶名在外，会翘班去打盹，我总是逮到他们。我知道他们在哪儿打盹，总是马上派烂工作给他们做。这几个人要么明白了我对这事的态度，要么就躲得更隐蔽了。这些雇员大多很有自信，做事可靠。只不过这里完全是另一个世界，不是北美洲或欧洲，他们不会一天八小时埋头苦干；他们有活干就干活，没活干就喝茶。这一点我还挺喜欢。"

尽管戴伊和克罗夫特经常觉得自己没取得多少成就，但 MSF 的后勤管理在援助圈是数一数二的，这多亏了该组织的财力充足和三十年的经验。护士莲恩·奥尔森说，后勤管理是让 MSF 在救援现场表现突出的原因之一。当然，她的丈夫正好是位后勤人员。"当发生紧急状况时，MSF 可以在几天内连人带设备一起进驻现场，他们不需要申请经费，也不必到处去弄补给和物资。如今他们非常有经验，可以在一个非常高的水平迅速地行动起来。他们似乎随时一清二楚他们需要什么人、什么东西以及何时需要。他们做事的方法不一定总是正确，也不一定总是会用最老练圆滑的方式，但他们有能力去做。在我参与过的每个项目中，如果我说还需要一个司机、一辆车、一个护士，或者需要翻新这个地方——不论我需要什么，我都会得到。在塞拉利昂，我需要在十天内建一间诊所，他们就在十天内从无到有地盖出了一间诊所，从栅栏、围墙、建筑物、水井、厕所到清洁人员、护理人员，一应俱全。"

在一些已经开展的项目中，后勤人员可以在当地觅得他们需要的物资。然而，为了在紧急状况下快速行动，MSF 采用了事先打包好的医药包（medical kits），它们可以在四十八小时内迅速从仓库运送到世界任何地方。MSF 的两个后勤中心分别位于波尔多附近和比利时北部，它们也向其他援助机构提供这种装备。虽然每个危机事件都是独一无二的，但自然灾害和疾病爆发都有许多可预测的因素。例如，在应付地震时，一个小组可能会订购几套救灾包（disaster kits），每一包都有医疗用品，可以在一个没有医生的医疗诊所治疗一千名轻伤者。如果一个难民营爆发霍乱，一个标准版的霍乱包（cholera kit）就包含了能治疗六百二十五名病人所需的一切：口服电解质补充液、静脉注射液、消毒剂、水氯化用品，甚至有钢笔、铅笔和信纸。为了便于安排空运，目录中会列出这种医药包的体积与重量——比如救灾包重六百磅、霍乱包重一万三千多磅——还会列出所有需要冷藏或用特殊方式存放的药物。除了这些医药包之外，还有事先打包好的通讯包（如无线电和话机）、水与卫生用品包，以及各种个人用品的目录，从喷墨打印机到厕所蹲板，什么都有。

不过，就算是供应最充足的后勤人员也无法预见所有的问题，就像劳伯在苏联时代阿塞拜疆共和国的一家医院安装冷藏系统时所领悟到的那样。当时，MSF 正在该地区开展一项药物分发计划，劳伯需要建一个冷链，确保疫苗在运输过程中保持在适当的温度下。"你尽你所能建你的冰箱和冷柜——有些东西需要深度冷冻，有些东西需要冷藏——而我是打了一场又一场的仗。因为当地每天只供电一两个小时，我弄了一条专用电线，从军方那边接到我们打算开始推动预防接种的诊所。即使如此，电压也可能在八十伏特到三百伏特之间波动，天天不同；而我拿不出一个好到能让冰箱不被烧坏的稳压器，所以我买了一箱香槟送给军事指挥官，于是他给我的冷库接了一条专用电线，所有的冰箱都放进去了，那些能够记录温度变化的电子装置也用上了。我很满意，我们便把疫苗放进去了。第二天我回去查看时，发现疫苗全堆在地上，冰箱里放的是几瓶伏特加、芬达橘子汽水和一颗羊头，都是医院院长的。疫苗已经变质。你能怎么办？有时候你会大吼，有时候你会发笑。"

掌管财务的 MSF 工作人员（在某些项目中，需要经手的现金可能相当多）还必须了解当地经济，找出对付困难回到正轨的方式。"腐败不只是一个邪恶的小注脚，"劳伯说，"在世界上很多地方，腐败就是经济本身。所以，如果你抱着自以为是的态度突然进入一个陌生地方，对自己真的完全没好处。"他承认他曾经通过一些带有创造性的协商让医疗货物快速通关，不过这种手段在乌干达适得其反。"我正试图让一些静脉注射液通关，而恩德培的海关办公室即将关闭三天。当时有一大群人争先恐后地想要进去，我奋力挤到前头，终于来到了一位海关人员的面前，我给了他一些钱，而他深觉自己受到了冒犯，站起来开始对我吼道：我把他当什么人了？想象一下，你在一个举步维艰且有点失序的地方正尽力想把工作做好，而有人拿钱来侮辱你的原则。"

在许多发展中国家，援助机构就是当地人的大老板，他们为当地经济带来了大笔资金。纳比尔·欧特克瑞特在五个国家担任过 MSF 的管理人员，他坦承自己怀疑有时候这些钱是不是进了不该进的口袋，甚至可能使腐败长期存在下去。一九九三年他在索马里的基斯马尤执行他的首次 MSF 任务期间，他的工作包括给大约一百二十名当地雇员发工资。他会将一捆索马里的现金交给一个助理，助理再发给员工——由于这种当地货币贬值得厉害，每个人领到的都是一大袋钞票。然后，其中一个和当地某军阀有交情的男人，会从其他人那里抽走一笔钱。"那是一种原始的税收制度——他们如果拿到二十卷钞票，他就会收走其中一卷。

至于他怎么处理那些钱，我们始终不得而知。我每个月要经手大概四万美元的现金，弄得我焦头烂额，而这笔钱全都直接流入了当地的经济体系。好吧，四万美元现在也不算什么大数目，但是基斯马尤实在没什么经济活动，我们真的担心自己会对战时经济造成什么影响。我们有那一带最值钱的东西，而且我们也确实被敲诈过几回。当地的经济不景气，我们算是镇上可以干这种事的唯一选项。我得承认，当时我并没有怎么思考这个问题，因为这是全体员工期望看到的情形，根本没人抱怨。"

若说 MSF 的内部有无名英雄，那一定非水卫设施和卫生保健专家莫属。当媒体的焦点集中在医生与护士身上时，却没有人赞美水泵和水井，没有电视特写拍摄尖锐物品处理容器，也没人把玫瑰花瓣撒在清空厕所的水肥车行经的路上。但在腹泻疾病跃升为主要死因的地区，或经由蚊子传播的疟疾肆虐的地区，水卫人员也在救人性命。

MSF 的供水和卫生项目通常属于紧急救援工作，例如治疗难民中的流行病，或是作为一个更大的计划的一部分，例如新建立的医疗中心。水卫人员要确保他们支援的诊所和医院有充足的水供应，废弃物得到安全的处理，感染控制措施妥善施行。他们设计了隔离病房，确保病房通风良好，并检查人员能否以最小的风险通过那里。他们的工作也可能带有流行病学的成分：比如他们追踪霍乱爆发的源头或蚊子的繁殖模式。"有些组织纯粹为了用水而治水，"比利时分部的水卫顾问丽兹·沃克说，"因为除了健康益处外，也要考量社会经济效益。但 MSF 确实将重点锁定在特定疾病，或者基于我们从自家的医疗计划中搜集来的数据所发现的问题上。"

沃克在英格兰接受了专业教育，原本是一名土木工程师，在业界工作了几年，但在坦桑尼亚的一次志愿者工作经历让她明白了，自己所受的英式训练在非洲"几乎毫无用处"。她回国攻读了硕士学位，专攻

水是维持生命的基本物质，但也可能是疾病和死亡之源。MSF 的水卫专家负责为医院、保健中心和难民营提供可靠的淡水供应和有效的卫生设施。（Roger Job）

发展中国家的水技术。毕业一年后，她来到了中国西藏的偏远地区，那里有许多小村庄被痢疾、疥疮、眼部感染所困扰。"这些村庄多半位于山谷底部，居民通常要到老远的山上取水，但越来越多的人从灌溉渠里提水饮用，而那种水受污染严重。"

MSF打算从山上的泉源收集干净的水，用管道输送到这些村落的蓄水池。沃克的团队要先找出泉眼的位置，也就是泉水冒出地表处，因为泉水一旦到达地表，就不再纯净了。"你要做的是将它缩小到一个很小的范围，以便采集泉水，避免其受到污染。在岩层地形，你通常看见泉水只从一处涌出地表；若是混合地质，则必须挖到岩石层。你可能看见泉水从四五个地方冒出来，这时就必须向下深挖六到八米，还可能要把山坡削去一半。"找到泉源所在地后，工作人员会在村民挖的沟渠中铺设数英里长的聚乙烯管道，这些管道通向村里的一个蓄水池，蓄水池会把水送进村里的几个水龙头，村民会带着容器来盛水。在西藏冰天雪地的季节，泉源到蓄水池之间的水不会上冻，因为输水管埋得够深。"但蓄水池到水龙头之间的水以及水龙头的出口还是会冻住，所以在冬天，他们会派一个人负责每天晚上把水放光，每天早上再重新灌满。这个人通常会忘记一次，但在那之后，村里的人会保证他永远也不会再忘了。"

沃克后来在卢旺达为一个类似的项目担任协调，将泉水输运到MSF的医疗中心，沿途每隔一段距离便装些水龙头供社区使用。"你不能只供给医院，否则民众会来挖你的水管。"她在苏丹工作时，MSF用飞机载着五吨重的钻探设备到处飞，每隔一百码就凿一个孔，抽出地下水给民众。在这些案例下，流到水龙头或手动泵的水都是纯净的，但在装入未清洗的水桶或肮脏的油罐时仍有可能受污染，所以水卫人员会在水源里添加余氯，即使水离开了源头，余氯仍能发挥作用。在人们饮用溪水或河水的地区，某些个案里甚至饮用沼泽里的水，情况就会更为复杂。非洲的河流大多混浊，满是沉积物，加氯消毒是不够的。为了净水，技术人员用了一种名为混凝与絮凝的方法，让硫酸铝等化学物质把水中微粒凝聚并沉到底部，然后取走上部干净的水，用氯加以处理。"我们在紧急状况下会这么做，"沃克解释道，"MSF将提供所有的化学物品。但在社区项目中，你要设法找到干净的水源，因为社区无法长期使用化学处理方式。"

二〇〇〇年，非洲的大湖地区爆发了一次疟疾后，沃克协助发起了一项完全不同类型的水卫项目，它与饮用水完全无关。MSF锁定了一些高海拔的布隆迪村庄，这些地方的海拔接近按蚊能够存活的上限。当地农民开始种植包括水稻在内的新作物时，疟疾病例数量会急遽增加。"稻田为蚊子提供了绝佳的繁殖地，因此在布隆迪和其他地方——如肯尼亚、卢旺达、乌干达——的高地，蚊子能设法在超出它们所适应的海拔高度的地方找到立足点。"这些蚊子将疟疾带到了不常出现这种疾病的区域，甚至连成人也开始死亡，因为他们少有甚至根本没有免疫力。沃克协助启动的项目名为"病媒控制"，是要用残留杀虫剂处理与按蚊繁殖地相邻的房舍。"希望这能成为一道屏障，隔开上方住宅。蚊子飞不了那么远，飞得到的蚊子也会在中途被杀死。我们为一万三千户人家解决了问题，这才占大约一成，而我们希望能在这个省产生更大的影响——通过设置这样的屏障，你保护了其他所有人。"

与纯医疗项目一样，水卫行动不仅会遇到技术层面的挑战，还会遇到文化上的挑战。疾病不会在水龙头一流出干净的水之后就马上消失，所以团队中会有一名卫生宣传员，通常由驻外人员担任，他会通过观察民众的行为和态度，判定出最大的风险因子。人们上完厕所后是否洗手？他们是否用肮脏的容器盛水？他们有没有正确地替儿童洗澡？MSF通常锁定某些群体，比如母亲或儿童，工作人员再依据民众识字程度及可用的媒介，选择是通过广播讲话、散发传单，还是绘制一系列示范良好习惯的图画来宣传。"我们经常与学校合作，"沃克说，"在卢旺达的项目中，孩子们被要求以卫生为主题演一出戏，各校最好的班级会争相表现，在比赛中一决高下。我们发现这种做法很有效，几乎所有我们问到的人都听说过这个比赛或是去看过戏。有时我们会带着剧团四处演出以传递特定的信息，有时候我们会唱歌或搞有奖征答。我们会用卫生知识问答玩一种蛇梯棋游戏：如果答对了，就可以沿着梯子往上爬；如果答错了，就得沿着蛇梯往下。"

政治环境有时也是一个因素。藏人在社会主义体系下生活了几十年，所有基础建设都属于国家，理论上亦由国家维护。沃克说，村民因此有时不愿意个人承担责任看护新的水系统。"另一方面，当你试图动员民众去做社区工作时，反应之热烈极为惊人，成百上千人来挖沟渠——他们只会说：'好，你们想要挖哪里？'然后便动身去挖。有些系统长达数公里，每个人都去挖几米，他们甚至不想问'报酬怎么算'。"

沃克还惊讶地发现，这些村民引水的理由不见得和 MSF 的相同。"对我们来说，我们是推动健康，同时也在进行卫生教育：'喝安全的水、养成洗手习惯。'诸如此类。但藏人想要新鲜的水有一千零一个理由，健康却不一定名列其中。当我们完成一个项目时，会举行一个落成典礼，有盛大的庆祝仪式，人们总是不断来替我倒啤酒，一连好几个小时，向我道谢，这种时候我们才会听出他们从中得到了什么。妇女们过去一直是跋涉三到五公里上山取水，所以这个项目替她们省下了时间和精力。然后来了一群十几岁的小伙子，扭扭捏捏、推推搡搡、很不好意思地来表达感谢。在他们看来，这个工程的好处是山谷里所有的女人现在都想住到他们的村子里来，所以他们结婚的可能性增加了十倍。"

水工程师可能会将这种现象称为涓滴效应吧。

第九章　新冰箱综合征

　　劳拉·阿彻二十四岁时，判定自己的生活需要一个新方向。阿彻出生于爱德华王子岛的夏洛特镇，在她的家乡拿到了护理学学位，然后搬到了加州，在那里把自己的专业付诸实践。她先后在洛杉矶和旧金山为多家医院工作过，做急救护理、协助器官移植。她说这项工作很有挑战性，但好像少了点什么。"有一天早上，我站在早餐店外，心想：'我应该去看看外头还有什么。'事情来得很突然，砰，我需要做点改变。两周内，我卖掉了所有的物品，坐上飞机去了越南。"接下来的十八个月里，她走遍亚洲，到二〇〇四年年底时，她在泰国遇到了一个朋友。他们曾说过要在普吉岛见面，但阿彻认为这个昂贵的旅游胜地不适合自己，因此他们选择了对岸一个较为朴素的景点。几天后，也就是十二月二十六日，普吉岛被印度洋的大海啸淹没，数千名当地人和外国人在泰国海滩丧命。

　　"一听到海啸的消息时，我就说，好吧，我不能再坐在这儿喝啤酒了。"阿彻回忆道，"所以我去了曼谷，想当志愿者，但没有人真的要用我。泰国红十字会和其他组织给我的回复是，我没有在他们的系统里注册，所以他们无法任用我当护士。"阿彻没有就此作罢，她丢掉了多带的一双登山鞋，在背包里装满了缝合线、口服电解质补充液和绷带，然后跳上飞机，前往同样遭受海啸重创的印度。"到了当地，那些大城市给了我类似的回答：'很高兴你愿意帮忙，但我们不能随便为你安插个位置。'事实上，这是我第一次接触 MSF，因为我认为这个组织会用我。但当然，他们不会随便接纳背包客当志愿者；我甚至没有得到 MSF 的回复。"

阿彻决定主动出击，她坐上了开往海边的巴士，当她经过一个看起来需要帮助的社区时，便下了车，搭起了临时帐篷，待了几个星期。"从泰国到印度海岸花了我将近一个星期的时间，所以当我到那里时，已经没有那么多紧急医疗状况了。但当地的水受了污染，民众有擦伤、骨折等小伤，多半是在重建过程中受的伤，而不是海啸所致。我所在的村庄没有本地医疗人员，甚至没有人告诉大家应该把水煮沸再喝。"

加拿大护士劳拉·阿彻在乍得和中非共和国第一次跟随 MSF 出任务。二〇〇九年，她和两名同事在苏丹达尔富尔工作时，遭持枪歹徒绑架并被囚禁了三天。（MSF）

这正是十八个月前阿彻在加州的早餐店时所向往的体验。"这让我明白自己是死心塌地地喜欢护理工作、医疗挑战以及和人打交道。我意识到自己在北美工作时的挫败感，并不是因为我讨厌当护士，而纯粹是因为那种工作环境不适合我。我很尊敬北美的护士，我并不认为自己多么优秀、多么聪明或者多么什么的，我只是意识到自己的个性更适合紧急状况：马上行动、拼尽全力，而不是为了八小时轮班的那份薪水。我想要参与其中，要么不干这行也罢，所以我决定重出江湖。"

　　阿彻在亚洲待到了二〇〇五年，然后再次联系了 MSF。这回该组织接纳了她，立刻派她前往乍得，MSF 正为那里的两个难民营大约四万人提供医疗服务。作为一名外展护士①，她的职责是在难民营内进行社区教育，帮助民众了解 MSF 是来干什么的，并确定他们何时该去诊所就诊。最后，她还协助发起了一个营养计划，并为遭受过性暴力的妇女开设了一个诊所。在此之后，她从乍得调到了邻国中非共和国，在那里加入了流动诊所，深入丛林寻找躲避村庄暴力的家庭。"那种工作令我着迷，因为你真的看到了人们是如何生活的。在我们的很多流动医院里，我们为那些村庄被烧毁因此住在灌木丛里的临时住所的人提供服务。"有些人的住处建在了树上，距离最近的水源也有几英里远，这既是为了躲避野兽，也是为了躲避军人的劫掠。"我抵达那里时，他们已经这样生活了好几个月，这些人当中有许多不打算再回到自己的村庄了，或者至少短期内不会。"

　　到中非出过任务后，阿彻在蒙特利尔定居，她想到了一个方法和家人、朋友及周遭的其他人分享自己的经历。"当谈到我们所做的工作或世界上的这些地方正在发生的事情时，总会提到数字和首字母缩写词，这很难让人把它们联系起来。"她说，"媒体很多时候没有让接受援助的

---

　　① outreach nurse，在服务机构之外的场所提供社区服务等。——译者

对象听起来像人，但受援对象没准哪天就可能是我，也可能是你。促使我继续从事这份工作的是个体的故事，而不从事这份工作的人也会从中受益。"阿彻决定用颜料和画布来讲述自己在执行任务期间遇到的人的故事：她根据自己为当地雇员、社区领袖、患者拍摄的照片，画了一系列肖像。"以前我从未拿过画笔，但当我从非洲回来时，我决定休假一个月，好好想想我接下来的人生该怎么走，想想回家后怎么面对经历的一切。我心想，好吧，如果我允许自己无所事事一个月，何不悄悄地试着画画呢？在画完头几幅后，我的家人朋友会过来问我：'那幅画里有什么故事？'忽然间，他们想听听那些非洲人的故事。而在这之前，他们的问题是：'你出任务时有没有遇到什么帅哥？'或者：'你都吃些什么？'现在大家突然有兴趣听我想谈的事了。"

二〇〇八年秋天，阿彻已经准备好要跟随 MSF 重返非洲。这回她加入了比利时分部在苏丹西部达尔富尔运作的一个项目。"MSF 的比利时分部在那里有三个不同的项目，"她解释道，"一个在叛军的地盘上做真正的丛林医疗服务，另外两个在政府掌控的城镇里。我并不隶属于某个单一项目，而是作为营养师为整个任务做巡回服务。我的工作是去这三个项目所在地，评估营养状况。我们的三个项目间只相隔几小时的车程，但我不得不乘直升机往返，因为在路上被劫持的概率高到让我们不能冒这个险。"

当然，往返于达尔富尔的村庄之间的危险对于当地民众也同样存在，但他们没有直升机可乘。"我记得和一些妇女谈起她们的日常生活，她们说最大的挑战之一，亦即营养不良率如此之高的原因之一，是弄不到柴火来煮配给的粮食。城镇里的树木大多已遭砍伐，如果一个女人想去两公里外捡柴火，十之八九会遭到轮奸；若换作她们的丈夫去拾柴，则有可能被杀害，所以这些妇女还是会去。你只得咬牙忍耐，去捡你的柴火，然后期望自己回得了家。如果你真的这么做了，就要绝口不提发生了什么事。听到当地妇女给我讲这些故事，就好像在描述自己去逛商店的事，让我不知如何着手。"

二〇〇九年三月十一日晚上，阿彻亲身体验了这种暴力。那个月稍早些时候，国际刑事法院（ICC）对苏丹总统奥马尔·哈桑·巴希尔发出了逮捕令，此举立即招致后者对国际援助组织的强烈抵制，巴希尔指控它们与国际刑事法院相勾结。十多个非政府组织被逐出苏丹，包括MSF的法国分部和荷兰分部，但比利时分部逃了一劫，阿彻立刻担心起来，怕自己可能引起特别的注意。"我敢肯定他们会想：'这个西方人为什么飞来飞去到处看，还写报告？'"但她并不准备就这么逃到安全地带，抛下她的苏丹同事。"我们和本地雇员充分讨论了他们来工作是否有危险的问题。他们对我们说：'拜托，千万别走；如果你们离开，我们就惨了。这儿只剩你们一个国际团体了，我们获得粮食配给是因为有你们，我们没有被攻击也是因为有你们，我们的水井里没有堆死尸也是因为有你们。如果你们走了，这镇上的八万名流民最终也不得不离开，而我们没地方可去。'"

那次讨论过后数天，阿彻和两位同事——意大利籍医生茂罗·达斯加诺和法国籍现场协调员拉法耶·慕尼叶——在萨拉弗乌木拉的 MSF院区准备迟来的晚餐，萨拉弗乌木拉是 MSF 正在服务的政府管辖的城镇之一。"忽然间，我们听见门口一阵骚动，接下来只知道出现了六个裹着缠头巾的全副武装的家伙。他们抓住了拉法耶，因为他去门口查看守卫们为什么大声叫喊，然后他们来到茂罗和我所在的厨房，抓住了我们俩。他们用枪托把我们三人推到院区外一辆等在那里的皮卡上，还带走了两名苏丹守卫，就这样把我们五人丢进了皮卡后座开走了，整个过程不超过一分钟。"

两名劫持者坐在驾驶室里，另外四人守在皮卡车厢，每个角落一个。五名人质被迫躺下，挟持者拿走了他们的手表和手机后，用毯子盖住了他们，如此他们便无法分辨车子开往何处。"就在我们刚出城时，一个守卫变得有点紧张，大声叫嚷起来。我认为他是想吸引住户们或任何看见这辆车疾驶而过的人的注意，所以我们刚离开镇上，他们就放了他。我们不知道他们对他说了什么，但肯定进行了口头威胁，还用枪指了他的头。他们绑住他的双手，盖住他的头，我一度还担心他即将被处决。"

阿彻说，这群绑匪——有的年纪轻轻不过二十岁，年纪最大的大约五十岁——完全掌控了情势，仿佛很清楚自己在做什么，但他们自始至终没表明过他们是谁、为何要对 MSF 的人下手。绑架事件发生于晚间八点半左右，阿彻估计车子至少连续开了四个小时。"我们懂一点阿拉伯语，所以听得出那些人说的停、走等基本信息。这点阿拉伯语很有帮助，当我们需要小便的时候，我能表达出来，他们也真的允许我们去小便。那些人说了很多莫名其妙的话，我认为他们是想把我们弄糊涂。我们和绑匪没什么交流，我们显然在做我们认为对的事情，那就是闭嘴。"

卡车最后停在了空旷的沙漠中，阿彻和她的同伴在那里待了三天三夜。"他们给了一张小小的双人泡沫床垫供我们三人用，我们轮流躺上去，好让我们的尾椎骨和脑袋没那么累。我们三人只有一条毯子可以用，所以晚上真的很冷。他们给我们的食物过多：有天晚上他们煮了一整只动物，而且味道很好。"

在整个这段痛苦经历中，绑匪始终让阿彻、达斯加诺和慕尼叶待在一起。"我想不出还有哪两个人能比他们更好地陪我一起经历那种情况，"阿彻说，"我已经出任务五个月了，和他们两位已经有了颇深的交情。茂罗和我经常一同巡诊，晚上我们会一起思考医疗问题；拉法耶和我都有某种幽默感，处理事情的方式也相似。甚至在这件事发生之前，他和我就谈过许多关于安全的问题及如何应付各种状况。所以，我们三人都没有惊慌失措、哭泣或做出让情势变得更危险的事情。这真是太棒了，我们无须开口就能交流，这就像你在和好友或亲人沟通一样；一个眼神就可以表达许多。后来，我们有机会真的跟彼此说话了，但通常都是小声耳语，而且总是小心翼翼。但因为我们太熟悉彼此了，很多事情根本用不着开口。"

阿彻记得自己当时担心两位朋友的安全，更甚于担心自己的安危，因为当绑匪对这群人中唯一的女性动手动脚时，他们明显地情绪激动起来。"有几次，其中几个绑匪来摸我的头发和脚，他们从未得寸进尺，我也有能力应付这种状况，但偶尔茂罗和拉法耶看见这种事情发生时，我的压力就大了。因为我心想，假如真的演变成某种性侵或施暴，我知道自己该如何应付，但他们会如何应付呢？他们是否会失控，因为想要保护我而中枪？当你碰上六名武装分子，该发生的总会发生，说什么或做什么都改变不了。我希望他们俩明白自己什么也做不了，先让我自己挨过那种时刻，之后我们再来处理。"

三月十四日，在被劫持三天后，阿彻、达斯加诺和慕尼叶安全获释。与任何一起绑架案一样，MSF 除了确认他们未付赎金外，对于谈判过程守口如瓶。新闻机构报道称，一个自称"巴希尔之鹰"的组织声称对这起绑架案负责，并公开要求国际刑事法院撤销对苏丹总统的逮捕令。无论动机为何，这桩绑架案改写了达尔富尔的规则，该地区虽然充斥着暴力，但之前从未有国际援助工作者遭劫持。MSF 迅速撤走了达尔富尔项目中除一名骨干人员外的所有人，两个项目永久关闭，不过在这桩事件解决后，一些活动又慢慢开始了。这次经历没有熄灭阿彻对于从事援助工作的渴望，不过她知道自己很可能永远无法再在阿拉伯世界工作了，因为在有关她遭绑架的媒体报道中，说她是间谍的谣言甚嚣尘上，也有的说她是基督教传教士，还有其他无稽之谈。"这整桩磨难最让我难过的部分在于不得不离开达尔富尔，离开这些项目；我觉得这样我就再也无法重回苏丹了。"

回到蒙特利尔的公寓安顿下来后，阿彻很快又拾起画笔及丙烯颜料，创作了一系列她命名为"凝望达尔富尔"的肖像画。画布上的人物

在经历了达尔富尔的磨难之后，劳拉·阿彻画了一幅劫持她的人的肖像，没有
取名。（［photo/art］Laura Archer）

大多是她在执行任务期间所拍摄的难民或流离失所者，每一幅都标了画中主角的名字。但其中有一幅画以柔和的红色调，描绘出了一名留着胡子、眼睛出神地望着什么的男子，他既不是友人，也不是病人。这幅画像没有名字，只有一句简单的说明文字："依据画家对发生在苏丹达尔富尔北部的事件记忆绘制而成。"

这是劳拉·阿彻唯一一幅在没有照片参照的情况下画出的肖像。

当肯尼·格鲁克看见一辆汽车从路旁冒出来挡住护送他的车队时，

肯尼·格鲁克在车臣被一伙劫持者释放三天后接受媒体采访。作为荷兰分部工作小组的负责人，格鲁克二〇〇一年一月被绑架，被关押了近一个月。绑架者没有索要赎金，这些人的身份仍然不明。（Alexander Merkushev／AP Photos）

就知道事情不对劲了。"我们开着四辆车离开医院，还没出城，就被两辆车一前一后地堵在了那里，只见一伙头戴面罩、手持冲锋枪的人下了车。"这些人开了火，但没有人被打中——他们的目标不在杀人，而在吓唬人。"他们成功了，"格鲁克语调平平地说，"他们把我拖下车，推上他们的车。他们用枪托敲我的头，然后把一件外套盖在我头上，让我看不见外面。"

那是二○○一年一月九日，格鲁克当时三十八岁，是 MSF 的荷兰分部北高加索任务的负责人，任务范围涵盖饱受战争摧残的车臣。在被掳走的那天，他正要离开斯塔里耶阿塔吉镇（Stariye Atagi），此地距离车臣首都格罗兹尼约十二英里。这是他十分熟悉的一个区域，一九九四到一九九六年间，他曾跟随另一个非政府组织在车臣工作，从二○○○年初开始便跟随 MSF。他的俄语很流利，不过那天当他在绑匪车上时，这一点对他并没有助益。"那些人只说了：'闭嘴，低下头。'车子开了将近一小时后，我们换了车，然后他们把我放在一间屋子，我们在那里等了一段时间。"头一晚格鲁克被转移了三次，最后被赶进了另一间屋子的地窖。地板就在他头顶上几英尺的地方，很难坐起身子。脏兮兮的石头地面上摆着洋葱、卷心菜、胡萝卜，还有一张床垫，那就是格鲁克接下来九个晚上的床。

绑架在车臣差不多算是一种全国性的消遣，驻外人员也不能幸免于这种暴力活动。一九九五年，资深援助工作者弗瑞德·卡尼代表亿万富翁慈善家乔治·索罗斯访问车臣，结果在四月失踪。据推测，他和三名同事一起遭谋杀，不过四人的尸体从未被找到。第二年，四名欧洲人、一名加拿大人和一名新西兰人，总共六名红十字会工作人员在距离格鲁克被绑架地点不远的医院院区睡觉时，被蒙面人以装有消音器的手枪处决。后来，跟随一个小型的贵格会非政府组织工作的英国心理学家卡米拉·卡尔和乔恩·詹姆斯在一九九七年七月被掳走，遭劫持十四个月。

卡尔和詹姆斯获释时，MSF已经基于安全考量撤出了车臣，但在二〇〇〇年二月时又重返当地。绑架事件也是这样去了又回：那年八月，又有三名红十字会工作人员被掳走，尽管他们一周后便获释。自一九九六年以来，至少有五十位人道主义援助工作者在北高加索地区遭绑架。二〇〇九年七月十五日，花了十年时间记录这些绑架事件的人权活动家娜塔莉亚·艾斯坦米诺娃本人也在格罗兹尼被掳走。数小时后，在通往邻区印古什的公路附近的一处林地里，发现了她弹痕累累的尸体。

要找出这些攻击事件的行凶者极为困难。首先，这些绑匪通常不会要求赎金，往往整个过程完全没有谈判。当地的权力政治很复杂——格鲁克估计有五十到六十个活跃的军事组织，他们的结盟关系也几乎难以厘清。因此，当他被拖出车外，MSF也没有收到攻击者发出的任何消息时，线索很快就断了。该组织立即暂停了在该地区的所有活动，并呼吁俄罗斯当局进行调查，但就连格鲁克本人也不知道自己为何会遭到劫持。"那些人跟我说了不少话，但我不认为跟我说话的人是主使者；他们只是卫兵。他们说他们想用我来交换被俘的人，但我不知道这是不是真的。他们是车臣人，我分辨得出来，但我不知道他们是支持俄罗斯还是反对俄罗斯的，我没去管这些问题。"

格鲁克的案例证明了最好的安全保障是在社区里有知名度。"那里所有的车臣医生都知道我，我在那个地区有很多朋友，他们开始联系各方人马：俄罗斯人团体、犯罪团伙、支持车臣的团体，表示他们无法接受这种做法。干这种事的人经常受伤，所以车臣医生替很多人治疗过，他们用上了他们所有能用得上的关系，以帮助我获释。他们对他们认为有可能参与了此事的每个团体说：'听好，你的母亲或是表亲在MSF设立的医疗机构看过病，用过肯尼亲自带过来的药物。你怎么能这么做？你得负责把他弄出来。'他们某种程度上会说一些有违医德的话，例如：'如果这件事还这么下去，你的人我们就不治了。'

"事情发生九到十天后，我的境遇有了大幅的改善，我很肯定在这个时候，这些车臣医生之中的一些人运气不错，交涉的时候找对了当事人。有人找上那群绑匪并交代道：'对他好一点。'在那之后，我被转移到一个长约两米半的房间。我被他们吓了一跳：他们来问我想吃什么样的东西，问我需要什么。我没有要求更换食物——我认为之前的食物没问题，他们给我吃的就是车臣村庄常见的食物，没有什么怪东西，而且分量已经足够了。我只说自己需要知道新闻，需要有东西可读，于是他们让我如愿以偿。"

从地窖里移出来几天后，劫持格鲁克的人向他保证没什么好怕的。"根据他们的说法，事情已经解决了，只需要想一下该怎么释放我。我跟他们谈了很多我的想法，最后他们完全照我的要求去做了。"他建议绑匪把他送到一位车臣医生家，对方和他有私交，分离主义分子和亲俄团体也都认识他。然而日子一天天过去了，他开始怀疑这是不是一种虚假的希望。"发生的事情很可怕——有几次我以为他们带我出去是要枪毙我，有几次房子在炮击声中剧烈摇晃，灰泥都从墙上掉了下来。"

终于，二月四日晚上，格鲁克得知自己即将获释，他们将面罩套在他头上，匆匆把他带出屋子塞进了车里。"车里的人连声道歉，那是另一批人——我从他们的声音可以分辨出这些人比较年长，也明显比较有威信。他们向 MSF 道歉，说'这群人不知道你是谁，我们很抱歉，我们会惩罚他们'之类的。他们把护照还给了眼睛被蒙住的我，也把俄罗斯军方允许我前往车臣的通行证还给了我，还有我的 MSF 证件。我口袋里原本有七百美元现金，因为我们需要预付建材的部分款项，他们把那笔钱也还给了我，这让我很吃惊。我一直戴着一只十分廉价的表——就是纽约运河街上卖的那种七元一块的表——他们说：'真的很抱歉，我们找不到你的表。'我的反应是：'没关系的。'"

大约在午夜时分，神秘人把车停下，推格鲁克下车。格鲁克询问能否取下遮眼布，但对方不让，只叫他下车走人，随即驾车离去。"我听见有人用车臣语对我大喊，我说：'我不会说车臣语，跟我说俄语。'于是那人用非常粗鲁的语气说：'你他妈的是谁啊？'我拉开面罩，发现是那位车臣医生。"释放格鲁克的人直接将其载到了那名医生的大院。"他对妻子大喊：'起床啰！有客人来了，把食物端上桌吧。'"

随即，俄罗斯的特勤部门联邦安全局（FSB）就因为确保了格鲁克的获释而受到称赞，但大众很快就知道这说法纯属鬼话。当援助工作者遭绑架时，俄罗斯当局一如既往地缺乏效率。MSF表示他们不清楚到底是谁绑架或者释放了格鲁克，但在格鲁克被推下车之前，释放他的人将一封信塞到了他手里，那是来自车臣独脚指挥官巴萨耶夫的道歉信，二〇〇二年，正是这位巴萨耶夫声称对莫斯科剧院的人质劫持事件负责，该事件最后造成约一百七十人丧生。但巴萨耶夫没有在信中提到是他手下的人绑架了格鲁克，只说他利用自己的威信促成了格鲁克的获释。"他说那个团体不归他指挥，否则就不会发生这种事，还说因为我们在这一带提供医疗服务，他已经下令谁都不准碰我们，而且他们不会把我们视为反车臣人士。这到底算不算宣告他是幕后主使者？有点说不太清。我也没法回去问他们，因为我完全没看过他们的样子，只听过声音。"

对MSF的成员来说，如果有什么问题比问他们为何从事人道主义援助工作更烦人的话，那就是问他们是否害怕丧命。许多人会对风险轻描淡写，辩称因交通意外或可避免的愚蠢行为而丧命的援助工作者要比被地雷炸死、被持枪叛军杀害的多。"开车穿过芝加哥南部时，我的担忧比我在地球上去过的其他任何地方都多。"外科医生布鲁斯·弗兰克说，"大众对安全问题真的有点疑神疑鬼，胡乱想象去到不同国家有多危险，但事实上并没有真正触手可及的危险。"当然，这种说法并不完全正确，但 MSF 的成员都同意的一点是，当他们真的在当地开始做事时，总会感觉没什么危险。宵禁和行事准则给了他们安全感，无论这种安全感是假的还是实实在在的。有时候在医疗诊所或供食中心实在有太多事情要做，根本没时间担心有关叛军来到镇上的传言。资深的团队成员可以敏感地体察到所在地区的情势，即便几英里外的暴力事件也感觉不具威胁性。而与此同时，老家的朋友和家人却常认为整个国家都同样血腥——或者以非洲而言，是将整个大陆都视为一体的。他们问，布尼亚发生了暴力事件，你确定你还要去金沙萨吗？这就像因为底特律的凶案率很高，而不敢走在塔尔萨的街道上一样。

一般人对援助工作者的支持，也夸大了他们对危险的看法，正如他们对警察和消防队员所怀有的同情一样。由于这些工作涉及冒着个人危险去服务他人，人员死亡或受伤登上头条的频率往往高过从事更危险的工作的伐木工人、渔民或矿工。援助工作者因工作而丧命的风险究竟有多高？因为缺乏全面的统计数字，这个问题尚没有确切的答案。虽然援助团体会留有其成员伤亡情况的记录，但很多并未公开。不过，有些研究人员试着分析了可以查到的信息。二〇〇〇年发表于《英国医学杂志》上的一项研究，调查了一九八五年到一九九八年间三百七十五位人道主义援助工作者的死亡，包括当地雇员和驻外人员。这份研究发现，有百分之六十八的人死于蓄意的暴力行为，例如枪击、爆炸或触发地雷，只有百分之十七的人死于交通意外；遇害的驻外人员平均年龄为四十岁——几乎都不是会因粗心大意而犯错的新手。尽管这份研究证实了死亡人数在那段时期有所上升——这是援助界普遍赞同的观点——不过它也指出，救援现场的人道主义援助工作者人数也在增加，所以无从根据统计数字判断当时援助工作的风险是否更大了。美国政府"人道主义信息部门"的丹尼斯·金近来做了一项调查，审视了一九九七年到二〇〇一年间上报的援助工作者死亡案例，也发现暴力事件是主要死因——将近半数的非意外死亡是在土匪或叛军伏击车辆时发生的。

援助工作者也面临着罹患疟疾、伤寒甚至艾滋病的风险。但这些疾病，连同地雷、坠机、流弹，都是 MSF 的现场救援工作者已有心理准备要面对的职业危害。（假使他们天真地没有意识到这些风险，出任务之前也会被要求签署一份令人望而生畏的弃权声明。）他们远不愿接受的是，越来越多专门针对援助工作者的暴力，单挑他们绑架甚或处决。这类个别事件已经存在了几十年，但近年来变得更加频繁，尤其在伊拉克、阿富汗及北高加索，尽管这三个地区的动态各不相同。在伊拉克，联合国人员和红十字会人员都是自杀式炸弹袭击的受害者，援助圈内的许多人相信，这些机构——甚而严守中立的红十字会——之所以成为袭击目标，是因为它们被认为是占领该地的联合部队的工具，而且它们相信这种形象是美国和英国政府有意塑造的战略结果。美国前国务卿科林·鲍威尔提到非政府组织是"我们作战团队的非常重要的一部分"，英国前首相托尼·布莱尔也指出"这场战争包含军事、政治、人道主义三个方面"，他们都强化了援助组织是他们的伙伴而非独立行动者的概念。在阿富汗，发动攻击的通常是遭驱逐的塔利班政权残余分子，包括二〇〇四年六月造成五名 MSF 工作人员死亡的那次袭击；他们希望吓得国际机构永远地撤出该国。而他们也的确取得了些许胜利，令许多组织缩减了自家的活动。塔利班政权最初是在一九九〇年代利用阿富汗人的恐惧和不安赢得了支持，他们重新掌权的唯一机会在于破坏国家及其过渡政府的稳定；如果没有令人讨厌的援助组织从旁提供医疗服务并促使民众生活正常化，他们达成目的会容易得多。到了二〇〇三年十二月，平均每天都会发生一起援助工作者遇袭的事件。

"美国派来了一些军方人员，身穿 T 恤、开着白色越野车到处跑，"肯尼·格鲁克说，"这些人想干什么？在我们看来，他们似乎是在模仿援助工作者，刻意要让阿富汗人认为（援助工作者）可能是军人；这么做是把我们工作的环境搅成一摊浑水。美国人希望我们成为他们的盟友，而我们不想，因为如果我们成为美国军队的盟友，那就等于人道主义精神死了。他们希望伊斯兰激进分子将我们妖魔化，视我们为敌人。而我们不得不想方设法去接触在阿富汗发动攻击的人，无论对方是塔利班残余还是谁，然后对他们说：'我们不是美国人的盟友，甚至没想重建这个国家。我们只想在你们和美国人解决纷争的时候，帮助人们活下来，减轻他们的痛苦。'这就是其他非政府组织和联合国觉得我们难搞的地方。其他许多非政府组织会谈到重建的必要性——呃，我不想投入重建，因为我不想让塔利班认为我是在依照美国的战略重建他的国家。我希望能够坦坦荡荡去找他，对他说：'我们想做的只是让民众活下来，为受伤或生病的人提供医疗服务；我们压根儿没想要建设你的国家，那不是我们的活儿。'"

在北高加索地区，俄罗斯政府同样被指控暗地破坏人道主义援助，不过是基于不同的理由。一九九四年以来，俄罗斯军队和车臣分离分子一直断断续续地发生冲突，军队在试图夺回这个区域控制权的过程中杀死了数万平民。俄罗斯政府并不想让国际组织窥探到这些事件。"我们前往车臣工作，等于是在俄罗斯最痛的伤口上撒盐。"MSF 瑞士分部的前俄罗斯项目负责人说。确保非政府组织因安全疑虑而不敢入境，能使俄罗斯保住既得利益，而绑架、杀害援助工作者是达成这一目标的有效途径。目前还没有证据显示俄罗斯当局曾下令或亲自实施过任何此类袭击，不过 MSF 内部有些人悄悄暗示有这种可能。无论如何，俄罗斯人确实利用了这些事件，一再引用它们来证明这个区域太危险，不适合在此开展工作。"俄罗斯人制造了不安全感，"格鲁克说，"在我被绑架之前，一名俄罗斯将领在电视上称 MSF 是'间谍和俄罗斯的敌人'。还真是会帮忙呢。他们通过这类举动以及不尊重独立的人道主义行动，刻意危及我们的安全。他们从没带着证据来找我们，甚至也没有暗示我们确实如他们所说。他们只是在媒体上放话，所以我们把此举看作是在剥夺我们的正当性，并且明明白白让武装派系看在眼里；我们认为他们已然将我们推入了险境。"

　　尽管冒着这种风险，格鲁克获释后，MSF 仍继续在北高加索工作，二〇〇二年八月十二日，这个组织再次成为袭击目标。担任瑞士分部负责人的荷兰公民阿尔扬·厄克尔在马哈奇卡拉市被掳走了，该市为与车臣接壤的俄罗斯达吉斯坦共和国的首都。没有任何团体主动承认对此事

阿尔扬·厄克尔在回到荷兰韦斯特多珀的家里后向支持者挥手致意。厄克尔在靠近战乱的车臣的达吉斯坦为 MSF 的瑞士分部工作时被绑架。在被囚禁了六百零七天后，他瘦了四十磅，最终在二〇〇四年四月十一日获释。（AFP/Getty Images）

负责，六个月后，连厄克尔是否还活着的消息都没有，他的妹妹罗莎莉在网上发布了一段感人的视频，恳请人们在请愿书上签名，要求俄罗斯当局别再敷衍，加紧调查；这份请愿书最终获得数十万人的签名。

这起案件疑点重重，使得 MSF 怀疑这到底是不是单纯的犯罪行为。两名俄罗斯联邦安全局人员目睹了绑架事件的发生，却没有干预，绑匪还必须通过好几个检查哨，才能将厄克尔带出马哈奇卡拉，而他们似乎轻而易举就办到了。至于特勤部门最初为何要监视一位人道主义工作者，荷兰的《新鹿特丹商业报》写道："厄克尔那周稍早时候请了两位美国军事观察员共进晚餐，随后，达吉斯坦的联邦安全局便盯上了他。"

MSF 多次通过俄罗斯当局收到的照片和录影带，证实厄克尔还活着，调查人员正在和绑匪接触，却没有取得任何进展。二〇〇三年二月，厄克尔的移动电话账单显示有超过五十通电话记录，MSF 将这些号码交给了俄罗斯当局，好让他们能追踪，却被告知"没有获得任何有助调查的信息"。MSF 自然非常沮丧，于是在七月转而求助"对外情报局退伍人员协会"，这个团体的成员为前克格勃特工，是厄克尔家的友人推荐给 MSF 的。绑匪显然听得进这些退伍人员的意见，到了十二月，这个团体宣布绑匪已就释放厄克尔的日期和条件达成一致。"然后他们忽然又宣布厄克尔获释已无可能，"MSF 法国分部的让-埃维·布拉多尔后来告诉巴黎《世界报》，"我们于是中断了与他们的谈判。"

在这桩绑架案期间，MSF 不仅批评俄罗斯和达吉斯坦当局无法解决此案，也批评荷兰政府无力保护其公民。但因为不想破坏谈判，MSF 没有在媒体面前表露它的沮丧。二〇〇四年三月九日，厄克尔三十四岁生日这天，MSF 收到消息说他患有肺部感染，绑匪威胁要处决他，MSF 终于把外交手段抛到一旁。"我们面对的不是一伙躲在树林里的孤立的绑匪，"布拉多尔告诉《世界报》，"我们确定俄罗斯的地方和联邦政府层面的人参与了谈判并正在从中得利。"

一个月后的四月十一日，星期天凌晨，对外情报局退伍人员协会打电话来说厄克尔已经获释，在达吉斯坦等人来接。MSF立刻派出一组人去找他，当天稍晚些时候，厄克尔在莫斯科走出车外，接受记者采访。此时他留着胡子，瘦了将近四十磅，但看起来健康状况良好。"我想感谢上天，在复活节这一天让我重获新生，我感觉好极了。如果我此刻在鹿特丹，我会亲吻大地。"他拥抱了对外情报局退伍人员协会的领导人，感谢他帮自己获得自由；而在这个时刻，俄罗斯国家电视台完全没有这一消息的报道。

对外情报局退伍人员协会究竟是如何设法让厄克尔获释的，而且是在它被认为已经停止为MSF工作之后，这部分答案没人知道。毫不奇怪，没人想讨论是否付了赎金，因为害怕让其他援助工作者陷入险境。然而，二〇〇四年五月二十九日，《世界报》爆料称：荷兰外交部在一桩显然由克里姆林宫斡旋的交易中，支付了一百万欧元换取厄克尔获释；荷兰随后称这笔钱为"预付款"，要求MSF偿还。据这份巴黎报纸称，MSF的官员视此为敲诈：赶快悄悄地付钱，否则我们将停止资助你们。（荷兰政府一直是MSF的一大捐助方，但它无疑对MSF批评过它不作为耿耿于怀。）

至于MSF方面，它声称荷兰谈判代表"在最后一刻"来电说即将达成一项协议，但该组织从未同意向其借款。"他们说：'听着，事情接下来是这样的，你们同不同意？这么做要花这个数目的钱。'"当此事在六月成为全球新闻后，MSF国际理事会主席罗文·吉利斯表示，"我们说：'对这笔钱我们完全没办法说没问题，但当然要这么做，我们希望他获释。'"然而，到了七月，由于争端仍未解决，荷兰政府采取了激进的手段，起诉了绑架案发生时聘用厄克尔的MSF瑞士分部。二〇〇五年四月二十一日，该案在日内瓦开庭审理，拖了近两年后，法院做出了有利于 MSF 的判决；而与此同时，绑架厄克尔的人仍逍遥法外。

这整件事让 MSF 大为失望，因为这使得它们恢复在当地的工作更加危险。"这类事件给整个组织造成了创伤，"肯尼·格鲁克在厄克尔被掳期间表示，"它逼得你怀疑我们是否应该去那个地区。我被绑架之后，很多人都说 MSF 应该离开那里，但撒手不管感觉真是糟透了。"

MSF 的现场工作人员大多从未遭到绑架或肢体攻击，但他们都有认识的人经历过这种事。许多人自己也经历过死里逃生，在这种时刻，他们会认为自己在劫难逃了。现场工作者可能目睹过暴行，或者至少是目睹了暴行的后果，所有人都见证过疾病、饥荒及战争造成的巨大苦难。基于许多理由，他们也倾向于淡化救援工作带来的心理压力。首先，现场工作者对种种状况很快就司空见惯。新手经常说起他们惊讶于自己竟能如此迅速地习惯于听见枪声或炮击。刚开始，恐惧让他们睡不着，后来这些声响变得纯粹是扰民的噪音，到最后竟一点也不会再使他们难安。MSF 的成员往往也不忿于一般人想象他们是在浴血工作，耳边是子弹呼啸而过。当然，实情不止这些——对许多人而言，甚至都不是问题的一部分。无疑有些人会怀着抗拒的心理，不愿意承认情况并非总在他们掌控之中，因为人无法在长期感觉缺乏保障的环境下工作。但做这种工作可能会对情绪造成伤害，即使是对那些在不安全地带的高压力和危险中保持健康活力的人也是如此。

援助圈不是军事单位，无法承受刺激的人——至少是无法继续承受刺激的人，通常不用背负污名。"十年前，"劳埃德·塞德斯特兰德说，"MSF 盛名在外——我不想说那个盛名是所谓的牛仔机构，但传言有个医生在苏联占领期间，骑着驴子花了三天时间非法进入阿富汗境内，在山洞里替人做手术，与外界失联——那时候他们没有卫星电话。所以干这行的几乎一定得是这样一种人，敢说：'我要去那里啰，而且可能会待上好几个月。'你得有点这种心态才行。等你回来了，你就说：'我历经一切，但我没事。'现在是一个完全不同的氛围。"塞德斯特兰德是MSF荷兰分部的应急小组成员，该小组在高危险地区发生最严重的危机时执行短期任务，例如二〇〇三年夏天的利比里亚。他抵达当地后没多久，就看见一个小男孩在离他不到一百英尺的地方被枪杀，子弹从他的下颚射入，另一颗流弹则击中了距他不到十英尺远的一棵树。后来在此次任务期间，一名男童兵对着 MSF 汽车前方的地面扫射。塞德斯特兰德的上一个项目是在索马里，跟他一同工作的助产士被一名军人用手枪抵着头并扣下了扳机。子弹没从枪里射出——只有那名军人知道是子弹哑火了还是本来就没装子弹——但那名助产士的任务到此结束了。MSF 的荷兰分部的心理社会专业咨询团队，正是为这类事件随时待命，他们立刻飞过去与她会面，最后她撤回到了阿姆斯特丹，在那里由该组织提供更长期的咨询服务。

为那些出第一次任务的人准备的预备课程里涵盖了应付压力的技巧，资深现场人员也要接受压力管理方面的进一步培训，包括识别其他人身上的压力征兆。除了应对救援现场严重事件的专业团队外，一些分部还有经验丰富的志愿者组成的没那么正式的"同伴支援网络"，点对点地分配给新手。他们会在任务开始前和完成后通电话，频率视情况需要来调整。当 MSF 的成员接到棘手的任务时，他们很快就会意识到朋友或家人再怎么支持自己，也永远无法真正体会他们当下的心情，因此他们需要和亲临过现场的有经验的人交谈。这个模式并不完美，有位后勤人员表示"不想就这么跟远在几百英里外的陌生人在电话里聊聊就算了"，不过用这种方式好歹能尝试处理直到最近还几乎被漠视的这种问题。

曾在"同伴支援网络"工作的莲恩·奥尔森坦言，援助工作者本身仍不太情愿承认自己可能正在承受着压力。即使他们从未经历过会造成创伤的事件，援助工作经年累月的影响也会逐渐侵蚀一个人。"我还是认为我们有种阳刚气魄——我们不屈不挠，我们有英雄气概，我们是援助工作者，我们可以去任何地方，做任何事。因为有这么多个性坚毅的人最后都来为 MSF 工作——这是一份危险的工作，不喜欢高风险的人不会去做——我想人们会认为：既然你这么强悍，这么坚毅，应该能自己搞定，你知道你自己的极限在哪里，那只要别超越极限就好。但人未必总是知道自己的极限在哪，也未必总是知道自己已经过了临界点。你未必总是会注意到自己已经两个星期没睡好觉了，或是瘦了十五公斤，或是晚餐时已经从喝一杯啤酒增加到了两杯，然后开始喝起威士忌。"

喝酒，还有没那么常见的嗑药，是 MSF 的一些成员在救援现场应付焦虑或空虚的方式。一名项目协调员忆起自己是如何在西非的一次艰巨任务中不知不觉染上酒瘾的。"我们并不是每天晚上都酩酊大醉、每天早上醒来还宿醉未消，但就是喝得比正常分量多了那么一点，正好够上床呼呼大睡的，我们没有别的事可做。然后，我们就这样从几天如此变成了几周如此，从几周如此变成了几个月如此。我把这个问题告诉了任务负责人，我说：'听着，你需要和大家谈谈喝酒的事，我也是其中之一，我和其他人一样犯了错，事实上，我觉得是我带的头，但我们得想想用什么来代替冰箱里的啤酒。'"

尽管 MSF 尽力帮助其工作人员重新适应居家生活，但有些人认为 MSF 往往没有充分评估工作人员是否已经准备好执行另一项任务，就派他们去填补空缺。奥尔森记得她有天重读自己的日志时，惊讶地发现自己写了那么多积极的经历，因为她脑中浮现的净是消极感受。"你需要时间反思什么是好的，什么是坏的；因为假如你在执行下一趟任务之前不摆脱掉坏东西，你就会带着它们上路。我认为很多人太快执行下一个任务，没有机会在家减压。他们在家待两个星期，然后又继续出任务。这样不对，应该待一个月，六个星期，甚至一个夏天，花些时间重温你和家人朋友的关系，找回你的能量。人手总是缺的，组织也永远会说：'你准备好上路了吗？'这让人很难说不；你越资深，他们越会催你。"

布莱恩·菲力普·穆勒对此倾向于认同。当他完成在乍得的一次艰巨任务后，MSF 建议他休息几个月，却几乎是立刻又打电话要他前往加沙。穆勒坦承自己有时候觉得 MSF 把有经验的工作人员逼得太紧了。"但我也不是时时都这么想。我认为这是必要的，因为现今世界太多地方有人道主义需求。我最后是否会精疲力尽还很难说，我不希望发生这种事情，但我加入这个组织是为了努力工作，贡献我的一切，我对这一点没有犹豫。某种程度上，一旦你开始担任现场协调员，就需要有那种担当和奉献，否则为什么要去做呢？这不是度假，我们不是为了海滩和啤酒来这儿的，我们一天工作十四、十六或十八小时，一个星期工作六七天，但我们就是因为这样才来的。"

另一位资深的非医疗工作者就没那么宽容了。"这就是 MSF 真正糟糕的地方——它似乎并不在意为它工作的人，这也是我对这个组织最大的不满。拜托，他们可以多关心我一点吧。他们拿我当柠檬一样压榨，榨完就往身后一扔，等到缺人手的时候又来求我去做事。他们并没有真的努力把工作做到人身上，设法发挥我们的才能。也许有一点啦，但这完全要靠你在办公室时培植的人脉。"有些人抱怨营运部门的人员流动率高，这意味着在出发前向他们做简报的人，到了他们任务结束时往往已经不在那里干了。他们完成任务回来时有满肚子的话想说，无论是有关项目的还是个人经历的，却觉得这个把他们派出去的组织对他们漠不关心。

当然，有人年复一年地接二连三出任务，不是被 MSF 总部推上飞机的，而是他们自己做出的决定，但在某种程度上，这样的决定多半是出于惯性，出于逃避其他选项，而不是主动积极地选择了这种生活方式。"有天我和 MSF 法国分部的人开玩笑，"一位人道主义事务工作人员说，"她差不多四十岁，她说：'你知道，我已经干了十二年。'我告诉她，我觉得当你过了一定的年龄，就会跟 MSF 绑在一起。有些人有具体的目标，他们说：'我三十四岁了，我想有个孩子，我想住在某个地方，我想拿更多的薪水。'后来却变成了：'我并不是真的需要有个孩子，我并不是真的需要房子。'然后过着过着就到了三十八九岁，然后余生就都给了 MSF。"

"你确实会看到有人待得太久了。"塞德斯特兰德同意这种说法，"他们认为：'我已经过了那个阶段，现在已经没法安定下来了。我没办法有孩子，所以就继续做下去吧。'你会看到人们筋疲力尽、心生倦意，这些人不一定要停止做这工作，但应该停止去救援现场工作。有些人意识到这一点时已经太晚了，有人精神崩溃，而援助机构不喜欢谈论这种事，不想承认自己旗下有人可能会崩溃。我自己也在救援现场见过这种事，看过同事崩溃，康复需要很长的时间，因为届时他们不得不回到自己的家乡，回到那个社会中间。"

有人可能以为回到家乡，回到自己关心的人身边，那就是自己想从救援现场引发的压力中复原期间想待的地方。恰好相反，大多数人都说出任务比回家容易得多。"MSF 擅长让人准备好去某个地方，"彼得·劳伯说，"你也会自发地准备好。你心想，好吧，我得让自己适应一种新文化、一个新地方，于是刻意去思考这件事。但没人刻意思考回家需要做什么准备，因为那是家。我去过阿塞拜疆，我在那个真的什么都没有的地方待了九个月，那是个破败、荒废、行将土崩瓦解的地方。当我出了阿塞拜疆，三十六小时后，我回到了加州南部。我记得非常清楚：我站在超市的蔬果区，惊到下巴都快掉下来了——那儿的苹果种类多得数不清，我简直说不出话来。我就这么带着震惊在超市中走着。

"我去看望一位阿姨，我们沿着街道散步，在一间餐馆后门外放了些箱子，里面是他们丢弃的蔬菜。我看着那堆甜椒——每个都只有那么一小点碰伤，就被扔了；它们每一个都比我之前在市场上买到的最好的蔬菜好上太多了。我甚至没听见我阿姨在说些什么，沉浸在目瞪口呆中。马路这么平坦，你扭一下旋钮就有热水，好神奇，真的好神奇。你知道电影《荒岛余生》里，汤姆·汉克斯在旅馆房间不停地开关那个电灯开关的情节吗？我看到那一幕时说：'我知道那是什么感觉。'你简直不敢相信只消按一下开关，房间就亮了。

"我回到家，真的没办法融入这些。某些任务过后，我有几个星期或几个月的时间不好相处。我会骑上摩托车，带着睡袋和几本书，离开六个星期，在此过程中让自己变得有一点点彬彬有礼。从索马里回来后，我根本就是个刻薄的混蛋——我讨厌周遭的一切，没法做个好人。"

劳伯回忆起那些比较有经验的团队成员是如何设法帮他准备好重返家园的。"我在 MSF 上第一堂训练课的时候，那里流传着一个笑话，叫作'新冰箱综合征'。你即将去出任务，然后回到家，和家人一起坐在餐桌旁，你想告诉大家有关你这次任务的一切——你看见了什么，腐败、死尸、开心的事，而你的妈妈会看着你说：'嗯，这样啊。我有没有告诉过你我们买了个新冰箱？'"

对 MSF 的成员来说，往往最难处理的就是家人和朋友的这类反应。聚会上的每个人都想听他们的故事、看他们的照片——几分钟而已。过不了多久，这些听众的眼神就会变得呆滞，心里想着刚刚经过的鲜虾盅。"当你回家时你会怀念的事情之一，"莱斯莉·桑克斯医生说，"就是你曾和一群人一起工作，他们都在专注于提升民众的健康，改善状况。然后你回了家，发现没人在意这些。即使在你离家期间你会想念家人和朋友，但回去是很困难的，因为大家不理解——有些人是不想理解，有些人是没法理解。你也可能会觉得讲太多给他们听他们会受不了，你很难待在一个你因为怕对别人造成创伤而不能把自己的经历告诉他们的空间里。而这些还是感兴趣的、想听的人，除此之外，还有很多人甚至无法在地图上指出你去过的地方。'那里在哪个洲？哦，原来那里还在打仗啊？'而你刚刚目睹过有人在你眼前被屠杀，但即使你去过那个地方也无法激起亲朋的兴趣。"

有些返乡的驻外人员渴望分享他们的故事，增强本国同胞的意识。然而这些人很快就意识到，一般人不想听人说他们应该觉得自己有多幸运、自己的烦恼有多么微不足道。当他们冲马桶时，他们不想被提醒在某个遥远的地方，有些难民一整天也分配不到冲一次马桶用掉的那么多水。还有一种不好的可能，那就是让人觉得你认为他们的整个人生放纵而又轻浮。"让自己重新回到自己以前了解的生活并不容易，"帕特里克·勒缪说，"因为变化真的是翻天覆地，一切看起来都变得无关紧要。你听你最好的朋友抱怨，你的反应是：'是哦，那又怎样？'你听到电话响会心烦意乱；在这个层面上，你几乎变得反社会了，至少以西方标准来看是这样。但这种现象会逐渐消失，然后你就学会在出下一个任务时别再那么感情用事。朋友告诉我：'帕特里克，你变了。头一回你总是抱怨，告诉我们应该为这个或那个感到内疚；你会说我们还是坐公共汽车，别叫出租车。现在你看起来比较平和了。'我认为他说得没错。到了出第三或第四次任务时，你就比较容易调适了，比较容易接受这些不公平，比较容易接受一般人对你做的事情只有转瞬而逝的兴趣，因为他们无法产生联想。有些人尝试去理解，而且确实花时间去看你发给他们的照片、视频，他们比较有想法，但这些人没有……"他的声音低了下来，"不管怎么说，他们还是对你的故事感兴趣的。"

马西米兰诺·柯西回忆了一下，说他在意大利的一些家人根本没法理解他和MSF在做的事。"有天我那快要九十岁的祖父问我：'马西，你能告诉我你为什么要去非洲出这些任务吗？第二次世界大战期间，我们还去非洲杀过这些人。'所以他一直搞不懂。他会说：'如果你想去国外，你可以去法国。'我父亲为我的选择感到骄傲，我母亲担心我的安全，但她的自豪多过担心。不过刚开始时，他们不想多谈，不想知道我的生活是怎样的，他们想谈论天气、食物、女人。

"我出完第一次任务后，朋友们真的很感兴趣，我也开心他们有这么多问题想问。等我出完几次任务了，他们的问题还是那些，所以我就明白了他们根本就没弄懂。他们的问题有时候好空泛，但不是因为他们不聪明或者不感兴趣，纯粹是因为他们离那些现实太远了。从电视上你是闻不到血腥味的，你也闻不到一个逃亡了一整夜的男人身上的汗味，闻不到发生霍乱的难民营里的气味。最初的四五年过后，我就不想回欧洲了。我真的排斥回欧洲：我认为真烂，这些人什么都不懂。他们每天只是去办公室，然后回到孩子身边，晚上看电视，吃意大利面，他们唯一的烦恼就是周末要做什么，和我面对的问题简直天差地别。我批评了很多人，包括我的朋友，所以我决定休息一阵子，因为我不想变成那样。这样不对，没人逼我这么做。

"当时我有个女朋友，我就去和她一起住。我想休息一下，想待在欧洲，想重温自己过去拥有的生活。我想过得快活，但我办不到。我怀念一些东西：肾上腺素，出任务的兴奋感。我怀念一起出任务的朋友，还有我们共有的强烈而深刻的情感。在出任务时，你晚上和朋友喝着啤酒讨论事情，然后你回到自己的国家，发现你不能讨论这些不寻常的事。我住在女友家，但六个月过后住不了了，因为她想要孩子，想要好房子、一个正常的生活。所以我们分手了，我再次离开。我又花了两三年才明白自己必须找到一个平衡点，现在我出时间比较短的任务：短期任务是我的解药。"

克里斯·戴伊说，重新适应的过程会因你的经验和任务难度以及你回家后做什么而有所差异。一位 MSF 的同僚给了他一个建议："他说：'别回到你认为舒适、熟悉的生活模式，因为假如舒适、熟悉的东西都让你觉得陌生，日子真的会很难挨。去做点完全不一样的事情，完全脱离你习惯的文化模式。去参加拖拉机大赛！"住在南加州查尔斯顿的戴伊说，你绝对不会想去的地方是消费天堂。"从塞拉利昂回来后真的很难挨，感觉糟透了。我回来时在纽约待了一个月，那里不是我该去的地方，感官负担太重了。一个月后，我出现了压力性斑秃——掉了好些头发。在纽约，你会想干脆在身上别几张二十元钞票然后出门，好让别人把钱从你身上拿走。我的压力有很大一部分是财务烦恼，因为在MSF，没人看重钱。

"从象牙海岸回来后，我只有一天过得很糟。导火线是我需要买一条牛仔裤，所以去了查尔斯顿的购物中心。当你刚从非洲回来，又赶上圣诞节前后，那可不是个好地方。我真的觉得：'啊，我不该来这儿。'过得很糟的时候，是我觉得周围的人认为重要的事情和我用生命去完成的事情简直格格不入。人们通过他们消费的东西建构他们的身分，每个人都结婚、买房买车，我却没有，让我开始纳闷：'我是不是应该那样做？我是不是该弄个共同基金？'你开始恐慌，认为：'我的老天，我做错了，我被大家甩在后面了。'你惊慌失措，因为你离无家可归只一步之遥，但这种情绪仅有一天。"

从救援现场回来的医生和护士可能还多了一层障碍，那就是重新适应他们的医疗环境。在发展中国家，每天都会看见有病人步行数小时来到医疗中心，病情却严重到没有指望救活。然后他们回到家乡，回到那些净是流着鼻涕的病人的候诊室。对某些人来说，这根本不算问题。"我压根儿不觉得那是问题，"一位医生说，"因为我们身为医生，就是要处理病人觉得哪里不对的毛病，而病人的困扰会扩大，影响到他们的生活。所以，很抱歉，这里就连趾甲内生都是件大事，和第三世界的任何疾痛不分伯仲。我的工作不是判断病人的困扰够不够严重。"另一位医生坦承，他的MSF之旅使他对西方倾向于如此积极地治疗绝症产生质疑，但这并没有影响到他平日对病人的照护。"当我看见扭了脚的孩子，我不会说：'你来干什么？要是你在难民营的话……'那样讲有什么意义？两件事完全不相干，你得克服这一点。"

其他人却发现自己没那么容易在两个世界间来去自如。"我在一家儿童医院的急诊部工作至今已经三年，"住在魁北克的莲恩·奥尔森说，"打从第一天到现在，父母们对医疗照护抱有的快餐式心态始终让我不快。'我只有十分钟，你可以现在看看我的孩子，治好他吗？我约了人。'你哪里来的这种自以为是和自私？这儿还有病得很重的孩子，但他们不在乎，只希望医生立刻给他的孩子看病。头一年很糟——我实在不知道自己待不待得下去。结束 MSF 的任务后，我到荷兰为难民服务过，来这里是我回来后第一次回到医院工作，打击真的很大。有些时候我不得不咬紧牙关以免自己脱口而出：'你知道，你们的医疗照护是全世界数一数二的，而且不用花钱，所以闭上你的嘴吧。'有时我讨厌去上班。"

当护士卡萝尔·迈柯麦可从非洲回来，到位于北极圈内的加拿大北部一个小社区工作时，也碰上了自己的难题；药物滥用的情况在那里很普遍。"我喜欢照顾那些没对自己做过这种事的人，我也真的难以应付和酗酒有关的事——有人喝醉酒半夜打电话给我，对我又是吼叫又是咒骂。我从布隆迪回来时，比现在更难忍受这些事情。我记得自己对病人完全没有同情心，真的不得不隐藏这种心态，因为我可能会给自己惹上麻烦。我确实对某些病人这么说了——我得管好自己的嘴巴。但后来慢慢好了，我只是会想抓住他们的衣服，摇晃他们，说：'你真他妈的幸运。你能过正常生活，身体还算健康，不用每天冒着中枪的危险，可以接种疫苗预防脑膜炎。'他们不知道自己有多幸运，他们不善待自己，也不善待他人。"

安顿下来后不久，迈柯麦可发了一封电子邮件给一位同僚：

上星期二，我们这儿发生了一宗谋杀案，是五年来的第一宗——对一个八百五十人的社区来说还不算太糟。我为那名已没有生命迹象的男子施行心肺复苏术时，惊讶地发现自己好漠然。这名男子攻击别人，然后胸口被对方捅了一刀——两人都醉得够呛。后来，当我们宣告这名男子死亡时，我既不同情他，也不同情他的家人，没有丝毫难过；那晚和我一起工作的两名护士则吓坏了。第二天，当院方向我们"询问情况和提供心理咨询"时，我差点笑出来。过去那个贴心而敏感的我怎么了？我一直害怕自己回家后会有这种反应。我在布隆迪的时间开创了一个先例，重新定义了什么事情重要、什么是真正的苦难。不是那个因为和人打架而头部挂彩需要缝合的男人——他自始至终都叫我臭婊子，也不是电话中那个连续喝了六个星期的酒这会儿呕吐不止想要几片安定的人，更不是那个因为十二岁就开始抽烟而咳个不停的女人。我对这些病例已经没有了耐性，却越来越擅长假装我在乎。

纵使其他人不理解，MSF 的伙伴也一定能懂。"我从尼日利亚回来，那次是个极端残酷的任务，"彼得·劳伯说，"那个可怕地方真是一团糟——同时却又很美妙，我的脑子里和心里无比充实。我坐在桌边，我的家人说：'跟我们说说尼日利亚吧。'我早该知道别说比较好，但仍然情不自禁地说：'卡杜纳的北部发生了冲突，那里有人在别人头上套轮胎；然后在比亚法拉是这样这样；还有在拉各斯，你不会相信贫民窟是那样的。'而我母亲千真万确坐在那儿说：'真不得了耶。对了，我有没有告诉过你，我们买了新冰箱？'我对天发誓这是真的。我简直不敢相信，心里想着：'MSF 那些家伙真的说对了。'"

第十章　你不能指望医生去阻止种族屠杀

　　赫南·德瓦尔瘫在 MSF 位于坎大哈的一间房舍的电视室里，回想起自己加入 MSF 的原因。这位阿根廷人权律师极富幽默感，曾和好几个援助组织合作过，包括"儿童救助会"和乐施会，但他说"只有 MSF '有种'叫其他所有人滚开"。

　　这种口舌之快使得其他援助组织对 MSF 的看法是傲慢、自以为是、总惹麻烦。无论如何，身为阿富汗与巴基斯坦项目的人道主义事务官员，德瓦尔的职责之一是设法确保其他组织——联合国难民署、阿富汗和巴基斯坦两国政府及外国捐助者——做的是 MSF 认为对民众最有利的事，如果它们没有，他就公之于众；这是 MSF 所称的"倡导"（témoignage）的一部分。

　　témoignage 字面上的意思是"见证"，不过更常翻译成"倡导"（advocacy），但就算这么译也没有捕捉到这个词的微妙之处，所以 MSF 成员一贯使用这个法语单词，无论其母语是否为法语。这个组织的主要角色始终是提供医疗援助，虽然"倡导"只占了其活动的一小部分——二〇〇八年的花费不到其营运成本的百分之四——却是表明该组织身份的重要组成部分。一名 MSF 成员这么解释："黑猩猩的 DNA 有百分之九十八和我们一样，témoignage 就像那另外的百分之二，让我们和其他非营利组织有所区别。"这个理念可以一路追溯到伯纳德·库什纳和比亚法拉，尽管不容易得出定论，而 MSF 也承认这是大家持续争论的一点。公开发言的尺度莫衷一是；各人对于什么时机恰当，都有自己的说法，各分部的主要观点也不同。MSF 的法国分部可能是对这个理念最有共鸣的分部，曾在法国分部担任主席的让-埃维·布拉多尔认为，把提供医疗援助和倡导视为完全独立的两种行为，会造成误解。"就我看来，说和做之间没有这么大差别。在某种程度上，我认为我们始终直言不讳。"他提出了这样一种观点，即一个国际性非政府组织只要在场，就能对不公不义多少发挥点威慑作用。

然而，直言不讳是要付出代价的，不仅会引发其他组织的反感，也违背了人道主义的支柱——中立原则，让在实地工作的团队面临着遭到报复的风险。举例来说，在苏丹的达尔富尔地区治疗了数百名遭残忍强暴的妇女和孩童后，二〇〇五年三月，荷兰分部针对这些暴行发表了一份报告，这份八页的文件没有指名道姓地责怪喀土穆当局，却描述了大多数施暴者穿的是怎样的军装，并表示地方当局对此听之任之。苏丹政府要求该组织为种种指控提供证据，在没有得到满意的答复后，逮捕了两名 MSF 的工作人员：保罗·福尔曼和文森特·霍德，并指控他们二人犯有危害国家罪。起诉后来撤销了，但人权组织有报告称在该国服务的援助工作者经常受到苏丹军队的威胁。对 MSF 历久不消的怨恨甚至可能是导致二〇〇九年劳拉·阿彻及其同事在达尔富尔遭绑架的原因之一。

布莱恩·菲力普·穆勒说自己之所以加入 MSF，是因为该组织致力于人道主义理想。"我一读到 MSF 的宪章，就做出了决定。未来我可能会想替其他非政府组织工作，但除非组织强迫我离开，或者我得用双手和膝盖爬着走了，否则我会一直待在 MSF。"然而，他坦承二〇〇八年两次在加沙出任务期间，自己曾挣扎过是否要放弃这些理想；那一年，以色列国防军对他们所宣称的军事目标发起了"暖冬行动"。"当你发现百分之六十的受害者都是妇女和孩童时，你会得出自己的结论。"穆勒说，"我发现很难保持公正和中立。我很想回到加沙，不过实际上

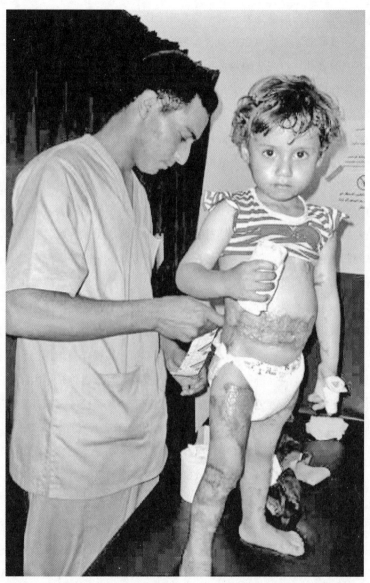

自二〇〇〇年以来，MSF 就一直在加沙地带工作，治疗在与以色列国防军持续冲突中受伤的巴勒斯坦平民。这个孩子在二〇〇九年六月的一次袭击中被烧死。（Isabelle Merny/MSF）

我得再花两三年才能重建我的中立心态。我觉得这很正常：如果你站在栅栏的某一侧，就会从这个角度看事情。"

处理自己的情绪已经够难了，但在加沙期间，穆勒记得该组织本身也几乎跨过了中立的界线。二〇〇六年六月，巴勒斯坦激进分子掳走了以色列士兵吉拉德·沙利特，之后一直将他扣留。由于沙利特拥有法国公民身分，法国的外交官一直在参与让他获释的谈判。如今有人代表沙利特的家人找上 MSF 的巴黎办事处，要求 MSF 出面转交一封信给这名年轻士兵，并设法了解他的状况。"这么做对现场团队来说可能是非常危险的，"穆勒说，"而且有可能破坏我们的中立。我们在救援现场面临的问题是：一名以色列士兵遭人扣留在加沙地带的某处，隔离墙的以色列那一侧却囚禁着一万两千名巴勒斯坦人。我们要去关心一名以色列士兵的福祉和健康，而不管那一万两千名巴勒斯坦囚犯的死活吗？"穆勒想知道 MSF 的诊所里的巴勒斯坦病人会怎么看待这件事。"我们付出了很多心力才和加沙的各个政治团体建立关系，让他们同意我们进驻这里，而这一切努力可能只消一个周末就给毁了。最后，他们听取了现场团队的意见，我们 MSF 没有插手这件事。坦白说，在我执行的七次任务中，那是唯一一次我们差点要违背中立原则。"

以巴冲突在该组织内部掀起了一些论战。有人质疑，如果 MSF 是中立公正的，为何只在巴勒斯坦境内工作，而没去照顾以色列平民？穆勒说，该组织曾经考虑进驻加沙边境附近的斯德洛特和亚实基伦，这两个镇子经常被巴勒斯坦激进分子发射的火箭击中，但当他们发现这些城镇的居民已获得足够的照顾后，组织便打消这个念头。"从现实上来说，以色列境内没有需求。但加沙有需求，之所以有，是因为国际法遭到破坏。MSF 选择援助巴勒斯坦人，并非因为他们是巴勒斯坦人，而是因为他们有医疗需求。"

穆勒和他的团队在到加沙的病人跟前之前，必须经过重重关卡，这令他经常感到沮丧。"任何人出入加沙地带都得有通行证，而以色列可以延迟发放通行证。他们决定谁可以进、谁不可以进：你可能要花三个月时间设法为某人弄到一张通行证，而别的人可能四天就拿到了。那不是国界，但当你通过唯一一个允许人道主义援助工作者进出的过境点艾瑞兹时，他们对进出加沙地带的每件东西都要盘查。我一生中去过很多地方，但那是我至今去过的最难进的地方。真的很难熬，要脱衣搜身很多次，有三回我们穿过艾瑞兹过境点时火箭弹、迫击炮正从我们头顶上飞过。有几次我们还被扣在了艾瑞兹，被搜查和盘问了六七个小时。"

偏离中立的后果对驻外团队而言已经够严重了；然而对他们所服务的民众来说，下场可能还要可怕。一个国际团队可以在情势变得危险时撤出，但它的当地雇员就没有这种福分了。一名 MSF 成员还记得自己在哥伦比亚时一起工作过的一个过度热心的项目负责人，这个"笨家伙"说要带着一份他亲眼见证的侵犯人权事件的清单去找媒体。"当地雇员大惊失色地说：'如果你那样做，明天他们就会杀光我全家。'"

在 MSF 公开抨击某个当权者的极端情况下，他们必须撤离这个国家——一九八五年在埃塞俄比亚、一九九八年在朝鲜就是这样的。他们所服务的民众，无论有多么不尽人意，也只能就此丧失医疗照护，所以公开谴责是最后一招，是在其他方法都行不通的情况下怒不可遏地孤注一掷。引起世人对侵犯人权行为的关注并非 MSF 的核心事务，这属于"大赦国际"或"人权观察"之类组织的职责范围。但当受苦的民众需要的不只是医疗照护，周遭又没有其他组织能够发声，或者医疗援助遭滥用时，MSF 会扩大自己的管辖范围。"朝鲜发生饥荒期间，"罗尼·布劳曼说，"我们发现我们带去的一切，无论是医疗服务还是高蛋白粮食，都被当地政府滥用了，没有用在受害者的身上。"与其被操纵，MSF 宁愿选择将团队撤离该国，公开揭露当地情况。"我们的想法是，承受一个非政府组织的言之有据的批评，是要付出公众形象上的代价的。因此，我们可以建立某种去制衡它的力量——我们没有武器，我们没有任何东西可以用来威胁这个国家，但我们可以破坏它的形象，可以削弱它。"

布劳曼也认为，当 MSF 是对平民犯下的大规模罪行的唯一目击者时，它有正当理由公之于众。这种情况在二〇〇二年的安哥拉发生过，MSF 是战争结束后第一个进入某些地区的非政府组织。"我们撞见大批民众处于骇人的状态：饥饿，由于强迫劳动、奴役、强奸等可怕的境遇而极度虚弱。政府军和游击队都把这些民众当作奴隶，我们是这一切的唯一目击者，所以我们认定自己必须揭发这件事，因为如果我们什么都不说，就没有其他人会说了，而我们不能咽进肚子里，当什么都没发生过。"

MSF 的倡导工作还带有实用性，赫南·德瓦尔在为流离失所的阿富汗人服务时，就体现了这部分。在那里，MSF 再度被批评说它自诩为民众福祉的守护者，以为自己总是知道怎么做最好。针对这一点，德瓦尔也再次打出 MSF 的王牌：自行筹措大部分资金所造就的独立性。"做这份工作，你大可以说：'我是在为民众发声。'谁能说你这话不对？你可以真的在跟人开会时说：'我们并不是因为想向联合国难民署要更多钱才要求为这个营地提供更多的水，而是因为民众需要喝水。'"他说其他非政府组织会勉强承认，他们希望自己也能无所顾虑地说出同样的话，但生怕失去联合国或政府机构的合约。"他们会私下告诉你：'我们同意你们说的，我们认为这才是正确的原则，但我们的薪水是他们发的。'"因此，曾撰文批评援助机构怎么会被资助者的利益左右的记者大卫·雷夫，就说 MSF "让其他团体既羡慕又嫉恨。重要的是，它是人道主义世界的良心"。

二〇〇二年三月，联合国难民署、阿富汗及巴基斯坦政府开始大力协助数十万阿富汗难民回到家园。到了二〇〇三年八月，已有大约两百三十万人从巴基斯坦和伊朗返乡，之后每周约有一万人返乡。表面上，这听起来像是个好消息，但根据 MSF 的说法，并非所有人都是自愿迁移。"MSF 一直反对将阿富汗人遣送回国，而且是大声疾呼，因为我们认为时机还没成熟。"德瓦尔说。维护国际难民法，是联合国难民署的正式权责范围之一，难民法中规定难民有权不接受违背其意愿的遣返；假使 MSF 认为联合国难民署没有恪尽这份责任，就会大声地宣之于口。

巴基斯坦的难民数量已经超出了它自认所能负担的量，二〇〇二年二月，它关闭与恰曼的边界。约有两万五千名阿富汗人被困在一个后来被称为"等待区"的三不管地带。"一场关于他们身份的空洞而可笑的大辩论开始了，"德瓦尔说，"这场讨论围绕着一小片沙漠展开，那一整个空间距离两国边界不到三百米。"简言之，等待区中的民众需要食物、水及医疗照护，MSF 说没有人想要提供——阿富汗不想，巴基斯坦不想，联合国难民署也不想。"各方都以一种自己可以不必提供援助的方式来解读这个状况。"

联合国难民署和两国政府都声称，对他们来说，那个临时设立的等待区完全没有正式难民营该有的服务——这一点简直连 MSF 都必须认同。水必须通过卡车运进来，卫生设施不足，整片区域都很危险，因为联军和死灰复燃的塔利班在邻近的城镇交火。二〇〇三年五月，等待区的难民面临抉择：是返回家乡，搬到穆罕默德基尔（一个较为深入巴基斯坦境内的营地），还是接受重新安置，去阿富汗边境新盖好的扎雷达什特难民营——在那里他们将被归为境内流民，而不是难民。大批民众于七月离去，近一万一千人最终在扎雷达什特落脚，大约七千八百人同意迁往穆罕默德基尔，在那里他们会因为有正式的难民身份而获得食物和其他援助。

重新安置解决了 MSF 的一项顾虑，但截至此时，难民已经在等候

二〇〇一年末美国领导了对阿富汗的袭击，随后数百万平民被赶出家园。数以万计的难民最终流落到阿富汗和巴基斯坦边境的一个难民营集中区，MSF 在其中一些难民营中提供服务。（Cyrille Noel／MSF）

区待了十五个月，人们刚刚开始适应那里的生活。德瓦尔说，由于那里非常靠近恰曼和斯平布尔达克等城镇，有些居住者甚至已经找到了工作。"讽刺的是，当人们终于找出了生存之道，适应了那个地方，建起了自己的泥屋，在市集打起了零工时，却被告知必须马上离开那里，再搬进其他临时定居点——不是什么持久的解决方案，只是又一次重新安置。"MSF 称这些民众是被操控了。"有些推力在压制民众自由选择的能力：为了获得食物，你必须登记同意迁移。不过，当我们发现迁移这些民众的决定已经不可逆转时，MSF 决定把精力集中在控制损失上，着力于倡导如何进行重新安置，并设法替难民争取最好的待遇，因为在那个时间点我们已经做不了其他任何事了；虽然大多数民众都想留下来，那这已经不是可选项了。"

"二〇〇〇年十二月八日晚上八点半，我们遭到了政府军的袭击，他们把我们当成叛军，但他们主要是想偷东西。"一位刚果青年在多伦多市区的礼堂里，对着一小群观众用悦耳的声调念出了这段话。他正在口述的段落出自在刚果民主共和国工作的 MSF 团队收集的多篇证词，故事的主角是加丹加一位有三个孩子的父亲安德烈。"他们抢走了我的自行车，逼我那加入红十字会的外甥交出药品，拿走了我小弟裤子上的皮带。士兵们打我。承认是我们自己的士兵殴打我们很让人难受，但这是真的，事情就是这样。"

那晚在场的观众就算知道刚果民主共和国有战事持续，也多半不曾听闻亲历者的故事。MSF 有一些最大规模的医疗项目就是以刚果为大本营的，根据当地一位 MSF 成员的说法，那是"我们这个时代最严重的人道主义灾难之一"。然而，那里每年都会出现在 MSF 统计的全球范围内人道主义事件最少被报道的国家名单上，即使是当非洲内战在西方世界成为新闻，伤亡人数多到统计不过来的时候——数百万人流离失所，数十万人遇害。有时，"倡导"与其说是改变政策，不如说是单纯替像安德烈这种受苦的个体发声，避免大众误以为刚果民主共和国及其他饱受战乱蹂躏国家的人民已经习惯了暴力而不像西方人会感到那么痛苦。"那完全是胡说八道，"到该国出过三次任务的一位 MSF 医生说，"不同的是，他们没有放弃。"

MSF 的倡导活动根据的是第一手的观察，而不是根据其他团体的报告，并且有可靠的证据支持。事实上，该组织已经逐渐培养出了在紧急情况下追踪疾病爆发、做营养调查及搜集流行病学数据等方面的专业能力。一九八七年，MSF 创立了名为 Epicentre 的咨询机构，总部设在巴黎，为其他非政府组织提供前述服务。没人质疑这些资讯的价值，但在 MSF 内部有人认为这种类型的"倡导"过于技术化，偏离了人道主义的一个基本原则：人道主义是对苦难的同情反应，无须借科学来证明其正当性。"现代生活远比 MSF 的做法走得还要远，有一种倾向，就是过度重视可以量化的事物。"理查德·贝德尔说，他曾为 MSF 的荷兰分部担任医学伦理顾问，"现代理性思维中有一种观点认为，可以量化的事物多少比较稳当且可复制，比任何无法量化的事物都更真实；这是一个没有经过验证的假设，认为能够量化和计算的事物可能更优越。"

假如法国分部一向以充满热情地展开行动的形象示人的话，那么荷兰分部则最有可能偏向于贝德尔警告的过于实际。"我现在觉得，相较于一九九六年我刚开始在总部工作时，荷兰分部更贴近 MSF 的核心理念。"他说，"当时我觉得他们正在危险地偏离宪章中的某些核心议题，朝着某种类型的公共卫生的方向靠拢。他们有很多公共卫生领域的好主张，也有很多好方法，但忽略了 MSF 在伦理上很看重的许多东西，例如对特定个体的关切。假如你过度强调公共卫生的角度，就可能丧失某种留存于 MSF 的经久不衰的观点中的东西。"

立足当地，直接和病人及其家属互动，也是 MSF 的经典观点之一，这种做法是对医疗团队成员的挑战，要他们暂时搁置自己的价值判断。贝德尔回忆起他在塔利班统治下的阿富汗运作项目时，碰上的一个拒绝让男性护理员治疗自己妻子的男子。"重要的是提醒自己，若非在最离奇、最极端的情况下，一个男人是不会想伤害自己的妻子的，也不会想眼睁睁地看着自己的妻子死去，哪怕是在阿富汗。他只是看不到自己选

MSF 在巴基斯坦马尔丹地区的诊所于二〇〇九年开业，设有产前护理和一间产房。在某些文化背景下，为女性提供医疗保健可能是一项挑战，驻外人员必须小心地尊重当地信仰。（Jean-Pierre Amigo）

择的后果，我们不能忘记这一点。就算不能理解，我们也不能忘记尊重
别人，因为想要改变对方的立场却不尊重对方是行不通的，胁迫、嘲弄
绝对没用。我并不认为这一点我们做得很好。大多数人第一次出现场任
务前都会上预备课，这些课程里会大致揭示一些文化差异的现象，但即
使我们尽了最大的努力，也还是会碰上自己没预料到的情况。所以，你
需要让你的人具备一定的学习态度，愿意去观察、倾听和学习。"

　　驻外的人道主义工作者能否在面对他们要援助的对象时表现出真正

MSF 的目标之一是促进不同文化之间的团结。在巴布亚新几内亚的塔里，一位美国后勤
人员向一位胡里族人致意。在 MSF 的人二〇〇八年九月抵达这一偏远地区之前，这家
医院已有超过十五年没有医生了。（Helen Patenburg/MSF）

的同心同德，是个很大的问号。"我不像 MSF 的许多人那么肯定。""无国界医生基金会"的研究主任费欧娜·泰瑞说，这个组织是 MSF 设于巴黎的智库，"我不知道穿着 MSF T 恤的人在场是否会让我感觉好些，这种同心同德的概念让我觉得很不舒服，我认为 MSF 在某些方面让同心同德这句话流于口号。我的意思是，我们到底想借此表达什么？我们不住在他们旁边，我们晚上回到我们舒适的屋子，我们开着我们的好车，我们享有电子邮件带来的一切现代便利，可以和我们的朋友家人联络。我们真的能说自己和他们同心同德吗？话说得好听，让我们感觉很不错，但以为救援现场的受害者也会有相同的感受，可能就太天真了。"

有些非政府的救济组织几乎清一色地雇用当地人员，驻外人员只在首都从事管理工作。MSF 刻意决定不遵循这种模式。"打从一开始，我们就想增进社会之间的关系。"MSF 比利时分部的让-马利·金德曼说，"MSF 是要助人，但也是要让来自不同社会的人认识彼此，增进包容，增进了解。将来自不同文化的人聚集在一起很有助益；来自欧洲的人认识了其他国家的志愿者，待到返回家乡时说出自己的见闻，也很有助益。"随着组织的茁壮发展，它一直在努力保持这一亲善的理想。举例来说，二〇〇二年，MSF 的报告中说，组织的营运成本较之前三年增加了百分之十九，救援现场的职位数量却只增加了百分之五。"我们的办公室工作越来越繁重。"当时的国际理事会主席摩顿·罗斯特鲁普写道。在一份内部文件中，罗斯特鲁普讲述了他最近去救援现场实地视察的所见，他被一辆黑色宝马载到有大门的 MSF 院区，那里有卫星电视、两台冰箱及配备卫星调制解调器的笔记本电脑。那支团队的驻外人员没有一个直接为病人诊疗。

当我问到这些配备是否真的有必要时，得到的答案是：在他们"牺牲"自己造福当地人时，这是 MSF 所能做的最起码的事……我想知道某些志愿者虽然人在救援现场，他们的心是否也在那里……我们和生活在当地的民众、那些我们提供过医疗照护的民众之间，究竟有着怎样的关系？如果我们把自己和当地民众区分开，如果我们开着我们的白色越野车，如果我们只和其他驻外人员来往，如果我们从不亲自治疗病人，我们还能指望和当地民众建立什么样的关系？MSF的口号"亲善"究竟代表什么？

马丁·吉拉德如此总结道："我们有更多的人是坐在电脑后面的，而和南苏丹那个可怜的家伙一同坐在火堆旁、试图了解他的人则少之又少。"对吉拉德而言，人道主义行动是非常个人的，即使他与那个南苏丹人从未真正了解彼此，光是一起坐在火堆旁也是有意义的。"你加入这种组织是因为你感受到了人类的惺惺相惜，这是底线。你对一个碰上大麻烦的非洲人有同情心还是没有？这是个非常简单的问题，而我的回答是有，百分之百。这驱使我去和这些人并肩站在一起，说：'我家乡的一些人因为你的处境而获利，但我对此并不认同，我来这里是要让你知道，我们和他们不一样。'当地人见证了你的付出，会回以尊重。但当你到达一个村落时，他们不会跪在地上说：'谢谢你，谢谢你，来自MSF的白人，我们真高兴看到你们。'曾有人拿石头、长矛和箭掷向MSF的车子，因为那些团队没把情况处理好，或者在救援现场搞砸了。

"我们不是人类学家，但当你身处南苏丹的丛林，并且得跟丁卡族和努尔族打交道时，你就跟在火星上一样。你的生活方式和这些人的绝对没有任何共同之处，他们打猎、放牧、游牧，拥有一千年的历史。但你可以努力了解他们受的苦，了解他们经历过什么。你对他们的了解永远不会到头，你以为你这么个白人在救援现场待上三个月就会弄明白吗？但他们会说：'哇，你没忘记我们。'惺惺相惜就是这样来的，因为你舍弃了富裕的国家、安定的生活，跳进这堆大麻烦里陪他们，所得只是每个月九百美元。"

克里斯·戴伊说，当 MSF 进驻城镇时，民众的接受度落差很大。"在克什米尔，我们是唯一的非政府组织。那里的民众和来到村庄的驻外人员没怎么接触过。他们的态度各式各样：克什米尔人口的受教育程度很高，有很多人会说：'回你的国家去，告诉他们这里发生了什么。'其他人则会直接说：'你们只是美国政府的傀儡，带着你们的文化帝国主义滚蛋。'在利比里亚、塞拉利昂这类非洲国家，非政府组织来来去去已经超过十年，人道主义援助、非政府组织和驻外人员已然成了社会运作方式的一部分，因为我们在为许多不存在的服务提供替代方案，它们已然成为民众的生存方式之一。

"我完全理解为什么有些人认为谈论同心同德是太把自己当回事了，确实是的。MSF 的成立，很大程度上是为了给来自欧洲的白人医生一个体验第三世界国家的机会——这非常有法国人的做派。如今，这也可以笼统地诠释成齐心协力。"

然而，身陷危机的民众往往会因为知道这个世界还没有将他们遗忘而备受鼓舞。"我十分确信这对民众很重要。"理查德·贝德尔说，"有时他们甚至意识到这比技术层面的援助更重要。"他认识的一些在科索沃和车臣工作的 MSF 成员听见当地民众这么说。"感觉世界知道他们在那里、知道他们在受苦，是非常重要的事。我们不想只是做出象征性的举动，但我们也不应该低估这种举动对于激励民众自助的重要性。我们不是在对一群摊着手坐等别人来救的民众提供帮助。这是会互相影响的，如果我们给他们一些希望，他们与我们的互动会成功多了，那也是我们给予的东西之一。"

"我并不是想暗示 MSF 表现出的凝聚力比其他组织好。"迈克尔·舒尔医生说，"但确实有些组织没这么善于运用驻外人员。难民也许贫困又无力，却很少是愚笨的。他们了解世界如何运作，也明白我们有许多驻外人员来自政治上相对强大的国家。"

舒尔在孟加拉国救助缅甸难民的时候就发现这一点。孟加拉国政府执意在违背难民意愿的情况下遣返他们,即使此举有违国际法。营地中有许多联合国难民署的官员是孟加拉国人,他们不会说难民的语言,于是大家质疑他们面谈的有效性。"有人担心翻译工作不到位,导致明明不想回家的难民被弄得好像归家心切。我们在车子驶进驶出营地时,经常会收到难民丢给我们的纸条,他们不希望有人看见他们向我们传递消息,但他们通过纸条说:'我们将在违背意愿的情况下被送回家;请将这个信息传递给外头的世界。'"

如果人道主义机构曾认为与身陷危机的民众同在是一种单纯的表现善意之举,那么这种想法在卢旺达碰壁了。

一九九四年四月六日,在卢旺达境内占多数的胡图族中,有极端分子开始实施他们天衣无缝的屠杀计划,目标是约八十万人的图西族人及胡图族温和派。在收音机里的宣传推波助澜下,杀手开始挨家挨户地搜查图西族的"蟑螂",按部就班地用砍刀砍死他们。那年春天,MSF最大的三个分部:法国分部、比利时分部和荷兰分部,都有团队进驻当地,主要是服务因卢旺达境内和因邻国的持续内战而流离失所的民众。但是,尽管有些团队已经在这个地区待了数年,目睹过无数暴行,还是对即将目睹的一切毫无准备。

种族屠杀开始两天后,MSF的法国分部就决定将其团队从卢旺达东南部的一处营地里撤走。三十位驻外人员和大约五十位当地雇员(大多是图西族人)爬上了十几辆车子,前往布隆迪边境,他们已经安排好要和驻扎在另一边的MSF成员碰头。然而,当他们到达海关时,被告知卢旺达人不得离境。经过数小时的协商,天快要黑了,官员宣布边境将在下午六点关闭。这些驻外人员被迫做出抛下当地雇员的决定,进入布隆迪。一位法国后勤人员在任务总结报告中，描述了这令人毛骨悚然的一幕：

> 下午五点十五分，"A"（一位 MSF 驻外人员）还在协商，但只是为了四名留下来必死无疑的图西族妇女。海关官员仍然断然拒绝，"A"开始大吼大叫，场面相当紧张，以致协商暂时中断。后来，各营地的协调员做出了决定……令人伤感的场面随之而来。我和相处了几个月的司机，还有其他我很喜欢的当地雇员道别，但我觉得自己已经尽力设法让他们跟我们一起走了。其他驻外人员看见他们离开，不禁哭了起来。"A"因为协商失败感到沮丧，跑去找（驻外）协调员，直言有三十位卢旺达人的性命要算在他们头上。他仍然确信我们是可以把他们弄出去的，三十名驻外人员在边境过夜不会出什么事的……
>
> 团队中出现了分歧，多数人想要舍弃当地雇员先行出境，其他人则认为我们应该继续协商，认为我们已经让四十人丢了性命。在布琼布拉，两名总部的工作人员在他们召集的会议上帮我们"公开家丑"，所有的敌意都浮上了台面。
>
> 协调员做出舍弃卢旺达雇员自行出境的艰难决定是对的，我们当然不该和那些缺乏指挥官又醉醺醺的军人一起过夜。何况，MSF 不能违反东道国的法律。卢旺达雇员继续在那些营地工作，但我们听说有十七人遇害，无疑，其他人也遭遇了相同的厄运。

接着在四月二十二和二十三日，南部城市布塔雷有一百五十名图西族患者在医院被砍死，就当着 MSF 医疗人员的面。当胡图族士兵抓住一名怀有七个月身孕且与驻外团队交情深厚的卢旺达护士时，一位比利时医生出面干预："他们来抓萨宾，我站出来说：'放开萨宾，萨宾与这件事无关……而且她是胡图族人。'率领这伙人的队长十分仔细地端详着我，然后打开口袋，拿出一张纸，那张纸上有一串名单，萨宾的名字就在里面。他看看那张纸，然后看着我说：'对，你说得没错，萨宾是胡图族人，但她的丈夫是图西族人，所以她的小孩也是图西族人。'我忽然意识到卢旺达小孩从父系这个残酷的事实，就这样萨宾遇害了，她肚子里的宝宝也死了。"

　　四月中旬，MSF 开始讨论是否应该就卢旺达境内发生的事发表一份正式的公开声明，哪怕指名道姓地说出胡图族人干的事会招来问题。

一九九四年七月，在扎伊尔穆尼吉的一个难民营废墟中，MSF 的一名当地工作人员陷入了绝望，即使是最经验丰富的援助人员在卢旺达种族灭绝期间和之后也受到了精神创伤。（Roger Job）

对于当地的援助工作者而言，一旦被认为做出了有悖中立的事就可能招来杀身之祸。事实上，卢旺达的一些 MSF 医生转而投奔了国际红十字会，认为后者的谨小慎微会带给他们更多的安全保障。MSF 则认为谨慎已不再是它的选项，五月十三日，巴黎办事处公布了他们有将近一百名卢旺达雇员被杀害的消息。在法国，人们虽然没有达成一致意见，但大声说出真相的意愿特别强烈，因为密特朗政府是胡图族政权的盟友。五月十八日，MSF 的法国分部花了七万法郎在《世界报》上刊登了一封给密特朗的公开信："总统先生：国际社会——特别是法国，必须负起政治责任，制止大屠杀。"信登出后，让-埃维·布拉多尔在一次电视采访中表示："法国政府太清楚这些人（胡图族政权）了，因为它给他们提供了装备。"密特朗的顾问后来要求与 MSF 会面，在会面时告知布拉多尔："你得知道总统对你的电视访谈很不满意，你那样做太不聪明了。"

几个星期过去了，联合国还在犹豫不决，于是 MSF 的法国分部做出了一个史无前例的决定。六月七日，委员会同意呼吁进行军事干预，以制止这场种族灭绝。MSF 在最残酷的战争中工作了二十三年，之前从不曾采取这种手段，之后也没有。有些人主张人道主义组织在任何情况下都不宜号召发动军事攻击，他们也想知道已经在考虑干预的法国政府，是否会利用 MSF 的立场来为自己谋取政治利益。然而，大多数人相信用武力制止这场杀戮是唯一合乎道德的回应，而且完全符合国际法。（卢旺达签署过的一九四八年《防止及惩治灭绝种族罪公约》，不但允许而且要求其他国家采取干预措施，以制止种族屠杀。）六月十七日，MSF 法国分部召开新闻发布会说明此事，还用了令人难忘的标语："你不能指望医生去阻止种族屠杀。"

七月到九月间，法国军队开展了"绿松石行动"，在卢旺达建立了安全避难所。尽管干预行动及其动机备受争议，却减缓了难民的外流，而且可能挽救了数千名图西族人的性命。但对卢旺达和 MSF 而言，问题还远远没有解决。在坦桑尼亚、扎伊尔（当时的称谓，现在为刚果民主共和国）和布隆迪，当时已然聚集了大量的卢旺达难民。四月的屠杀开始后，图西族主导的"卢旺达爱国阵线"（RPF）立刻发起反击。到四月底时，有二十五万胡图族人逃入坦桑尼亚。这场难民危机初期，援助工作者可以据实说自己相信这些胡图族人纯粹是在逃避"卢旺达爱国阵线"的逼近。然而，到了六月初，他们看得出胡图族军事领导人在精心策划从卢旺达的逃亡，还拖着平民跟他们一起走。他们的计划在后来从难民营发现的文件中被详细地披露了：一旦他们越过边境，投靠等在那里的援助机构，这些屠夫就会勒索国际救济物品，用来资助他们的政权。他们会利用难民营的庇护来休养生息、重振旗鼓并计划返回卢旺达，把他们启动的种族屠杀进行到底。不知情的援助团体正好称了他们的意。

　　七月，又有多达八十万卢旺达难民在短短四天内进入了扎伊尔的戈马——这些难民大多是被他们的领导人胁迫的胡图族人。大规模的霍乱和痢疾几乎立即爆发。到了七月二十八日，MSF报告说有一万四千人死于戈马，最终的死亡人数可能达五万人。比利时分部和荷兰分部派员介入，莱斯莉·桑克斯是那年夏天跟随MSF荷兰分部飞抵扎伊尔的医生之一。"我记得很清楚，我在飞机上想到了这趟任务会是对我的人道主义原则的一次真正检验。六七月时，我们还不太清楚那场种族屠杀期间发生了什么，但我知道实施种族屠杀的人就在我要去的营地里，就是他们做下了令人难以置信的屠杀恶行，而我要去拯救他们。可是说到底，我是医疗人员，如果有人病了，他们先前做过什么或往后打算做什么都不重要。如果他们病了，我的工作是治疗他们，而不是评判他们。没有人应该死于像霍乱这样的小病，它太容易治疗了。"

　　然而，一旦霍乱得到控制，MSF内部的一些人就开始质疑他们是否还能为这种逻辑辩护。八月下旬，多达四十万人的第三波难民在扎伊尔的布卡武安顿下来，此时约有两百万胡图族人就安置在他们的祖国边境外。"至于我们，"MSF的一位资深工作人员说，"只是跟在后头跑。"费欧娜·泰瑞是当时MSF法国分部驻坦桑尼亚的任务负责人，她后来写道："援助引发的无法避免的副作用并不罕见，但就卢旺达难民营的案例而言，旧政权完全是靠援助在维系。"不仅如此，援助工作者的行事如果不顺这些胡图族领导人的意，就会收到死亡威胁。MSF开始有人嘀咕要撤离并公开揭露这种情况，一个资金有限的机构帮不了所有受苦的民众，但它能以道德理由拒绝提供援助吗？营地中那些不是杀人凶手的胡图族人怎么办？MSF会坚守其原则，同时放弃其项目中正在接受治疗的妇女和孩童，任他们死去吗？如果MSF觉察到自己的援助被操纵，是否就成了共犯？十月十四日，当几个团队在卢旺达首都基加利开会讨论下一步行动时，这些只是他们激烈讨论的问题中的一小部分。

基加利会议期间，来自法国、荷兰、比利时的代表试图达成共识，但事实证明这是不可能的。荷兰和比利时在不同程度上主张短期内最好留在营地提供医疗照护，同时记录下援助遭滥用的情形并游说各国政府改善。（由于状况始终未获改善，比利时和荷兰分部一九九五年也决定撤出。）相反，MSF的法国分部则在十月二十八日单方面宣布将在一个月内撤出坦桑尼亚和扎伊尔。这个决定令其他分部的许多人不满，甚至包括MSF法国分部内部的某些人也感到不满，因为他们觉得办公室里的人无视救援现场的团队。每回总部打算撤离团队时，救援现场的驻外人员都情绪激昂，因为他们已经和当地雇员及病人发展出了交情；在卢旺达，这种情绪被放大了十倍。"我记得我的最初任务简报中自豪地告诉大家，MSF是个所有人都有发言权的地方。"费欧娜·泰瑞听闻自己的团队必须离开坦桑尼亚后，在发给巴黎的传真中愤怒地写道，"当时我明白那是夸大其词，但直到今天才知道这场闹剧是多么可笑。"

其他许多救援组织也就卢旺达难民营的状况展开了辩论，但到最后，主要团体中只有总部设在美国的"国际救援委员会"撤走了，引述的理由与 MSF 法国分部的类似。正如大卫·雷夫所指出的，他们的立场如同因良心拒服兵役者：

> 这是一种复杂的姿态，既有原则又很空洞。因为非政府组织采取这种立场固然重要……但其他救援团体已经做出要填补撤离者的空缺的姿态……国际救援委员会或 MSF 都有幸不需要面对真正的问题，即如果他们是现场唯一的援助组织，处于类似的局势下，他们是否还会撤离。

对 MSF 和整个人道主义圈而言，卢旺达事件是个分水岭。援助遭滥用，机构受到操纵，流亡的军事政权把难民营当成庇护所，这些之前都已有先例。但以前从来没有过如此重大的利害关系，援助机构的角色也从来没有在凶手的谋划中这么不可或缺。"这促使我们所有 MSF 的成员深刻反省人道主义行动代表什么，"费欧娜·泰瑞写道，"以及到了什么时候它就失去了意义，沦为服务于邪恶之徒的技术性功能。"

十多年后，这样的反思还在继续。二〇〇四年春天，随着卢旺达种族灭绝事件发生十周年的日子逼近，MSF 的国际理事会办公室决定不举办"倡导"活动来纪念这个事件。对于那些未能阻止种族屠杀的医生而言，卢旺达事件留下的伤口仍然没有愈合。

卢旺达事件的可怕以及 MSF 和其他机构因此陷入的难堪情势，是说明人道主义行动之限度的最引人注目的例子；但这不是第一个例子，也不会是最后一个。从比亚法拉到冲突不断的苏丹，四十年来的干预行动已经让 MSF 和援助圈曾经可能拥有的道德上的清白被玷污了。只有天真到无可救药的人才会看不见提供援助的两难困境——但同时，也只有无可救药的愤世嫉俗者才会舍弃这种理念。詹姆斯·欧宾斯基在诺贝尔奖获奖演说中解释道："今日我们作为一个不完美的运动在奋斗，但是有了成千上万的志愿者和当地雇员，还有数百万捐助者在财力和道德上的支持，我们是强大的，这就是 MSF。"

的确，即使有如此多的问题引发质疑，MSF 不仅存活了下来，而且可以说是已经成为世界上最受尊敬的援助机构。它的领导人表现出了非凡的能力，去适应、保持关切和以身作则，该组织的影响力也远远超出它的医疗诊所和供食中心。"尽管不可能夸大 MSF 在过往取得的成就的价值，"大卫·雷夫在该组织获诺贝尔奖后写道，"这群人的下一个伟大成就，可能是拯救并重新定义人道主义理想本身。"

二〇〇一年的"九一一袭击事件"以及随之而来的阿富汗和伊拉克的战争，都是达成此目标的机会，而 MSF 很快就明白了这项任务并不简单。那年十月，当 MSF 指出美军空投食物给阿富汗平民的举动既轻率又危险时，引发了北美的许多长期资助者的愤怒。该组织从经验中明晰了空投食物的风险：MSF 的医生治疗过的伤患中，有些是因为把集束炸弹误认为救援包裹，有些是因为进入地雷区捡拾食物。部分粮食最后还可能落入战斗人员手中，而这些粮食无论如何都根本不足以应付饥饿问题。然而，最重要的是，正如 MSF 在一份新闻稿中所称，美军是"一手开枪，一手送药"。

从那时开始，人道主义行动中的笼络人心之举已经成为 MSF 这类团体的最大威胁。人道主义非政府组织必须在纷争中维持第三者的立场，不与任何一方为友，而且必须被认定为中立。然而，通过投掷援助包裹和炸弹，以美国为首的联军硬是将自身定位成一个包含了人道主义者的团队。"假如要有效地处理紧迫的问题，各国政府和政府间组织比以往任何时候都更有必要和非政府组织合作。"美国前国务卿科林·鲍威尔于二〇〇一年十月二十六日表示，"此时此刻，美国的非政府组织也像我们的外交人员和军队一样正在自由的前线服务和牺牲。"即使是非政府组织本身也容许界线变得模糊，其中有许多都是接受美国及其他西方政府资助的。

在这种情况下，事情的发展并不令人意外。"九一一事件"后的几个星期，群情激动，北美人觉得世界一夜之间变了，民众想要一些可以信赖的东西。他们想要相信人道主义组织是好人，是我们对抗恐怖分子的伙伴。"我要处理的第一通媒体来电显示出了食物空投的宣传有多成功。"当时担任 MSF 加拿大分部执行干事的大卫·莫利说，"那名记者告诉我：'当我在享用感恩节晚餐时，我很欣慰除了丢炸弹，我们也空投食物。现在，你们的意思是我弄错了？'"那正是莫利要说的：MSF 必须提醒大众，不能单单因为军方运送了粮食，就把他们当成了人道主义者。

"我们需要和政界及军方人士保持真正的距离，即使他们可能来自我们的社会。"MSF 美国分部前执行干事尼古拉斯·德托雷特说，"当然，我们在文化、历史和政治上都更亲近美国政府而不是极端激进的某些伊斯兰团体。但我们需要实实在在地相信我们的原则，而不只是口头上说说。"战争期间保持中立是人道主义的基本原则，但在"非友即敌"的思维中，很难推广这个概念。不过，MSF 知道这么做是正确的，而到了二〇〇三年三月英美联军入侵伊拉克时，就连最严厉的批评者都承认了这一点。"现在，假如你谈起美国企图利用人道主义援助，在伊拉克的宣传攻势中赢得人心，每个人都会说：'没错。'"德托雷特在那年稍晚些时候表示，"大家都这么说，报纸也这么写，这不是问题。但'九一一事件'刚发生时，根本不可能提出这种论点。"

在对伊拉克的"震慑行动"开始前的几周，MSF 再次展现了其领导能力。尽管某些美国非政府组织意识到利益冲突，因而拒绝接受美国国际开发署的资助，另一些组织却没有做出这样的选择，所以成了罗尼·布劳曼口中的"好战政党的分包商"。另一方面，某些欧洲援助组织迫于大众要它们公开反对一触即发的战争的压力，以此举将给人民带来苦难为由积极反对对伊拉克发动军事打击。MSF 则反问，这些非政府组织从何得知美国入侵会比萨达姆·侯赛因的独裁政权还糟。他们主张人道主义者不该去问一场战争中谁对谁错，而应该问谁需要帮助——他们的表达在援助圈内就算不是独树一帜的，至少也比其他团体都要有力。和平不是他们的职责，即使他们渴望和平。MSF 内部的一些人承认，自己有时会为此气馁，却也明白没有其他办法。说到底，那有可能是 MSF 的最大优势。

MSF 兼有智慧、魄力和情感，设法避开了人道主义援助的陷阱。它的医生和护士能认清自己提供的援助有其极限，而且时常反思自身的工作。然而，他们不会在危机中犹豫不决——相反，这个团体派出人马到达现场，提供医疗援助的速度不输其他非政府组织。MSF 也许会因忧虑或沮丧而攥紧双手，却不会绑住它们。

"无国界医生"无法拯救世界，而且很早以前就不再假装自己办得到。"我们中的很多人都想要做更多，"大卫·莫利说，"我们想要看到一个更公正的世界，但我们必须专注于我们所能做的事，而我们所能做的，是简单、微小、深刻的事。"

那不只是大海中的一滴水，更是一艘救生艇。它可能无法阻止船只沉没，却可以拯救生命，更重要的是，它带来了希望。

"我们做得还不够"
——欧宾斯基医生领取诺贝尔奖时的演讲（摘录）

　　一九九九年十二月十日，时任"无国界医生"国际理事会主席的詹姆斯·欧宾斯基医生，在挪威奥斯陆代表该组织接受诺贝尔和平奖。

　　以这个场合的正式程度而言，大众可能会体谅他净说些陈腔滥调和得体谢词，但那向来不是 MSF 的风格。相反，欧宾斯基立即提起当时全球最严重的人道主义危机："车臣人民，还有格罗兹尼的民众，今天以及过去三个多月以来，都在遭受俄罗斯军队不分青红皂白的轰炸。"

　　这是个带有挑衅性的开场白，后续内容也同样有力。以下为受奖演说的摘录。

容我马上来谈谈，对于诺贝尔奖授予"无国界医生"的非凡荣耀，我们由衷感谢，但也深感不安，因为知道那些被排拒者的尊严每天都在受到侵害。这些人包括被遗忘在危险之中的民众，比如每一刻都在煎熬的街头流浪儿童，只能依靠那些为社会和经济秩序所接纳之人丢弃的垃圾挣扎求生。这些人也包括我们在欧洲服务的非法难民，他们被剥夺了政治地位，不敢求医问药，唯恐这样的接触会导致自己遭到驱逐。

　　我们的行动是为了帮助身陷危机的人，而我们做得还不够。向处境危急的人提供医疗援助，是尝试保护他们，抵御威胁到他们生而为人的事物。人道主义行动不只是单纯的慷慨、慈善，它的目的是力求在不正常中建构正常。我们的目标不仅是提供物质上的协助，而且还试图使人重获生而为人的权利和尊严。身为一个独立的志愿者团体，我们致力于为需要的人提供直接的医疗援助。但我们不是在真空中行动，也不是对着空气自说自话，而是带着明确的意图去推动、激起改变或揭露不公。我们所做的、所说的都是基于义愤，拒绝对积极或消极地攻击他人的行为听之任之。

今日诸位赋予我们的荣耀，大可以改颁给无数其他组织或是在自己的社会中奋斗的杰出个人，但显然诸位选择认同 MSF。我们于一九七一年正式成立，因为一群法国医生和记者决定要贡献一己之力，这有时意味着拒绝接受国家直接侵犯人民尊严的做法。长久以来，沉默被误认为中立，并被当作从事人道主义行动的必要条件。打从一开始，MSF 就是基于反对这个假设而产生的。我们不确定大声疾呼是否总能救人，但我们知道沉默绝对可以杀人。成立二十八年来，到今天，我们一直坚定地义无反顾地致力于这种拒绝的准则。这是我们令人骄傲的身份起源，今日我们作为一个不完美的运动在奋斗，但是有了成千上万的志愿者和当地雇员，还有数百万捐助者在财力和道德上的支持，我们是强大的，这就是 MSF。

人道主义产生于政治失灵或出现危机时，我们的行动不是为了承担政治责任，而是为了优先缓解政治失灵造成的非人苦难。这种行动必须不受政治影响，政治当局必须意识到有责任确保人道主义得以存在。人道主义行动需要一个框架方能开展。

在冲突状态下，这个框架就是国际人道主义法规。它确立了受害者及人道主义组织的权利，并规范了国家的责任，以确保这些权利受到尊重，且将侵害这些权利的行为定为战争罪。今日这个框架显然是失灵的，我们经常遭到阻挠而无法接触冲突受害者，交战国甚至将人道主义援助当作战争工具；更糟的是，我们看见国际社会将人道主义行动军事化。

在框架失灵的情况下，我们将直言不讳，迫使政治当局肩负起其无可回避的责任。人道主义不是终结战争或创造和平的工具，它是公民对政治失灵的回应，是即时的短期行动，无法消解政治责任的长期必要性。

而我们抱持着这种拒绝的准则，不容许任何政治失灵造成的道德问题或不公不义被洗白或抹去意义。一九九二年波黑发生的反人类罪行，一九九四年卢旺达发生的种族灭绝，一九九七年的扎伊尔大屠杀，一九九九年车臣平民遭受的刻意攻击，这些个案不能用"复杂的人道主义紧急事件"或"国内安全危机"之类的名词来掩盖，也不能安上任何其他任何委婉的说法——就好像它们是一些偶发的、性质未明的政治动荡。语言是有决定力的，它括出了问题的重点，决定了反应与权利，因此也决定了责任。它界定出某个医疗或人道主义反应是否恰当，也界定出某个政治回应是否恰当。没人把强暴称作复杂的妇科紧急事件，强暴就是强暴，一如种族屠杀就是种族屠杀，两者都是罪行。对 MSF 而言，人道主义行动是：试图减轻苦难、试图恢复人的自主、见证不公不义之行的真相及坚决要求政治当局负起责任。

MSF 选择的工作，不是在与世隔绝的真空中进行的。我们身处的社会秩序，既包容又排外，既肯定又拒绝，既保护又打击。我们每天的工作都是奋战；是极尽医疗之能事，也是极尽个人之全力。MSF 不是一个正式机构，如果幸运的话，也永远不会是。MSF 是一个公民社会组织（civil society organization），而今日公民社会有了全球性的新角色，新的非正式合法性，它根植于其行动及舆论的支持，也根植于其意图的成熟度，其意图包括致力于人权、环境、人道主义运动，当然还有公平贸易运动。公民社会不仅关注冲突和暴力，我们身为公民社会一分子，只要保有清醒的意图与独立性，就能维系我们的角色和力量。

现今我们面对的不公越来越多。传染病造成的死亡和痛苦，百分之九十以上都出现在发展中国家。人们死于诸如艾滋病、结核病、昏睡病及其他热带疾病的原因之一，是因为救命的基本药物要么太贵，要么被认为在经济上无利可图而无法提供，要么对于重大的热带疾病几乎没有针对性的新研究和开发。这种市场失灵是我们的下一个挑战。然而，这不只是我们的挑战，也是政府、国际政治机构、制药业及其他非政府组织都必须面对的问题。身为公民社会的运动团体，我们要求的是改变，而不是慈善。

我们坚持人道主义独立于政治之外，但这并不是要把好的非政府组织与坏的政府对立起来，也不是要公民社会的善去对抗政治权力的恶；这种二元对立既虚幻又危险。从历史上的奴隶制和福利权可以得知，公民社会产生的人道主义关怀要直到进入政治议程才会产生影响，但这种交会点不应遮蔽政治与人道主义行动之间的差异。人道主义行动是短期的，从事的团体和针对的目标都有限；这既是它的长处，也是它的局限。政治则必须做长期的设想，它本身就是社会的行动。人道主义行动本质上是世界性的，否则就不能称为人道主义行动。人道主义责任没有疆界，世界上哪里有苦难，人道主义者就必须依其使命加以回应。相反，政治却是有界线的，危机出现时，政治上的回应会因为必须考量历史渊源、权力平衡及各方利益而有所不同。人道主义和政治产生的时间和空间都不同，两者背道而驰，这也以另一种方式确定了人道主义行动的基本原则：拒绝通过任何牺牲弱者的方式来解决问题，不能因为任何人的利益而刻意歧视或忽视受害者。今日的人命不能用明日的价值来衡量，而缓解此地的苦难，也不能成为放弃援助他方的正当理由。受限于资源，我们自然必须做出抉择，但不论处于什么情况、受到什么限制，都不会改变此一人道主义愿景的基础，而这样的愿景本质上必然忽略政治抉择。

人道主义行动有其限制，无法取代政治行动。在卢旺达发生种族屠杀之初，MSF公开要求世人动用武力制止种族屠杀，红十字会也对此予以了支持。而这样的大声疾呼却遇到了体制的麻木，对私利的默许，以及拒绝担起政治责任去制止绝不该再放任的罪行。到联合国发起"绿松石行动"时，当地的种族灭绝已经结束。

人道主义有其极限。任何医生都无法制止种族屠杀，任何人道主义者都无法制止种族清洗，正如任何人道主义者都无法发动战争。任何人道主义者都无法创造和平，这些是政治责任，不是人道主义义务。容我清楚地申明：人道主义行动是最无关政治的行动，但若认真考量其作为及道德寓意，人道主义行动却具有最深刻的政治影响，打击有罪不罚现象就是其中之一。

针对前南斯拉夫和卢旺达事件设置的国际刑事法院正好证实了这一点，国际刑事法院的规约正式通过也肯定了这一立论。这些都是意义重大的步骤，但在今天，在《世界人权宣言》颁布五十一周年之际，这个法院仍未成立，相关原则去年也仅获得三个国家认可。照此速度，这个法院还要二十年才能成立。我们非得等这么久吗？无论各国要花多少政治代价伸张正义，MSF都能够且将会证明人类为有罪不罚者付出的代价大到难以负荷。

的确，人道主义行动有其极限。人道主义行动也有其责任，它不仅规范了正确举措和技术表现，还以道德框架下产生的伦理为起点。人道主义行动合乎道德的意图必须对照其实际结果，在这里，任何形式的"不问何者为善"的道德中立都必须予以拒斥。这种道德中立产生的恶果，包括利用人道主义行动在一九八五年支持对埃塞俄比亚民众的强制迁移、一九九六年支持戈马难民营中发动种族灭绝的政权。撤离有时是必要的，如此人道主义才不至于被用来对付身陷危机的群众。比较新的例子是，MSF在一九九五年成为第一个获准进入朝鲜的独立的人道主义组织，却选择在一九九八年秋天离开。为什么？因为我们的结论是组织无法在不受政府当局的干预下自由、独立地提供援助。我们的人道主义行动必须独立进行，有评估、提供并监督援助的自由，这样才能优先帮助到最脆弱的民众。援助绝不能遮掩造成苦难的根源，也不能沦为内政或外交政策的工具去制造而非消除人类的苦难。如果发生了这种状况，我们必须两害相权取其轻，考虑退场。身为无国界医生，我们经常质疑人道主义行动的限度和模糊地带——尤其是当它默默地臣服于国家政权及武装势力的利益时。

独立的人道主义是一场日常斗争，去援助，去保护，在我们规模庞大的各项目里，绝大部分都远离媒体的聚光灯和政治强权的关注，然后最深刻、最密切地存在于被遗忘的战争和危机的日常磨难中。非洲大陆蕴含着丰富的天然资源与文化，而实际上无数非洲人却过得苦不堪言。数十万和我们同一时代的人被迫离开家人，到异地去寻找工作和食物、教育孩子、求生存。男男女女冒着生命危险偷渡，结果却被关进地狱般的外来移民拘留中心，或者在我们所谓的文明世界边缘勉强求生。

我们的志愿者和雇员在尊严日日遭受践踏的民众当中生活和工作，这些志愿者自愿用他们的自由来换得这世界变得能更让人可以忍受。有关世界秩序的争议尽管甚嚣尘上，人道主义行动却只归结于一件事，那就是个别的人类向处境最困难的人类同胞伸出手；一次包扎一条绷带，一次缝合一个伤口，一次注射一支疫苗。"无国界医生"在八十多个国家工作，其中超过二十个国家处于战乱状态，我们有项特别的使命，那就是告诉世人我们的所见所闻，而这一切全都在希望暴力与破坏的循环能终结，不会没完没了地继续。

在接受这项殊荣的同时，我们想要再次感谢诺贝尔奖委员会肯定人道主义援助遍及全球的权利，肯定 MSF 选择的路：保持坦率、怀抱热忱、坚守志愿服务精神的核心原则、一视同仁，并且相信每个人都应该得到医疗援助及生而为人的认同。我们想要借此机会表达我们对志愿者及当地雇员最深切的感谢，是他们让这些雄心勃勃的理想具体落实，而且我们相信，他们给经历了如此巨大苦难的世界带来了些许和平，是 MSF 的活的见证。

作者后记

　　"无国界医生"从许多方面来看都是很杰出的组织，包括他们的志愿者在内的很多人慷慨地分享亲身经历，才能有本书的诞生。许多人都坦率地讲出了不甚愉快的回忆，我希望他们能觉得自己的信赖没被辜负。本书的英文版于二〇〇四年初次出版至今，许多志愿者和我依然保持着友好的情谊，我想这意味着他们的答案是肯定的。

　　我很感激 MSF 团队，他们热烈欢迎我进入他们在援助现场的居所和院区，在此我要特别感谢的有：詹姆斯·诺克斯、玛莉亚-艾莲娜·欧多涅兹、玛莎·安德森、莫妮卡·罗德里格兹、卡拉·佩鲁佐、林亚青（音译）、彼得·德贝克、塞巴斯蒂安·威巴、马蒂亚斯·奥尔森、帕特里克·勒缪、伯婷·凡吉赛尔、赫南·德瓦尔、凯瑟琳·波斯勒、大卫·克罗夫特、葛哈·施米德、本杰明·乌格比、马汀·凡赫克、崔西·凯伯利、米歇·普罗夫、维罗妮卡·赛班卡顿、莫妮卡·奥斯瓦德森、莱斯莉·贝尔、马西米兰诺·柯西、盖比·波尔、艾莎·葛文。

　　MSF 的加拿大分部不遗余力为我提供协助。我要特别感谢汤米·劳拉亚伊宁和大卫·莫利，他们从一开始就对我的写作计划很有信心，另外也要感谢卡萝尔·迪凡的鼓励。在撰写本书的新版时，要感谢艾薇儿·贝诺、本·查普曼和纳奥米·苏托瑞斯的帮助。尤其要对伊莎贝尔·约翰逊献上"热情感谢之吻"，她的友情历久不衰。

　　对纽约的 MSF 美国分部，我要感谢尼古拉斯·德托雷特、克里斯·托格森、凯文·费伦、萝娜·邱和艾蜜莉·黎嫩道。

克丽斯塔·胡克、理查德·贝德尔和苏珊·谢泼德几位医生，耐心且详尽地解说技术性题材，并改正我有所误解之处。如果内文仍有任何疏漏谬误，我要负完全责任。

也有许多非 MSF 人士提供了宝贵洞见给我，其中两位尤其让我获益匪浅。芮妮·福克斯是宾夕法尼亚大学的社会学荣誉教授，阅读过我的部分稿件后给予了睿智的建议，并无意间在我最需要鼓励的时候激励了我。艾曼达·亚伦来自墨尔本大学，研究人道主义援助工作在社会心理方面的影响，她慷慨至极地与我共享她的研究成果。

感谢萤火虫出版社的莱诺·考夫勒、麦可·沃瑞克、布莱德·威尔森和凯瑟琳·菲尔瑟，你们给了我千载难逢的良机；感谢我最棒的编辑罗丝玛丽·谢普顿，你思维清晰地给了我最需要的指引，让我能把最初的草稿转成最终的定稿；谢谢玛莉亚·德坎布拉勇敢不懈地研究照片故事；以及感谢珍·盖兹协助筹划这次的第三版出版。

我最深的感谢要献给温蒂，感谢她容忍我撰写此书时没法常伴在侧，而且情感上也是缺席的，却在我完成著作后张开双臂欢迎我回家。

参考文献

二〇〇二年至二〇一〇年之间，我与 MSF 成员以及学者、客观的局外人进行了超过一百次面谈。我花了几星期探访了安哥拉、阿富汗、巴基斯坦及海地的工作团队，还有欧洲和北美洲的几个 MSF 分部。这些面谈为我积累了撰写本书的丰富材料。

以下的记录并非完备无缺，不过我在本书中引述过的材料都包括在其中，这些材料提供了极有帮助的背景资料，对于有兴趣深入了解 MSF 和人道主义援助工作的读者来说也相当具有参考性。

网上有许多很棒的新闻网站，对援助团体来说有很大的帮助；其中包括 Reuters AlertNet（www. alertnet. org）和 ReliefWeb（www. reliefweb. int），这两个都是我经常参考的网站。

MSF 的报告、新闻稿和内部文件都是极有价值的研究材料，不过我在这里只列出了最重要的项目。许多资料在 MSF 网站上可以查到，包括 www. msf. org、www. doctorswithoutborders. org 和 www. msf. ca。

导论　疗愈人类

大卫·雷夫的评论：*A Bed for the Night: Humanitarianism in Crisis* (New York：Simon & Schuster，2002)，83。

人道主义的黄金年代：Tony Vaux, *The Selfish Altruist: Relief Work in*

Famine and War（London：Earthscan，2001），43ff。

第一章　站着就生产

海地的背景：Paul Farmer，*The Uses of Haiti*，third edition（Monroe，Maine：Common Courage Press，2006）。

MSF 简报文件：*A Perilous Journey: The obstacles to safe delivery for vulnerable women in Port-au-Prince*（May 2008）。

第二章　比亚法拉和大黄蜂

伯纳德·库什纳的生平细节：Michael Ignatieff，*Empire Lite*（Toronto：Penguin Canada，2003）；"Charlemagne：Bernard Kouchner，Controversial Proconsul for Kosovo，"*The Economist*（US），July 19，1999，48；Carol Devine et al.，*Human Rights: The Essential Reference*（Phoenix：Oryx Press，1999）；John Hanc，"Healing the World，"*Runner's World*，December 1993，36。

巴黎大环境对库什纳的影响：Renée C. Fox，"Medical Humanitarianism and Human Rights：Reflections on Doctors Without Borders and Doctors of the World，"in Jonathan Mann et al.，eds.，*Health and Human Rights: A Reader*（New York：Routledge，1999），419。

关于 MSF 早期历史方面最完整的资料，均没有英文版本。Olivier Weber 所著之 *French Doctors: Les 25 ans d'épopée des hommes et des femmes qui ont inventé la médicine humanitaire*（Paris：Robert Laffont，1995）涵盖了比亚法拉战役后二十五年的历史资料，感谢 Geneviève Séguin 为我翻译此书部分内容。Dorthe Ravn 的 *Læger Uden Grænser*（Frederiksberg，Denmark：

Bogfabrikken Fakta，1998）同样具高度参考价值，感谢 Kurt Dahlgaard 提供未曾出版的 René Bühlmann 英文译本。另外我还参考了 Anne Vallaeys，*Médecins Sans Frontières: la biographe*（Paris：Fayard，2004）；Rony Brauman，"The Médecins Sans Frontières Experience，" in Kevin Cahill，ed.，*A Framework for Survival*（New York：Basic Books，1993）；以及 Patrick Aeberhard，"A Historical Survey of Humanitarian Action，" *Health and Human Rights* 2，1（1996）：31 – 44。

库什纳对比亚法拉的个人见解：二○○三年三月六日于哈佛大学公共卫生学院发表的演说词 "From Doctors Without Borders to Patients Without Borders"。另外我也参考了 Alvin Powell，"Kouchner Calls for Global Health Care，" Harvard University Gazette，March 13，2003。

人道主义干预的历史：David Rieff，*A Bed for the Night: Humanitarianism in Crisis*（New York：Simon & Schuster，2002）；Hans Köchler，"Humanitarian Intervention in the Context of Modern Power Politics"（Vienna：International Progress Organization，2001）；Francis A. Boyle，"Humanitarian Intervention：A Joke and a Fraud，" Doctor Irma M. Parhad Lecture，University of Calgary，2001；Philippe Guillot，"France，Peacekeeping and Humanitarian Intervention，" *International Peacekeeping*，spring 1994，31。

伯纳德·库什纳与人道主义干预的发展：Tim Allen and David Styan，"The Right to Interfere? Bernard Kouchner and the New Humanitarianism，" *Journal of International Development*，August 2000，825 – 42；Mary Kaldor，"A Decade of Humanitarian Intervention：The Role of Global Civil Society，" in *Global Civil Society Yearbook* 2001，Helmut Anheier et al.，eds.（London：London School of Economics，2001）；Hugo Slim，"Military Intervention to Protect Human Rights：The Humanitarian Agency Perspective"（International

Council on Human Rights Policy, 2001); Olivier Corten, "Humanitarian Intervention: A Controversial Right," *UNESCO Courier*, July/August 1999, 57-59。我十分感谢伦敦政治经济学院发展研究机构的蒂姆·艾伦，为我提供历史文本与参考观点。

罗尼·布劳曼对 MSF 在阿富汗和柬埔寨干预行动的评论：*Médecins Sans Frontières*, *World in Crisis: The Politics of Survival at the End of the 20th Century* (New York: Routledge, 1997)。

雅克·德米里安诺在日志中述及苏丹：Anke de Haan, Edith Lute and Roderick Bender, *Médecins Sans Frontières: 10 Years Emergency Aid Worldwide* (Amsterdam: MSF-Holland, 1995)。

苏丹的哈利和马耶克：Peter Dalglish, *The Courage of Children* (Toronto: HarperCollins, 1998), 270-80。

法国公民热切地希望加入 MSF 工作：Ronald Koven, "Crisis Alert: Volunteer Medics Heal the World," *The World & I*, July 1989。

第三章　我们不需要再来一位英雄

对 MSF 内部情形最详尽的工作人员叙述文本，是莲恩·奥尔森的 *A Cruel Paradise: Journals of an International Relief Worker* (Toronto: Insomniac Press, 1999)。

MSF 志愿者的动机：Elliott Leyton and Greg Locke, *Touched by Fire: Doctors Without Borders in a Third World Crisis* (Toronto: McClelland & Stewart, 1998)。

招募与培训：Michael J. VanRooyen, "Emerging Issues and Future Needs in Humanitarian Assistance," *Prehospital and Disaster Medicine*, October-December 2001, 216-22; Rachel T. Moresky et al., "Preparing

International Relief Workers for Health Care in the Field: An Evaluation of Organizational Practices," *Prehospital and Disaster Medicine*, October-December 2001, 257 - 62。

迈克尔·麦林的评论: *Might Magazine*, March/April 1997, quoted at www. netnomad. com/might. html。

第四章 身处险地的医生

凯伦·摩尔豪斯和程卫在合著的书籍中描述他们在安哥拉的工作情形: *No One Can Stop the Rain* (Toronto: Insomniac Press, 2005)。

多明尼克·拉雷与急救医疗的历史: M. K. H. Crumplin, "Surgery in the Napoleonic Wars," *Journal of the Royal College of Surgeons of Edinburgh*, June 2002, 566 - 78; Miguel A. Faria Jr., "Dominique-Jean Larrey: Napoleon's Surgeon from Egypt to Waterloo," *Journal of the Medical Association of Georgia*, September 1990, 693 - 95; Robert L. Pearce, "War and Medicine in the Nineteenth Century," *ADF Health* (Journal of the Australian Defence Health Service), September 2002; Moshe Feinsod, "The Surgeon and the Emperor: A Humanitarian on the Battlefield," in Aryeh Shmuelevitz, ed., *Napoleon and the French in Egypt and the Holy Land*, 1798 - 1801 (Istanbul: Isis Press, 1999)。

第五章 黄色沙漠中

坎大哈与阿富汗东南部地区的背景: Christina Lamb, *The Sewing Circles of Herat* (Toronto: HarperCollins, 2002); Eliza Griswold, "Where the Taliban Roam," *Harper's*, September 2003, 57 - 65; Daniel Bergner,

"Where the Enemy Is Everywhere and Nowhere," *New York Times Magazine*, July 20, 2003; Phil Zabriskie, "Undefeated: On the Afghanistan-Pakistan Border, the Taliban Are Regrouping, Bent on Spreading Terror," *Time* (Asia edition), July 21, 2003; 联合国难民署（UNHCR）的重要资料来自 www. unhcr. ch 上的报告 "Return to Afghanistan"。

流民的医疗需求：Médecins Sans Frontières, *Refugee Health: An Approach to Emergency Situations* (London: Macmillan, 1997); Rony Brauman, "Refugee Camps, Population Transfers, and NGOs," in Jonathan Moore, ed., *Hard Choices: Moral Dilemmas in Humanitarian Intervention* (Lanham, Md.: Rowman & Littlefield, 1998)。

米尔维斯医院围攻事件：Ellen Knickmeyer, "U. S., Afghan Forces Kill al-Qaida Holdouts," Associated Press, January 28, 2002; Michael Ware, "Dead Men Talking," *Time*, February 2, 2002。

阿富汗的人道主义工作者遇袭事件：Mercy Corps, "A Lesson from Afghanistan: The Price of Unfinished Business," ReliefWeb, April 29, 2003; Françoise Chipaux, "The Taliban Are Back in Southeast Afghanistan," *Le Monde*, April 5, 2003; Todd Pitman, "Two Afghan Red Crescent Workers Killed; UNHCR Attacked," Associated Press, August 14, 2003; Sayed Salahuddin, "Four Aid Workers Killed in Afghan Ambush," Reuters AlertNet, September 10, 2003。

巴德吉斯五名工作人员遇害事件：见 MSF 新闻稿 "MSF Shocked by Death of 5 Staff in Afghanistan," June 3, 2004; Stephen Graham, "Agency Halts Its Afghan Operation," Associated Press, June 4, 2004; Marianne Stigset, "Humanitarian Ideals Die with Aid Workers in Afghanistan," *Daily Star* (Lebanon), June 4, 2004; 与 MSF 荷兰分部 Samuel Hauentein 的访谈影片为 *As It Happens*, CBC Radio (Toronto), June 3, 2004。

第六章　丑陋的事实

诺贝尔奖委员会新闻稿及颁奖演说词：参见 nobelprize. org 网站。

乔埃尔·谭盖的评论：一九九九年十一月六日于加州大学伯克利分校发表的演说词 "Controversies Around Humanitarian Interventions and the Authority to Intervene"。

大卫·雷夫对科索沃的评论：*A Bed for the Night: Humanitarianism in Crisis*（New York：Simon & Schuster，2002），198；原文照载。

埃塞俄比亚的袭击事件：见 MSF 新闻稿 "MSF Team Attacked in Ethiopia：One Person Killed，One Badly Injured," February 8，2000。

南亚海啸之后的募款及救灾行动：见 MSF 内部报告 *Six Months After the Asia Tsunami Disaster*，June 21，2005。

心理保健项目：Kaz de Jong, Nathan Ford and Rolf Kleber，"Mental Health Care for Refugees from Kosovo：The Experience of Médecins Sans Frontières," *The Lancet*，May 8，1999，1，616‐17；Kaz de Jong et al.，"Psychological Trauma of the Civil War in Sri Lanka," *The Lancet*，April 27，2002，1517；Richard F. Mollica，"Mental Health and Psychological Effects of Mass Violence," in Jennifer Leaning, Susan M. Briggs and Lincoln Chen，eds.，*Humanitarian Crises: The Medical and Public Health Response*（Cambridge，Mass.：Harvard University Press，1999）。

第七章　另一半的人如何死去

詹姆斯·欧宾斯基在卢旺达的经历：Sarah Scott，"Dr. Orbinsky's ［sic］Long Road Home," *National Post*（Toronto），January 4，2003。另外也

参考 James Orbinski，An *Imperfect Offering*（Toronto：Doubleday，2008）。

MSF 接受诺贝尔奖时的获奖演说：参见 nobelprize. org 网站；另见 Michael Schull，"MSF，the Nobel Peace Prize，and the Canadian Connection，"*Peace Magazine*，winter 2000。

疟疾的背景资料：Fiammetta Rocca，*The Miraculous Fever-Tree*（New York：HarperCollins，2003）；MSF Access to Essential Medicines（www. msfaccess. org）；Medicines for Malaria Venture（www. mmv. org）；Wellcome Trust（www. wellcome. ac. uk）；UN Roll Back Malaria（www. rollbackmalaria. org；mosquito. who. int）；World Health Organization（www. who. int）；UNICEF（www. childinfo. org）。

MSF 与复方青蒿素疗法：见 MSF 的报告 *ACT Now to Get Malaria Treatment That Works in Africa*（April 2003）。

埃塞俄比亚的争议事件：埃塞俄比亚联邦卫生部（Ethiopian Federal Ministry of Health）发表之新闻稿 "The Malarial Situation in Africa，"December 23，2003；另外参考了从国际新闻通讯社协会（IPS-Inter Press Service）（www. ips. org）及联合国综合区域资讯网（Integrated Regional Information Networks）（www. irinnews. com）取得的报告。

人类免疫缺陷病毒/获得性免疫综合征的背景资料：Tony Barnett and Alan Whiteside，*AIDS in the Twenty-First Century*（Hampshire，UK，and New York：Palgrave Macmillan，2002）；Elizabeth Reid，"A Future, If One Is Still Alive: The Challenge of the HIV Epidemic，" in Jonathan Moore，ed.，*Hard Choices: Moral Dilemmas in Humanitarian Intervention*（Lanham，Md.：Rowman & Littlefield，1998）；联合国艾滋病规划署（UNAIDS）（www. unaids. org）。

MSF 与抗逆转录病毒治疗：见 MSF 的报告 *AIDS: The Urgency to Treat*（December 2002）；二〇〇二年十二月理查德·贝德尔于多伦多发

表的演说词 "The Introduction of Antiretoviral Therapy in Resource-Poor Settings: Some Ethical Reflections"；UNAIDS 内容概要说明书 "Access to HIV Treatment and Care," December 2003。

专利法与仿制药：Daryl Lindsey，"The AIDS-Drug Warrior," Salon. com，July 18，2001；MSF 的报告 *Fatal Imbalance: The Crisis in Research and Development for Drugs for Neglected Diseases*（September 2001）；MSF 的报告 *Drug Patents Under the Spotlight*（May 2003）；世界贸易组织（www. wto. int）。

炭疽病及其对仿制药议题的影响：Mike Godwin，"Prescription Panic: How the Anthrax Scare Challenged Drug Patents," *Reason*，February 2002；Gardiner Harris，"Bayer's Cipro Will Be Profitable, Even on Discount Deal with U. S. ," *Wall Street Journal*，October 26，2001；V. Sridhar，"Perilous Patent," *Frontline*（India）18，24（November 24-December 7，2001）；Kavaljit Singh，"Anthrax, Drug Transnationals, and TRIPs," *Foreign Policy in Focus*，April 29，2002。

加拿大在仿制药的领先潜能：James Orbinski，"Access to Medicines and Global Health: Will Canada Lead or Flounder?" *Canadian Medical Association Journal*，January 20，2004，224；David Morley，"We Led on AIDS. Why Hang Back Now?" Globe and Mail，October 24，2003；MSF 发布之新闻稿 "Bill C-9: How Canada Failed the International Community," April 29，2004。

尼日利亚的营养不良问题：Frederic Mousseau with Anuradha Mittal，*Sahel: A Prisoner of Starvation? A Case Study of the 2005 Food Crisis in Niger*，The Oakland Institute，October 2006；MSF 的报告 *Malnutrition: How Much is Being Spent?*（November 2009）。

第八章　尽力演好配角

人道主义组织中的非医疗工作者：Carol Bergman, ed., *Another Day in Paradise: International Humanitarian Workers Tell Their Stories*（Maryknoll, NY: Orbis, 2003）。

第九章　新冰箱综合征

弗瑞德·卡尼案例的详细叙述，参见美国公共电视网（PBS）拍摄之纪录片 *The Lost American*；www. pbs. org/wgbh/pages/frontline/shows/cuny。

在车臣从事医疗援助：Khassan Baiev, *The Oath: A Surgeon Under Fire*（New York: Walker and Company, 2003）。

援助工作者丧命：Dennis King, "Paying the Ultimate Price: An Analysis of Aid-worker Fatalities," *Humanitarian Exchange*, August 5, 2002; Mani Sheik et al., "Deaths Among Humanitarian Workers," *British Medical Journal*, July 15, 2000, 166‑68; Francisco Rey Marcos, "When the Red Cross Is the Target," Reuters AlertNet, November 18, 2003; Genevieve Butler, "Afghan Promises Held Ransom by Violence," Reuters AlertNet, December 12, 2003。

阿尔扬·厄克尔绑架案：引自二○○三年八月十二日 MSF 瑞士分部的报告 "Arjan Erkel: Hostage in the Russian Federation since August 12, 2002" 中 *NRC Handelsblad* 章节；Marie Jégo, "MSF accuse des officiels russes de maintenir en otage un de ses volontaires," *Le Monde*, March 10, 2004; Oksana Yablokova, "Mystery Shrouds Erkel's Release," *The Moscow*

Times, April 13, 2004; Simon Ostrovsky, "Light is Shed on Erkel's Release," *The Moscow Times*, April 15, 2004; 荷兰外交部二〇〇四年五月二十八日发布之新闻稿 "Déclaration du ministère néerlandais des Affaires étrangères concernant la libération d'Arjan Erkel"; Natalie Nougayrède, "Les Pays-Bas ont versé une rançon pour la libération d'Arjan Erkel, otaga dans le Caucase russe," *Le Monde*, May 29, 2004; Natalie Nougayrède and Jean-Pierre Stroobants, "La polémique monte entre le gouvernement néerlandais et MSF," *Le Monde*, May 30, 2004; Rowan Gillies 的访谈影片 *As it Happens*, CBC Radio (Toronto), June 15, 2004。

援助工作要付出的心理代价：Piet van Gelder and Reinoud van den Berkhof, "Psychosocial Care for Humanitarian Aid Workers: The Médecins Sans Frontières Holland Experience," in Yael Danieli, ed., *Sharing the Front Line and the Back Hills* (New York: Baywood, 2002); Ruth Barron, "Psychological Trauma and Relief Workers," in Jennifer Leaning, Susan M. Briggs and Lincoln Chen, eds., *Humanitarian Crises: The Medical and Public Health Response* (Cambridge, Mass.: Harvard University Press, 1999)。

二〇〇三年十一月发表在澳大利亚墨尔本非政府组织社会心理论坛（NGO Psychosocial Forum）的 "The Stress of Humanitarian Work" 一文，作者为 Rob Gordon，经 Amanda Allan 与 Colleen McFarlane 编辑。

鲍威尔的评论：美国国务院 "Remarks to the National Foreign Policy Conference for Leaders of Nongovernmental Organizations"，二〇〇一年十月二十六日于华盛顿特区发布。

布莱尔的评论：引自 Francisco Rey Marcos, "When the Red Cross Is the Target," Reuters AlertNet, November 18, 2003。

第十章 你不能指望医生去阻止种族屠杀

MSF 成员在苏丹遭逮捕：见 MSF 荷兰分部报告 "The Crushing Burden of Rape: Sexual Violence in Darfur," March 8, 2005; Human Rights Watch, "Darfur: Arrest War Criminals, Not Aid Workers," May 31, 2005。

大卫·雷夫对于 MSF 在援助机构间的定位：*A Bed for the Night: Humanitarianism in Crisis* (New York: Simon & Schuster, 2002), 83, 187。

阿富汗难民与境内流民：见联合国综合区域资讯网（IRIN）报告 "Afghanistan: Focus on Chaman Border Crisis," May 7, 2002; IRIN 报告 "Afghanistan: Special Report on Displaced People in the South," July 21, 2003; 联合国难民署报告 "More than 2. 3 Million Returnees since 2001," Afghanistan Humanitarian Update No. 68, August 15, 2003; IRIN 发布之新闻稿 "Pakistan: Waiting Area Refugees Subjected to Negative Policies, Says MSF," August 27, 2003; UNCHR 发布之新闻稿 "Afghan, Pakistani Governments Agree to Gradually Close Border Camps," August 28, 2003; UNCHR 报告 "UNHCR's Operation in Afghanistan: Donor Update on Afghanistan," September 8, 2003。

刚果民主共和国的故事：*Silence On Meurt: Témoignages* (Paris: L'Harmattan, 2002), 书中部分内容摘自英文版之 *Quiet, We Are Dying* (Toronto: MSF, 2003)。

人道主义援助的本质越来越趋向技术面：David W. Robertson, Richard Bedell et al., "What Kind of Evidence Do We Need to Justify Humanitarian Medical Aid?" *The Lancet*, July 27, 2002, 330-33。

MSF 在卢旺达种族屠杀期间及过后的行动，在两份内部文件中有详细记载：*Genocide of Rwandan Tutsis, 1994, and Rwandan Refugee Camps in*

Zaire and Tanzania，1994－1995，这两份文件均出自"Case Studies：Médecins Sans Frontières Speaks Out"系列。

揭露胡图族图谋国际援助以自肥的文件：Fiona Terry，*Condemned to Repeat? The Paradox of Humanitarian Action*（Ithaca and London：Cornell University Press，2002），156。

戈马的霍乱与痢疾疫情、"绿松石行动"以及卢旺达其他背景资料：William Shawcross，*Deliver Us from Evil: Peacekeepers*，*Warlords and a World of Endless Conflict*（New York：Simon & Schuster，2000）。

援助行动如何支撑了卢旺达政权：Fiona Terry，*Condemned to Repeat?* 196；对 MSF 的长远影响，第 2 页。Terry 在书里用了一整章描写扎伊尔营地里的情形。

大卫·雷夫决定撤出卢旺达：*A Bed for the Night*，187。

詹姆斯·欧宾斯基领取诺贝尔奖时的演讲：nobelprize. org。

诺贝尔和平奖宣布之后，大卫·雷夫的评论："Good Doctors：Humanitarianism at Century's End，"New Republic，November 8，1999，23。

对阿富汗地区空投食物的批判：MSF 发布之新闻稿 "MSF Refuses Notion of Coalition Between Humanitarian Aid and Military，"October 6，2001。

鲍威尔的评论：美国国务院 "Remarks to the National Foreign Policy Conference for Leaders of Nongovernmental Organizations"，二○○一年十月二十六日于华盛顿特区发布。

大卫·莫利的评论：二○○三年二月十一日于多伦多大学发表的演说 "Humanitarianism in the 21st Century"。

伊拉克地区的援助组织：Rony Brauman and Pierre Salignon，"Iraq：In Search of a Humanitarian Crisis，"in Fabrice Weissman，ed.，*In the Shadow of "Just Wars": Violence，Politics and Humanitarian Action*（Ithaca and London：

Cornell University Press，2004）271；另外也参考了 Jack Epstein，"Charities at Odds with Pentagon：Many Turn Down Work in Iraq Because of U. S. Restrictions，" *San Francisco Chronicle*，June 14，2003。

援助组织内的潜在滞碍：Mary B. Anderson，"You Save My Life Today，But for What Tomorrow？Some Moral Dilemmas of Humanitarian Aid，" in Jonathan Moore，ed. ，*Hard Choices: Moral Dilemmas in Humanitarian Intervention*（Lanham，Md. ：Rowman & Littlefield，1998）。

Dan Bortolotti

Hope in Hell：Inside the World of Doctors Without Borders

Copyright © 2010 Firefly Books Ltd.

Published by agreement with Firefly Books Ltd. through the Chinese Connection Agency，

as a division of Beijing XinGuangCanLan ShuKan Distribution Company Ltd.，a. k. a. Sino-Star.

本书中文简体字专有出版权归本社独家所有，非经本社同意，不得转载、摘编或复制

图字：09－2021－050 号

图书在版编目(CIP)数据

地狱里的希望："无国界医生"的故事 ／（加）丹·波
托洛蒂(Dan Bortolotti)著；林欣颐译. —上海：上海译文出版社，2021. 11
（译文纪实）
书名原文：Hope in Hell：Inside the World of
Doctors Without Borders
ISBN 978-7-5327-8860-6

Ⅰ.①地… Ⅱ.①丹… ②林… Ⅲ.①纪实文学－加
拿大－现代 Ⅳ.①I711.55

中国版本图书馆 CIP 数据核字(2021)第 207146 号

地狱里的希望："无国界医生"的故事

［加］丹·波托洛蒂／著 林欣颐／译

责任编辑／钟 瑾 装帧设计／邵 旻 观止堂_未氓

上海译文出版社有限公司出版、发行

网址：www. yiwen. com. cn

201101 上海市闵行区号景路 159 弄 B 座

上海盛通时代印刷有限公司印刷

开本 890×1240 1/32 印张 8 插页 2 字数 169,000

2022 年 1 月第 1 版 2022 年 1 月第 1 次印刷

印数：0,001—8,000 册

ISBN 978-7-5327-8860-6/I·5477

定价：55.00 元